魅丽文化 飞言情工作室

第六感甜心

逐心 / 著

江苏凤凰文艺出版社
JIANGSU PHOENIX LITERATURE AND ART PUBLISHING, LTD

图书在版编目（CIP）数据

第六感甜心 / 逐心著. — 南京 ：江苏凤凰文艺出版社，2018.5

ISBN 978-7-5594-1906-4

Ⅰ. ①第… Ⅱ. ①逐… Ⅲ. ①长篇小说—中国—当代 Ⅳ. ①I247.5

中国版本图书馆CIP数据核字(2018)第078952号

书　　名	第六感甜心
作　　者	逐心
出版统筹	黄小初　邹立勋
选题策划	飞言情工作室
责任编辑	胡小河　姚　丽
文字编辑	纪十年
责任监制	刘　巍　江伟明
出版发行	江苏凤凰文艺出版社
出版社地址	南京市中央路165号，邮编：210009
出版社网址	http://www.jswenyi.com
印　　刷	湖南凌宇纸品有限公司
开　　本	880mm×1230mm 1/32
字　　数	221千字
印　　张	10
版　　次	2018年5月第1版，2018年5月第1次印刷
标准书号	ISBN 978-7-5594-1906-4
定　　价	34.80元

（江苏凤凰文艺版图书凡印刷、装订错误可随时向承印厂调换）

CONTENTS

目录

CONTENTS

目录

Chapter 01

好久不见

正月末，南方城市冷中带着潮湿，雪花来不及着地就融化成水，风冷飕飕的，直钻入骨头。

林沫举着伞，冻得指节生疼，若不是顾及“高档礼服”，她恨不得扔了伞，将手藏进兜里。

风雪天，空出租车原本就少得可怜，她又已经被第三辆出租车拒载，终于忍无可忍：“拜托，帮帮忙，我可以加付车资的。”

司机这才看清拦车的是个有三分眼熟的美人，有精灵似的勾人心魄的眉眼，不禁怜香惜玉，多解释了一句：“今儿个狮王桥那边的锦元天地开业，还不得堵上三条街？美女，你就甭凑那热闹了。”

“没时间了。”林沫看了眼腕表，“要不，您载我朝狮王桥的方向开，能到哪儿算哪儿，行吗？”

司机拗不过，只好接了生意，边开车，边闲聊：“你这也是去看那位元先生？我可还记着大半年前，三门街的那家锦元天地开业，一群小姑娘打扮得花枝招展地跑过去，说是去看什么 G-boys。结果，到晚上我再来接单，小姑娘们就都在叽叽喳喳地说什么‘元先生’了。”

说罢，司机笑着从后视镜瞥了她一眼：“你这么大的姑娘不是最爱做灰姑娘的梦？”

司机正说着，林沫突然感觉车窗外的景物猛烈一晃，熟悉的不安感立刻席卷了整个胸口。

不过是一瞬，林沫再定睛去看时，一切如常，但她还是抓紧了扶手，匆匆吩咐："麻烦靠边停车。"

司机纳闷："怎么了？还能再朝前开一点，风大雪急的，你下车也不好走。"

心脏咚咚急速跳动，林沫说："这车可能要出问题，您赶紧靠边，别开了。"

"我这车刚年检过，能有啥问题？"司机降下车速，变道靠边，"得、得、得，让你下，你别咒我的车。"

"我不是咒你……"林沫脸色发白，"只是安全起见——"

她话没说完，只听出租车后方发出一道尖锐的声音，两人都被吓了一跳。

等车停稳了，司机下车一检查，回来时心有余悸："不知道什么玩意卡进去了，搞得刹车抱死，还好发现得早，再往前上了狮王桥那座高架桥再急刹可就危险了。"说着，他将小小的眼睛硬是瞪成小铜铃，"可你说的时候还没动静啊，你咋知道的？"

林沫抿抿嘴没搭话，飞速将打车钱塞进对方手里："我赶时间，先走了！您自己多加小心。"说完，她踩着细高跟鞋健步如飞地朝狮子桥的方向赶。

司机报了保险，开着广播等拖车，电台里，播音员正在闲扯。

"……本次锦元天地新店开业，不仅邀请了小天后辛燃，还出人意料地请了另一个女艺人。"

"哪个？"

"有娱乐圈有着柯南美称的那位。"

"为什么是柯南？"

"走到哪儿都感觉是命案现场啊！"

"哈哈哈……太夸张了吧，谁啊？"

"林霉霉呗！"

"天，元氏财大气粗，开业怎么会找她站台，就不怕……"

播音员欲语还休，司机倒是一拍大腿想起来了：难怪感觉刚刚的美女有点儿眼熟，那不就是林霉霉吗！难怪这车好端端的，却莫名其妙出故障，原来是天上掉下个林霉霉给砸的！

百无聊赖中，司机拨打了电台热线："对，刚刚我载林霉霉去狮王桥，好端端的，刹车却突然抱死不能动弹了……"

锦元天地。

商城有六层，第一层中央被水池、喷泉围绕的舞台能容纳百人。

此刻喷泉、水池外围着熙熙攘攘的年轻男女，中央则是各方大咖你来我往。

外场井然有序，热闹非凡，幕后场控和助理在不停地耳语。

"这林沫就是他们说的'林霉霉'？"

"可不是，听说保姆车临行前轮胎爆了，她打车，出租车还抛了锚，她又步行了一段路才赶过来。刚刚我领她去化妆间，她磨磨叽叽不肯上电梯，结果电梯居然还出故障了，害得我们硬是爬了四层楼。真是黑啊！"

"为什么要找她来？"

"听说是总裁助理特意要求的。大概，是元总的意思？"

"那真是奇怪了，元总标准那么高……"

他们正说得起劲，场外爆发出一阵欢呼和雷鸣般的掌声，只听主持人说："有请深受大家喜爱的辛燃、林沫隆重登场！"

小助理嘀咕："为什么我那么不安呢？"

场控瞅了他一眼："……我也是。"

电视台、网站的摄像机、相机顿时全部高高扬起，舞台左右的两台大型摇臂摄像机也立刻启动。作为炙手可热的小天后，辛燃如今正是打个喷嚏都能上头条的热度，随便发几张高清图也够网站赚很大的流量。

随着节奏明快的音乐声，舞台四面的喷泉高低错落，时而直抵十数米高空，时而如舞女妖娆俯身，如梦似幻。

红裙的辛燃和裸色礼服的林沫随之出现在干冰气雾中，顿时引得满场尖叫。

辛燃走在前，光彩照人地扬手致意。

林沫走在她的身后，补了唇彩的面孔终于不再那么不食人间烟火，有了几许女人味。

依计划，她俩应当一左一右，分别从舞台两侧的小桥，经由喷泉拱门去到舞台中央。

林沫深呼吸一下，想着只要走到舞台中央，然后像花瓶一样站在辛燃的身边，等着她和主办方剪彩合影，之后艰难的一天就可以宣告落幕了。

辛燃仪态万千地走向左侧的喷泉拱门，林沫无心地对她的背影瞟了一眼，几乎是同一时间，胳膊上生出密密麻麻的酥麻感，林沫顿感不安。

林沫下意识地将目光投向喷泉口，正好看见其中一个喷口在缓慢地转动。

下一秒，她条件反射地伸出手，拉住辛燃的手腕朝后一扯。

辛燃惊慌之中踩到了自己的裙摆，站立不稳，反手抓住林沫的手臂，两人一个旋身硬是互换了位置。

与此同时，小桥左右的喷泉忽然像失控的触角，乍然间朝四面八方伸去，水花四射，取代辛燃站在桥上的林沫转眼间被从头到脚浇得透心凉。

事发突然，场外的粉丝还没反应过来，辛燃的助理已经提着羊毛大衣上前替她裹住身子，扶着她退到后台。

粉丝们这才意识到是喷泉发生了故障。

而此时，发了疯似的喷泉仍旧像乱舞的水鞭，胡乱地拍打在女艺人的身上——林沫刚刚明明站起身了，却不知道怎么又瞬间蹲下，抱住膝盖。

从场外只能看见她身上全湿了，抹胸礼服后背裸露在外的肩胛像一对蝴蝶翅膀，楚楚可怜。

“她怎么不站起来？”

“穿得好少，不冷吗？”

观众们议论纷纷。

而林沫只能听见嘈杂的水声轰鸣，打在她身上的、洒在桥面上的、落在水池中的……哗哗作响。

她又想起出发之前，造型师千叮万嘱“这礼服可是‘高定’的，有市无价”。

这就是众人求而不得的高定礼服？怕是……看碟下菜给配了山寨货吧！刚刚她站起身时，在水光中只一瞥，已经看见自己胸前春光乍现。裸色镶钻的抹胸礼服，沾上水之后几近透明，钻饰像直接嵌在肌肤上的。

这叫她如何起身？！

周遭的摄像机、单反相机……那么多镜头对着，这厢一起身，下一秒她就无颜见人了。

前后不过一分钟的工夫，预感应验的场控黑着脸，在对讲机中吩咐：“谁上桥把她接下来？”

对讲机中一片忙音，谁也没吱声。

场控瞪了眼身边的小助理，后者苦着一张脸磨磨蹭蹭：“……真是林霉霉，靠近谁，谁倒霉啊……”

小助理正在抱怨，只见一个黑色身影擦身而过，随即便听见身后有人失控地喊：“元总，你别过去，那个是林霉霉！”

男人对身后的喊声置若罔闻，大步流星地走入喷泉阵。

水柱乱舞，顷刻间打湿了他笔挺的西装，他却没有半点犹疑，径直朝缩成小小一团的女艺人走去。

林沫觉得很冷，湿透的礼服像凉凉的茧粘在皮肤上，混乱的水柱像道道鞭子抽着她光裸的脊背，潮湿的地面泛着寒光，映出她狼狈的身影。

喷泉的声音太大，以至于她完全没听见脚步声，就看见被打湿的男式皮鞋忽然出现在视野中。

她一惊，下意识地将双膝抱得更紧，护住胸前春光。

“你别过来，走开啊！”换个女生来可以吗？给她带件衣裳可以吗？

她低着头，小心翼翼地护住自己，正不知所措时，眼前一片黑影就兜头落下，将她的大半个身子包裹起来。

眼看着那人欺近，她连声说：“别过来，别过来……”

“没关系，是我。”

那人半蹲下身，几乎是贴在她的耳畔，低沉而富有磁性的嗓音穿透了隆隆水声，像一双温厚的大手将她的心神稳住。

他戴着极细的金属边框眼镜，镜片上满是水光，如墨的眸子里映着狼狈的她。

林沫睁大了眼睛，声音卡在喉头，转眼她已经被来人打横抱着起身。

发狂的喷泉依旧好似枪林弹雨，却被他的身子阻挡住，丝毫打不到她的身上。

她整个窝在他的怀里，远离了喷泉，才听见场外的人群议论纷纷，可他将她裹得严实，她的视线里只有这张儒雅的面孔。

这个人，几乎一点儿也没变。

人群里有人出声：“元总……”

元焯脚步没停：“搞定喷泉，让李总代替我把仪式流程走完。”

“是。”

他的声音依旧低沉，像大提琴的回响，饶有余韵。

林沫稍微动弹了一下，被元焯察觉了。

他低头，看着怀里的小姑娘苍白的面色和贴在脸颊的湿发，语气软了三分：“哪里不舒服？”

林沫偏过脸，躲开他的视线，脸几乎埋进他衬衫的领子，低声说：“没……没有。”

守在专用电梯前的总裁助理许鹤早已按开了电梯，见元焯抱着女艺人经过，他忍不住抬眼想看一眼对方是何方神圣，让他家元先生先是不顾反对执意邀请，后又不惜“湿身相救”。

没想到元先生稍微倾斜了身子，硬是用西装挡住了许鹤的视线，顺便送上一记眼刀。

许鹤耸耸肩，不以为意，他们的元先生就是这么高冷。

电梯门将关未关之际，他们“高冷”的元先生温柔地开了口：“冷不冷？”

许鹤：“……”

锦元天地顶楼。

这里与喧闹的第一层仿若两个世界，只听见商厦里的音乐隐约传来，更显寂静。

因为空间密闭，空调的温度比楼下的调得高了些许，林沫冻僵的四肢稍微恢复了知觉。

因为自己的脸贴着他的衬衣，她察觉到了那人灼热的肌肤和隐隐约约的心跳，一下一下……咦，好像变快了一些？

“别动。”走廊空旷，元焯低沉的嗓音响起。

林沫像被点了穴道，瞬间僵住，这才发现自己的手一直紧紧地攥着他的衣衫。她慢慢地松开手指，试图悄无声息地放开，却听见某人清了清嗓子：“掉到地上别怨我。”

松也不是，不松也不是，林沫的手指僵在他的身前。

元焯抱着她，停在一间没有挂门牌的办公室前，微扬下巴：“开一下门。”

林沫歪过头，从他臂弯里看到门上的密码门禁，一头雾水：“……放我下来，你自己开吧。”

像是没听见她的建议，元焯没动，沉声说：“0411。”

林沫咬唇，从西装下伸出光裸的手臂，按下那四个熟悉的数字。

这数字，也就他和她最熟悉。

那是她的生日，或者说，是他替她定的生日。

门锁发出轻盈的声响，林沫刚刚收回手臂，便被某人拿外套严丝合缝地裹住了，半点肌肤也没有露在外面。

办公室里除了会客桌边的古朴茶具，再无多余的点缀。

见元焯拿后背关上门后，仍旧没有将自己放下来的意思，林沫终于小声地开了口：“让我下来吧……元总。”

“嗯。”他答得干脆，却纹丝不动。

林沫久久不见他动作，怯怯地抬眼，果然，那人正目光沉沉地凝视着她。

两人四目相对，躲开的……显然是她。

元焯不动声色地问：“你叫我什么？”

“元……元总。”大家不都这么叫的吗，难道他如今更喜欢人家称呼他“元先生”？

话刚出口，林沫明显感觉到他的双臂收紧了，捏在她肩头的那只大手掌心灼热，像是要嵌进她的身体里，疼倒是不疼，却让她心慌意乱。

林沫在内心叹了一口气，时隔多年，她还是拗不过他。

“小元哥哥……”

尽管林沫早已不是多年前的小丫头，也不再是那种软糯糯的调子，可这曾经叫惯了的称呼一出口，还是让两人不约而同地心神一晃。

元焯手劲小了些许，似笑非笑地睇她：“原来你还记得，我以为你早忘了。”

“怎么会呢……”林沫讪笑，她不是不记得他，是不敢见他。

元焯俯身，将她连带外套一起放到会客厅的米白色皮质沙发上，松了手，眼见着衣裳从她的肩头滑下来，露出白皙小巧的肩，又伸手替她拉上了。

林沫双手攥着他的衣裳，无意间瞥见领口的简约标签，嗯，他这身“雨衣”的价钱赶上她一部戏的片酬了，她的小元哥哥还是一如既往地……视金钱如粪土啊。

元焯走到空调控制器旁，三两下将温度调到最高。

听着出风口呼呼作响，他才转身，双手抱臂靠在墙边，静静地看着沙发上的小姑娘。

因为冷，她早已经将高跟鞋留在沙发下，蜷起双腿，抱着膝盖缩在沙发上，身上裹着他的西服外套，只外套边缘露出几根白皙小巧的脚指头来。

见他看着自己不说话，林沫悄悄咽了口唾沫。

元焯居高临下地看着她："我还以为你这一辈子都不会再回这里。"

林沫咬着下唇不说话。

"这么多年你都在做什么，怎么会弄成现在这个样子？"他似嘲弄地一扬唇，"是林叔留下的遗产不够多，还是你投奔的怀抱不够可靠？出来连个助理也没有，算什么？"

遗产？投奔的怀抱？

他说的每一个字她都懂，可连在一起，她又不知道话从何而起。天知道，这么多年来，她早已经忘了"拥抱"是什么样的感觉。可能也正因如此，刚刚他的怀抱才让她心乱如麻。

"我不懂你的意思……"林沫的眼睛像蒙了一层雾，毫无反击力地回望着他。

元焯唇边的嘲弄愈盛："几年不见，演技见长，不愧是'演员'，修炼得不错。"

听出他莫名的嘲讽，林沫原本煞白的脸色更白了几分，鼻尖一酸，喷嚏袭来，她只好捂着嘴巴，打喷嚏打得心肝颤抖。

她再抬头，刚刚还咄咄逼人的元先生已经转身离开。

真冷，林沫捏了捏鼻子，把他的外套又朝肩上拉了拉。

看着元焯挺拔的背影，她心想：时光对他可真好，曾经瘦削孱弱的少年，如今竟也是深受少女追捧的青年才俊了。

元焯无声地递了毛巾过来，林沫拽着西装，用一只手小心翼翼地接了。

毛巾柔软干燥，带着隐隐的肥皂香，她埋首在毛巾里深深呼了一口气。她原以为，他们这辈子都不会再见了，没想到兜兜转转再重逢，又是她霉运当头。

"头发。"

"哦……"林沫温顺地拿毛巾裹住头发，没想到动作幅度一大，勉强盖住身体的西装滑落到膝盖上，她慌张地去拉，毛巾又险些从头顶掉落。

幸好元先生身手矫健，单手把毛巾接住了。

林沫双手拽着西装遮挡身子，尴尬地朝他笑。

元焯无声地上前一步，贴近了沙发。

林沫虽然瘦，却不矮，抱膝坐着刚好到他的胸前，入目是他被喷泉打湿了的前襟，白色衬衣内腹肌若隐若现。

她不禁面红耳赤地想转开视线，他却偏偏整个挡在身前。

除了他，她什么也看不见。

元焯一言不发，可动作很细致，像是要将她每一根发丝都擦干。

林沫垂着头一动不动，任由他用毛巾温柔地擦拭。

时间仿佛静止了。

除了空调出风口低沉的嗡嗡声，林沫只能听见耳边擂鼓般的心跳。

他用心地擦了擦她的耳郭，将发丝撩到耳后，不期然地看见她已经红通通的耳根。他目光微闪，无声地退开身，随意地用手上的湿毛巾擦自己同样被打湿的头发，顺手取下眼镜，擦了擦脸："先去换上我的衣裳。"

见林沫呆望着他，他挑眉："不然，你就这样出去？"

林沫赶忙摇头，跳起身，因为脚痛，着实不待见高跟鞋，她索性赤足踩在地毯上，提着他的外套问："在哪里换？"

元焯单手擦着头发，下巴一扬："那边。"

办公室一隅，黑白色的衣帽架上一水的黑白灰衬衣。

"有……更衣室吗？"

"没有。放心，我不看你。"说着，元焯转过身，"衬衣你自己挑，最好是深色的，白色沾水会变得透明。"

"哦——"林沫看了眼他挺拔的背影，磨磨叽叽地朝衣帽架走，却听他说"等等"。她刚转身，某人已经近在眼前。没等她反应过来，他就再度把她抱了起来，三两步走到衣帽架前。

他用一只脚钩了把椅子过来，将林沫丢在上面，然后才去擦头发，目光从她光着的脚上扫过。因为她穿高跟鞋赶了三站路，来锦元天地之后又马不停蹄地候场，此刻脚指头与脚跟都隐隐红肿，与白皙的肤色形成了鲜明的对比。

林沫随着他的视线看去，不禁缩起脚指头。

元焯收回目光，转过身，走到办公室门口，背对着她："换吧，我守着。"

林沫又叮嘱："你不许回头——"

元焯擦着头发，不以为意："有什么可看的，又不是没看过。"

林沫奓毛，这话说得多有歧义啊！什么叫"又不是没看过"，当年她失足落水被他救上来，确实曾经有过"湿身相对"，可那会儿，她还没开始发育呢，当然没什么可看的！

可说到底，他也许是这个世界上林沫最信任的人了。她小心翼翼地背对着门脱下坑爹的"高定礼服"，随手在他的衣帽架上挑了件黑色衬衣套上。

尽管在女孩子里她算高挑的，可穿上元先生的衣裳，她看上去仍旧有几许小孩偷穿大人衣服的感觉。

她一边卷着衣袖，一边回过身，"好了"这句话卡在喉头，她目瞪口呆地盯着背对着自己的某人。

他已褪去了湿漉漉的衬衫，正光着上身，拿毛巾擦拭肩背。

整整过去三秒，停滞的大脑才重新开始工作，林沫触电似的蹦跳着转身："你你……你在干什么？"

脚步声渐近，元焯的声音近在身后："你说我在干什么。"

他的气息喷洒在她的耳后，她几乎感觉头顶冒烟。

可他毫无察觉，擦着她的肩头绕到衣帽架前，修长的手指在衣服里随意地翻找。

林沫愣神地看着某人的宽肩窄腰，肩背后的肌肉纹理清晰可辨，以至于当他转身的时候，她不得不惊慌失措地勉强转开视线。

元焯将和她身上同款的黑色衬衣一展，穿上，一边系扣子，一边打量面前鼻尖、耳郭都泛着红晕的女孩儿，眼睫一垂："你以为我要干吗？"

林沫结巴："没……没以为。"她以为他在故意……撩拨她。

见她紧张，元焯饶有兴致地弓身，贴近了她的面孔，漆黑的眸子透过镜片盯着她的眉眼："怎么跟小孩似的，没见过男人打赤膊吗？"

她见过……也是他。

林沫没有说出口，只看见他将毛巾朝她头顶一盖，顺势一揉："在这里等我。"

"你要去哪里？"她张口便问。

元焯一边整理衣衫，一边走出办公室："给你找身衣裳，难道你打算穿成这样出去？在这里等着，不许乱跑。"

低头看看自己光溜溜的双腿，林沫红着耳朵乖乖地点点头。

办公室渐渐回暖。

林沫环视四周，不期然地看见熟悉的相片立在他的办公桌上。

那是一张旧日合影，照片上的她还未长开，低眉顺眼地看着镜头，而身后的少年已有三分青年的模样，戴着窄框眼镜，略显文弱，一只手臂环着她的肩膀，俨然是保护者的姿态。

林沫记得，那是他俩最后一次合影。

那天是元氏董事长元正航的五十寿诞。在那之后，他们天各一方。

至今，她还记得那天元家大哥语重心长地劝诫："你喜欢他？喜欢就离他远一点，这么多年了，你连累他还不够多吗？你是铁了心要把他害得跟你养父母一个下场吗？"

照片上的小姑娘眉间含着忧愁，因为她知道那将是他们最后一次合影。她口头上答应了等他出国之后书信联系，心里却早已决定和他老死不相往来。对她来说，离开是自己能为他做的唯一有意义的事。

很多人叫她林霉霉，只有他执意叫她的乳名小顺，他要她一辈子顺遂。可她怎么忍心一而再，再而三地拖累爱她的人，尤其是他？！

林沫不由自主地伸出手，抚过相框里依偎的少年，这张在别人看来或许过于冷淡的面孔，是她当年温暖的唯一来源。

咔嗒。

办公室的密码锁发出脆响。

林沫正纳闷他的速度怎么这么快，就看见门口出现一抹殷红的身影。

来人显然跟林沫一样深感意外，扶着门框与她对视许久才开口：“林沫？你怎么在这里？”

林沫松开手中的相框，局促地拉长衬衣下摆：“我……衣服湿了，过来换一下。”

辛燃早已换了便服，敞怀穿的大衣里的V领露出隐隐约约的事业线，先前被喷泉打湿的妆容显然已经精心补过，艳光四射。

看着面前的小新人，站在暖气爆棚的房间里，只穿了一件显然属于房间男主人的衬衣，光着修长笔直的双腿，辛燃感觉太阳穴火辣辣地疼。

不动声色地深呼吸，稳定住情绪，辛燃才开口：“你自己的衣服呢？外面都是媒体的人，穿成这样，像什么样？”

她的语气太过鄙夷，即便好脾气如林沫也不禁反驳：“所以，我才并没有出去啊。”

听林沫回嘴，辛燃短促地笑了一声，眉眼却是冷淡的。她走到沙发边自顾自地坐下，审视着站在办公桌旁的林沫：“你在等什么？等阿焯吗？”

平日里，因为圈内的咖位分级鲜明，对于辛燃这种大红人，林沫素来敬而远之，尽量客气，可这次，看着她怡然自得地坐在小元哥哥的沙发上，领口微敞，又联想到她刚刚是自己输入的门禁密码……林沫顿时心里堵得慌。

想了想，林沫一本正经地点头：“嗯。”

辛燃红唇一弯，不无嘲弄：“你真当阿焯英雄救美？他不过是怕你在活动现场耽搁久了，影响开业庆典的进程而已……对于他，你最好别抱什么幻想。”

“我没有什么幻想。”他是什么样的人，这世上没几个人比林沫更清楚。

“那就好。”辛燃轻车熟路地给自己煮起茶水，慢条斯理地提起茶壶，清洗茶碗，然后头也不抬地说，“对了，刚刚要不是你拉我，大概从头湿到脚的人就是我了。”

林沫心道：不是大概，是一定。

可辛燃画了眼线的眼眸一抬，似笑非笑地瞟了她一眼，又专注地看向茶具，话锋一转：“话又说回来，如果不是你在，喷泉怎么会无缘无故地出故障？可别说我欺负新人……你这种招灾惹祸的体质，还来给人家开业庆典做嘉宾，是不是有点儿……不大识趣？”

好端端的意外，好端端的出手相助，在辛燃口中反倒成林沫连累了她。

林沫据理力争：“坏了的是你那边的喷泉——”

“有区别吗？”辛燃抬起头，微笑着看向她，“我听说，你的前任经纪人可就是受不了你这霉运，才离开天颐的。哦，还有前前任们。”

林沫面色一白，三人成虎，人人都说跟她走得近了就会遭殃，这么多年来，连她自己都信了。似乎，从头到尾，不相信她被霉运笼罩的，只有小元哥哥一个。

见小艺人脸色发白，辛燃不以为意地挪开视线。

她才没有欺负弱小的爱好，不过是看着这些妄图攀上高枝、嫁入豪门的灰姑娘……不爽而已。

小茶壶发出沸腾的咕嘟声。

辛燃优雅地揭开壶盖，轻轻一嗅，而后诧异地看向林沫：“你怎么还不走？”

“他让我在这里等。”从小到大，小元哥哥从没有放过林沫鸽子。

“等？”辛燃呵呵笑了一声，“等什么，水晶鞋和仙女衣吗？”真是笑死人，元焯的性子，她辛燃还不了解吗？！

作为元氏长期以来的合作伙伴，自从元焯回国之后，辛燃一直作为御用女伴陪他出席各种社交场合。对于素来不近女色的元先生而言，她算是在公众场合里与他最亲近的女性了。

但即便如此，他从没问过酒宴时她要穿的礼服的色调，更不用说配合她的礼服来购买服装。这样的男人，难道还指望他亲自给一个名不见经传的小艺人找换洗的衣裳？这小艺人真是痴心妄想。

林沫攥着衣袖，嘴角带着一抹淡笑："万一呢？"她自己也不知道这是哪里来的信心，看着元焯离开的背影，她就百分百地确信他会回来。

辛燃被林沫不咸不淡地顶了一句，眯起眼来，没想到这个苍白瘦削的小丫头竟还有几分傲气，她还以为能被经纪公司雪藏至此的，只会是任人拿捏的蠢笨货色。

眼看要起冲突，门锁终于响了。

当先进来的是个移动置衣架，上面一水的粉白蓝衣服，都是少女系春季新款。

推着置衣架的年轻男人正是锦元的总裁助理、元焯的左右手许鹤。

没料到屋里还有旁人，他一愣，先朝辛燃打了招呼，方才转向林沫："林小姐，这些衣裳你先试试，如果不合适，我可以去换。"

林沫看着这些娇滴滴的颜色头皮发麻，她已经好些年没有穿过这样亮丽的颜色了。

她为难地一件一件拨开衣裳，没错，都是曾经她最喜爱的少女风，可如今竟有点不知如何下手。

"不喜欢？"

元焯的声音忽然响起，正翻到内衣的林沫手指一颤，赶紧用下一件衣裳挡住了："没有……挺好的。"

辛燃原本坐在沙发上，一眼看见元焯身上与小艺人同款的黑色衬衣，心里顿感不爽，抱着手臂走近，伸手在一排少女系衣裳上扫过，朝许鹤调笑："你挑的？林小姐再怎么年轻，也早过二十岁了吧，这么嫩的颜色……呵呵，怎么穿？"

许鹤眼观鼻，鼻观心，一本正经地答："是元总自己挑的。"

辛燃闻言，不可置信地看向元焯，不料他竟没有否认，而且径直走到林沫的身侧，隔着她的身子在衣架上翻出一条白色长裙。

"这件……"元焯单手将长裙举到林沫身前一比，"试试看。"

林沫双手接过柔软的长裙，伸手翻找它的吊牌，想看一下尺码是否合适。

“S码。”元焯说，“如果不合适，可以换其他尺寸。”

“合适。”林沫鼓着腮帮，“一直都是这个码。”

“嗯。”元焯挑眉，“光长个子，不长肉。”

辛燃听着两人旁若无人的对白，气得牙根发痒，但面上仍是端庄的神色：“阿焯，一起用个便餐吧，刚好我之后没有通告。”

元焯仿佛这才意识到还有她在场，礼节性地道歉：“不好意思，我还有其他安排。”

辛燃维持着笑颜：“简餐而已，不会耽误你下午的工作。”

元焯微笑，睇了许鹤一眼。

许鹤立刻乖觉地接话：“楼下的西餐厅不知道辛小姐有没有兴趣？有雅间，我可以陪您从内部通道过去。”

辛燃还想再争取，便见元焯已经推着小艺人的肩头转身：“还不快换。”

说罢，他侧身朝辛燃微一弓身：“辛小姐，我就不送了。”未等辛燃搭话，他又对许鹤吩咐，“记得替辛小姐安排雅间，好生招待。”

“好的，元总。”许鹤微笑，弯腰做了个请的手势。

辛燃一口气憋在胸口，却无计可施，只能跟着许鹤离开，走到门口，忽然听见里面的元先生声音低沉地开口：“对了，辛小姐。”

果然，他不会这样对她的！

辛燃惊喜地回身，却听见男人语气平淡地说：“办公室大门的密码我没有改，是因为这个密码对我有特别的意义。但这不代表你可以随意出入，关于这一点，我们达成共识，可以吗？”

面上一热，饶是辛燃早已练就钢筋铁骨，她依旧觉得被他一巴掌甩得脸生疼。

她勉强解释：“我以为你在里面。”

元焯点头：“下不为例。”

辛燃不甘地看了眼站在元焯身边的小艺人，她原以为会从林沫的脸上看到小人得志的情绪，没想到，这小姑娘竟只是红着脸低头看着赤裸的脚尖，全然没有打了胜仗的得意，仿佛从头到尾都不屑与她一战。这一笔账，她记下了……来日方长。

电梯里。

辛燃戴上墨镜，状似随意地打听：“元总有什么安排，饭也不吃？”

许鹤沉默了一下：“元总约了 KIKO。”

辛燃追问：“KI 的主设计师？”那个从意大利归来的天才设计师？

许鹤点头：“嗯。”

“是和元氏有品牌合作？”

“那倒不是……”

“那是什么？”

许鹤琢磨着纸里包不住火，直说：“元总说，想让他见一见林小姐。”

辛燃：“……”

许鹤看着辛燃的表情，心道：如果辛燃的粉丝在，这会儿大概能从他们女神的脸上捕捉到一整套表情包吧！

Chapter 02

我很想你

无关人士走了，林沫却还抱着衣裳站在原地没动。

“又被欺负了？”元焯原本冷着脸，却终究没忍住，先开了口。

林沫咬着下唇摇头：“没。”无非是在言语上被占点便宜，但这都不如另一件事对她的打击大。

“那是衣服挑得不合眼？先换上，晚些时候，你自己去重新挑。”

“不是。”林沫闷声闷气。

看着重逢后一直逆来顺受的小姑娘来了脾气，元焯的心情反倒好了些，他说：“那……你是在恼火辛小姐知道我办公室大门的密码？”

他甚至没有叫那个女明星的名字，而是生疏地叫她辛小姐。

林沫心里稍稍舒服了一点，眼看心事藏不住，干脆一梗脖子：“以前你说你的屋子只有我可以自由进出，为什么现在……什么人都可以？”

元焯深黑的瞳孔有一瞬闪烁，像有笑意要浮上来，却又瞬间消失无踪，转为凉薄的笑意：“你倒是……严于律人，宽以待己。”当初她明明看起来眼里、心里只有他一个人，可他前脚出国，她后脚就跟人走了，音信全无……也不知道如今她哪里来的底气质问他。

可糟糕的是，即便如此，他还甘之如饴。

林沫审视着他的眼睛，不明白他喜怒无常的原因。

元焯在她的凝视中，渐渐收起那抹笑：“第一，这是办公室，不是‘我的屋子’，这里只谈公事，不谈私事。”

“什么只谈公事……”林沫轻声反驳，“换衣服也是公事？”能让她在这里换衣裳，可见也没那么“公私分明”嘛。

元焯看着她因为生气而生动的眉眼，语气不自觉地放软了：“除了你，其他所有人在这里都只有公事。所以，你想知道自己在这里还有什么其他‘特权’吗？”

他的语声到后面越来越低，林沫立刻拎着衣裳弹起身：“我先换衣服！”

“换吧。”元焯背过身，接着说，“第二点，密码是之前许鹤带辛小姐来的时候不小心被她看见的。我没有改，不是因为信任她，而是不舍得改。不过现在，我想改一下……”

那个密码，是她的生日。

元焯说完，身后安静了一会儿，便听见小妮子脆生生的嗓音传来：“1211……”

像是刚说完就后悔了，她顿了半天才接着说：“我最常用的密码……”

12，他生日的月份。

11，她生日的日期。

那是她用了十多年的密码。

听见她轻微的脚步声，元焯慢慢地回身，便看见素雅的姑娘穿着洁白无瑕的长裙站在办公室中央。

“好。”他听见自己的声音有些沙哑。

她红着脸，小心翼翼地问：“我所有需要设置密码的东西，都是这个密码。所以……这个密码不可以被其他人知道，可以吗？”

“好。”

不会再有人知道这个密码，无论前尘往事，无论眼前的女孩提出什么要求，一贯以拒人于千里之外出名的他，此时此刻都只会说一个字。

那就是——好。

锦元天地顶层的玻璃天幕咖啡厅。

被业界传得神乎其神的意籍华人设计师KIKO坐在圆弧沙发上，刚好可以看见雪花漫天飞舞，融化成水，顺着玻璃幕墙滑落的美景。

咖啡厅门口挂着的风铃叮咚作响，KIKO 抬眼便看见白色长裙的年轻女孩儿逆光而来，玻璃门外的墙壁上恰好彩绘着天使图案，金色翅膀不偏不倚地映衬在她的身后，仿若本来就长在她的身上。

KIKO 这才确信好兄弟口中“非得一见的女孩”确有其人——她身形纤细，脚步极其轻盈，容貌放在如今的年轻女孩里算是寡淡的，却像原始森林里深藏的精灵，带着不食人间烟火的淡泊。

乍一见，KIKO 只觉得女孩儿似曾相识，仔细一想，终于记起，这张面孔曾出现在元焯寝室书桌上的照片里，那照片一放就是四年。其间，照片几度被束之高阁，又几度被放回桌面中央。

他知道，那个小姑娘大概是他这位性情孤僻的好友心里的一颗朱砂。

没想到，元焯竟舍得把这颗朱砂介绍给旁人。

元焯坐下了，一边招呼侍应生，一边问：“坐这里冷不冷？”他们坐在落地玻璃边，空气中多少有点寒气。

林沫摇头：“不冷。”

“啧啧。”KIKO 揪着自己单薄的衬衣，“元先生怎么不问我冷不冷？”

元焯看也不看他：“皮糙肉厚，经得起冻。”

林沫看了眼面前白皙美少年模样的年轻男人，对于元焯口中“皮糙肉厚”的定位表示……无法理解。

KIKO 捂着胸口一声哀号：“算了，懒得和你一般见识！我是 KIKO，美人儿，你呢？”

林沫一愣，KIKO？迟疑了一下，她问：“KI 的……KIKO？”

KIKO 眉开眼笑：“对，你关注过吗？”

“当然！每一季的设计我都喜欢，色调、造型，每一样都喜欢！”林沫眉眼一弯，伸出手来，“我叫林沫，双木林，泡沫的沫。”

“嗯，原来是人鱼公主。”KIKO 笑嘻嘻地伸手，打算相握。

没想到，一本菜单被抢先塞进 KIKO 的手心。

KIKO茫然地看向冷着面孔的元先生，后者面无表情地说："喝什么？点单。"

看着小美人收回的纤纤玉手，KIKO眉头一抖，元焯这个小气鬼！

侍应生闻声过来，毕恭毕敬地问："请问需要些什么？"

"拿铁。"

"美式。"

轮到林沫了，考虑到自己腹中空空，她放弃了咖啡："橙汁，谢谢。"

侍应生为难："抱歉，我们的榨汁机刚刚出了故障。"

林沫试探地问："……不响应了？"

"对。"侍应生毕恭毕敬地答，"电机忽然不工作了。"

林沫遥遥看了眼远处的吧台，轻声说："要不……换个插口试试？"

侍应生一头雾水，但还是礼貌地答应了。

林沫目送他走开，转头才发现左右两位男士都盯着自己，顿时自觉失言，打着哈哈说："我就随便猜猜……"她总不能说是因为她看着吧台榨汁机后面的插口，就觉得那儿有问题吧？

片刻之后，咖啡还没好，侍应生已经端着鲜榨橙汁过来了。

"小姐，您简直料事如神，果真换个插口就好了。"

KIKO拊掌大笑："果真是个妙人。"

林沫红着脸，捧着玻璃杯吮吸果汁，一抬眼就看见身侧的元焯托腮凝视着她。

他平静地转开视线，状似无心地接话道："我们家小顺确实是个妙人。"

我们家？

林沫咬着吸管，若有所思地看着他，却被KIKO打断了："要撒狗粮，请挑中午——"

待两人看向他，他才优哉游哉地补充："因为，早……晚都有报应啊。"

"噗。"

林沫一笑，眼如新月。

KIKO 仔细地端详她的笑颜，玻璃外的光线强弱刚好，让这个年轻女孩仿佛被圣光笼罩，温和又亲昵，带着未经雕琢的神秘。

他摸了摸光洁的下巴，调侃道："终于等到你，还好我没放弃。"

林沫正疑惑，就听元焯冷冷地开口："他成天在看相亲节目，有点不正常。"顿了顿，他又说，"所以，你觉得怎样？"

KIKO 咧嘴："不能更好。"说罢，他再度朝林沫伸出手，"邀请你做 KI 这一季的特邀模特，你愿意吗？"

做 KI 的特邀模特无疑是接触时尚圈资源的捷径。可是，以她的特质，她真担心会连累 KI，以至于连累小元哥哥和 KIKO 的友情。

"我可能不太适合。"林沫犹豫，"KIKO，你刚从国外回来，也许对我……还不是很了解，我这人运气不太好的。"

KIKO 眨了眨眼："你是说，阿焯因为你，推迟了一年出国留学这一类的事吗？"

林沫羞赧地点点头。

KIKO 托着下巴靠在桌边："但你知道吗？如果他没有推迟一年入学，就不会和我成为同学、成为室友。那或许，我就没机会遇见你这么妙的人了。"

KIKO 明明已经是功成名就的精英，说起恭维话来依旧轻车熟路。

他的话刚出口，就听见元先生清了清嗓子。

KIKO 忙装作害怕地朝后一仰："所以，塞翁失马，焉知非福。"

"对……"元焯似笑非笑，"我失马，你得福。"

KIKO 哈哈大笑："一家人不说两家话！"

咖啡厅内音乐轻缓，让人忍不住身心放松，就连长年累月绷紧了弦的林沫，都有一瞬想不管不顾。

短暂的沉默后，元焯端起咖啡抿了一口："你还记得，落水那次，你拒绝乘坐的船吗？"

林沫点点头。

她记得，那时候养父母尚在人世，养父作为元董的得力副手与元家走得极近，她也因此常常和元氏兄弟一起外出。那天，他们在城郊露营，想越过一条河去对岸的森林，河边泊着一条简陋的小船，元家大哥元尧和几个玩伴提出坐船过河，可她看着那艘船就犯怵，说什么也不肯坐。最终元焯单独陪着她走了整整二十分钟，找到小木桥过河，却因为她弯腰看鱼不慎落水……连累他发了肺炎，这才耽误了去国外入学，硬生生拖了一年。

“那艘船是附近农户的，元尧他们不告自取划走了船，农户的妻子临产，急着过河却找不到船，险些酿成大祸。”元焯安抚地朝林沫点点头，“大人、小孩都没事……不过，那家兄长气急，一路找到元尧他们，一顿好揍。”

“啊？”这事林沫头一次听说。元焯救起她后，两人急急忙忙回家换干净的衣裳，没有再和元尧等人会合，这件事也从没听人提起过。

“你还记得元尧眼角的疤吗？”

“嗯……”元家大哥破相的原因一直是个谜。

元焯放下杯子，认真地看着她的眼睛：“所以，托你的福，否则，我难免跟元尧一同被追着揍。”

“你应该说，亲爱的沫沫是你的幸运女神。”KIKO咳嗽了一声，挑眉，“我说阿焯，女生不是这么哄的。”

“谁说我在哄女生？”元焯云淡风轻地说，“我只是在陈述事实。”

林沫笑看他俩一冷一热却默契无比地闲聊，似乎什么都不必在意，什么都掌握在手中。

末了，元焯抿了口咖啡：“总之，既然KIKO觉得你适合，你就安心接下来好了。若真亏了，受损失的是他，又不是你。”

KIKO不以为然：“女神是我相中的，自然对她有把握。将来这一季爆款，你可别想从我这里拿半毛钱的介绍费。”

元焯嘴角一勾：“谁稀罕？”

林沫知道他俩佯装争论不过是安慰她。拗不过KIKO，她终于答应去试镜。

元焯这才起身，对KIKO说：“你结账。”

KIKO反抗：“你不是这里的老板吗？喝杯咖啡还要结账？”

习惯性地轻推着林沫的背，元先生头也没回地说：“请你的沫沫、女神、公主喝杯饮料也不舍得吗，大设计师？”

某个小鲜肉设计师在两人身后嘀咕：“……阿焯你这个吃醋王。”

走进电梯，林沫想起古灵精怪的KIKO，仍不由得一笑。

元焯看见她的微笑，若无其事地说：“看来，你对KIKO比对我有兴趣。”

“啊？”

元焯透过电梯厢壁的镜子与她对视：“久别重逢，也没见你这样对我笑过。”

林沫耳根发烫，心想突然重逢，她心动、紧张都来不及，哪里还笑得出来？愣怔间，她就从镜中看见元先生双手插在西服裤的口袋里，弯下腰身，从身后贴近了她的耳朵。

她屏住呼吸，感觉耳后若有若无的呼吸。

“所以……”元焯声音略显嘶哑，在密闭的电梯间里隐约响起回音，“你就没有什么想跟我说的吗？”比如，告诉他当年为什么不告而别；比如，告诉他投奔幸福而去的她如今怎么会形单影只；比如，告诉他这几年她到底过着怎样的生活。

元焯的视线，从电梯厢壁的镜子里，直直地锁在林沫的眉眼间。

林沫手指捏紧裙裾，觉得心都快要从喉头蹦出来，陡然想起，大学室友曾说过“生平心跳只剧烈跳动过三次，一次是考试作弊被老师点名，一次是下楼梯一脚踩空……还有一次，是发现他在看我”。

那时的林沫，听过之后，只笑一下，也就没在意了，此刻却猛地想起来，认为“发现他在看我”的感觉就是这种活在某人眼睛里的感觉。

她细声细气地说：“我想你。”

电梯里瞬间陷入安静，只听见轿厢外的链条隐隐作响。

他直起身，似真似假地说：“什么？我没听清。”

他怎么可能没有听清？这里这么安静！林沫抬眼刚要反驳，就看见电梯厢壁的镜子里的某人眼角眉梢中似乎有那么一抹冰雪消融般的笑。

这笑容让她心头一怔。

电梯恰好降到第一层，门打开的瞬间，丝毫不知道自己眼角带笑的元先生，终于等到小姑娘清清楚楚地说："这些年来，我很想你，小元哥哥。"

他大步从她身侧走过，率先出了电梯。

而走在后面的林沫，也因此错过了她和他都以为绝不会在他脸上出现的……春风得意的笑。

走在商场内，若不是仔细听，元焯几乎听不到身后人的脚步声。

他不开口，她也不出声，但一直与他保持着不远不近的距离，像是怕被他弄丢了。

终于，元焯停下脚步："什么时候回来的？"

林沫险些撞上他的背，低声答："大学毕业就回来了。"

"怎么不留在那里？"他顿了一下，话到嘴边又咽了回去，"……一个人回来的？"

林沫觉得他的话里有几分蹊跷，一个人？不是一个人……还能几个人？她早已经是天涯孤女，要说亲人……恐怕他算是这世上和她最亲近的人了。

"嗯。"

元焯转过身，欲言又止，终究还是放弃，只哦了一声，转过身去。

不远处，商场一隅布置着装饰用的热气球，五彩斑斓，格外好看，年轻的夫妻带着小孩正在一旁合影，拍好了照片，妻子走到丈夫身旁看相机屏幕，留下小孩子站在远处。

小孩子左顾右盼，被热气球里的卡通玩偶吸引了注意力，肥短的小手小脚并用着晃晃悠悠地朝上爬去。

原本走在元焯身侧的林沫见状，心里一咯噔，撩起长裙裙摆三步并作两步地奔去，双手抱住小孩子，一个旋转，自己背对着热气球，将小身子牢牢地护在怀里。而几乎与此同时，原本牢牢地悬挂在商场顶上的热气球猛地坍塌在地，发出一声闷响，皮质的热气球软趴趴地覆盖下来，将小孩子原先站着的地方盖得严严实实。

从林沫怀里接过被吓蒙的孩子，年轻夫妻不住地道谢之后，心有余悸地带着孩子离开了。

因为这里的位置较为偏僻，声响也不大，除了楼上偶有顾客探头张望，并没有引起多大的骚动。

林沫松了一口气："好险。"

"没事吧？"元焯口中问询，视线却紧紧地定在她的身后。

林沫顺着他的视线回头，便听见年轻男人阴沉的嗓音："我说怎么到处出岔子！这种场合，把她这样的人请来做嘉宾，阿焯，你还有没有分寸？"

说话的人梳着背头，身材与元焯一般挺拔，眼神却分外阴鸷。与元焯重逢时，仅仅听声音，林沫就立刻认出他来，可眼前的这个人，她却花了好几秒才辨认出是元尧——元焯同父异母的哥哥，当年说服她与小元哥哥断了联系的人。

当年元尧性格火暴，与冷静寡言的元焯截然相反，可那时他身上并没有这么重的戾气。

元尧的视线从林沫的脸上一扫而过，他厉声指责身旁主事的工作人员："今天这么重要的日子，为什么找她来？"

中年男人紧张地整理着领口，支支吾吾："是总裁助理一再要求，我们才……"

元尧怒气不减："总裁助理？你的老板是谁，你的奖金谁发？"

"是我请她来的，许鹤只是奉命办事。"元焯不动声色地将林沫护在身后。

元尧似乎勉力压制住怒气，放慢语速："当年你少不更事也就算了，怎么现在还这么胡来？且不说她的人气低，你难道不知道她的外号是'林霉霉'？你看看今天，这才开业第一天，乱成什么样子？"

林沫咬着唇，尽管被元焯挡在身前，她也能想象得出元尧脸上挂着的鄙夷神情。

元焯的声音毫无起伏：“看到了。”

“看到了就好。”元尧哼了一声，“该走的赶紧走，别再让我看见她出现在锦元天地。”

元尧撂下狠话，掉头就走，却听见身后元焯语气平淡地开了口：“‘该走的’赶紧走？大哥说的是她，还是我？”

被一语点破，元尧不阴不阳地说：“说的是谁，谁心里清楚。”

元焯嘴角勾起，眼神冷淡：“是吗？我倒想知道，开业第一天事故频发，不从管理监察上找问题，却把责任往人家小姑娘身上推，这种处事方法，是谁教的？老爸，还是……阿姨？”

元尧转过身，眯起眼，威慑地凝视着曾经被他视作雏鸟的弟弟，显然，如今的弟弟比他想象的要强势。神色一变，他换上兄长式的笑：“这并不是推卸责任，而是……林沫声名在外。”

一言既出，众人的视线会聚过来，有些不认识林沫的人低声问询，林沫顿时被推入尴尬的境地。

有人声音压得极低地说：“林霉霉嘛，扫把星，连经纪人都嫌弃她……唉。”

她的心狠狠地疼了一下，尽管她原以为自己早就习以为常。

没想到会在元焯的面前被人如此奚落，她有点不知所措。

林沫的肤色原本就白皙，此刻更是半点血色也无，手指甲嵌入手心也不自知。直到元焯的掌心落在她的肩头，轻轻一压，她才察觉自己此前竟气得在发抖。

元焯的手掌只在她的肩头停了一瞬，他便面无表情地从她的身前走过，目光扫过元尧身后的安保主管：“昨天开会时，我再三叮嘱过店内的电梯、器械、装饰需要再检查一遍，尤其仪式现场的灯和喷泉。”他顿了顿，语速极缓地反问，“是，还是不是？”

他语气冷淡，并不严厉，可安保主管霎时脸色苍白：“是……都检查过……”

“那我问你，喷泉好端端的为什么会失控，电梯为什么锁死，热气球的挂钩又怎么会脱落？”元焯脸色一冷，语速加快，“你该不会想说因为林小姐在场吧？如果是这样，我想你不适合留在锦元天地，这里不需要神棍。”

安保主管忙摇头，迟疑地说：“音乐喷泉昨天测试了三次都没问题，电梯也已经连续开放一周都没故障……至于这里，我路过的时候也查看过……”

“去查监控。”元焯简单地说，“明天上班之前，我要个交代。”说完，他侧过身对林沫软声道，“走吧。”

眼瞅着元焯与小明星并肩离开，安保主管一口长气才吐了出来。

元尧瞟了眼瘫在地上的热气球，轻描淡写地说：“撤了。”

安保主管犹豫道：“……要不留着，我让人查查是哪里出了问题？”

元尧瞥了他一眼：“听不懂我的话？”

“好，好，马上……马上。”

林沫一直沉默着，跟着元焯直接走到地下车库，她比谁都清楚，那些都是流言蜚语。

她对事故要发生的预感总是出奇的准确。她也曾想过视而不见，别人也就不会知道她的“与众不同”，可事到临头，身体总比头脑反应更快，她没办法置之不理。

林沫低头看着自己的脚尖，全凭直觉地走，不期然一头撞上元焯的背。她揉着脑门抬起头，只见比自己高出一个头的元焯正无声地看着她。

电梯间的灯光晦暗，镜片后元焯的目光深邃，他扶着林沫的肩头等她站稳了，才慢慢地开口：“元尧的话，你不需要往心里去。他针对的是我，不是你。”

林沫沮丧地说：“听得多了，早就习惯了。”

她垂着头，不想让元焯看见自己狼狈的模样。

可他按住了她瘦削的肩头，使得她不由自主地抬头挺胸，与他对视。

他哑声说：“你不应该是现在这副样子，小顺。”

林沫心里一酸。

分别之前，他是元家继室的儿子，她是林家唯一的养女。说起来，他们门当户对，两人自小感情甚笃，大人也未曾阻拦。而时隔经年，他已是留学归国的精英，青年才俊……她呢，孤家寡人，在娱乐圈浮浮沉沉这么些年依旧默默无闻。

她现在的模样……

见林沫渐渐黯然的神色，元焯叹了一口气，心知她想歪了，屈起食指轻轻地抬起她的下巴，让她不得不与自己对视。

“我不知道你这些年都在做什么，经历了什么……”他微微蹙了眉，“但这么点打击，我不相信你扛不过去。有什么可怕的？别忘了……你还有我。”

林沫看着映在他镜片里的自己，低声说：“我不想……再给你添麻烦。”

看着面前波光流转的眸子，元焯无声地叹了一口气，大手一揽，抚上她柔软的头发，让她贴在自己的胸前，像多年前爱哭的她掉眼泪的时候一样，拥她入怀，轻轻地拍着她纤弱的背。

“笨蛋。”他哑声。

“我不是……”

她刚要辩解，便听见将下巴压在她头顶的某人富有磁性的声音：“我早说过，我不怕麻烦，我只怕……”

“什么？”

元焯并没有回答，只是轻轻松开了林沫，面色已如常：“总之，打起精神，记住，不管发生什么事，我都是你的底牌。”

林沫一愣，然后莞尔，从前的他也一直这么告诉她。此刻，她仿佛又找回了最坚固的盔甲和最饱满的士气，扬起笑，目光像重新燃起的烛火：“嗯。”

气氛正好，从黑暗中传来的咳嗽，不合时宜地打断了两人。

许鹤满脸尴尬地理着领带，从车位处走过来："抱歉，打扰两位……叙旧。元先生后续还有会议，所以，我只好不识趣一下。"

没想到还有旁观者，林沫顿时脸颊飞上红云。

许鹤打着哈哈："那个……小钟已经在车上，随时可以出发。"

元焯说："我马上还有会，让司机送你回家。"

林沫婉拒："这边搭地铁很方便……"话未说完，她看见他似笑非笑的神情，然后心里一软，"好。"

直到奔驰车缓缓驶离，元焯才转身回电梯间。

"你私下去调监控，捣鬼的人总会留下蛛丝马迹。"背对着许鹤，元焯冷声吩咐，"至于安保部门报上来的报告……扔一边吧。"

"好。"许鹤三两步追上年轻的总裁，想了想才说，"老实说，今天幸好这些岔子都发生在林小姐身上，如果是普通客人，又或者是辛小姐……后果不堪设想。"辛燃的粉丝大概会把锦元天地都给拆了吧。

元焯挑眉："幸好……是林沫？"

许鹤顿感失言，清了清嗓子："不、不，我不是那个意思。我是说，林小姐真是福将，今天能顺利度过，她功不可没。"他原本不明白，为什么老板会找这么一个并不受待见的女明星来为开业站台，但精明如他，现在要是还看不透老板的心思，这助理也就不用做了。

电梯门开了，元焯长腿一跨先一步走进去，冷硬的嗓音明显软化："谁说不是呢。"

Chapter 03

独家女神

尽管林沫将 KI 的邀约告诉了代理经纪人莲姐，对方却不以为然："那你就去试试吧，反正 KI 那边刁难人是出了名的，估摸着也没戏。"

于是，单枪匹马前往摄影棚的林沫，令 KI 的工作人员大跌眼镜。

本以为老板亲自相中的模特，怎么也光鲜亮丽、身价不菲，谁能想到居然是个自己打车前来的、容貌寡淡的女孩儿？

摄影助理将林沫安置在休息室，转身出来倒水时向人打听："这是谁啊？面孔有点生。"

"老板的朋友介绍的。"知情人士压低嗓音，"听说是被天颐影业雪藏的倒霉蛋，有点邪乎。老早前我做摄影助理那会儿，见她当过模特，圈里人都叫她林霉霉……"

两人正嚼舌根，忽然感觉周遭低气压突至，双双回头，恰好看到年轻男人路过的背影。

"这个……"

"是元先生？！"

"是啊！锦元的元先生啊，他怎么会来摄影棚？"

"……难道？"

"难道说和林霉霉搭档拍摄的人，是元先生？！"

被留在休息室里的林沫，一坐就是许久，随手拿了身旁的杂志翻看起来，只见封面上的少女有张似曾相识的面孔，左下角的标题写着：时尚新贵元萌萌。

那人正是元焯的表妹，一贯被全家宠着的小公主，曾与林沫有过数面之缘。

元萌萌刚刚成年就被送出国，听闻与元焯同校，兄妹好互相照应。

所以……她回国来了？

忽然听见休息室的门被打开，林沫以为是摄影助理回来了，便指着照片上元萌萌的特写，轻声问："元小姐以前来这里拍摄过吗？"

"嗯。"

传来的却是低沉的男声。

林沫赶紧回头，见穿着针织便服的元焯已经走到她的沙发背后，俯身看她膝上的杂志："不记得她了？"

林沫笑笑："当然记得……不过，萌萌的变化还是挺大的。"

"怎么？"

"漂亮了许多。"她还记得，当年那个圆脸小姑娘，一笑便露出两个酒窝，还有双下巴。

元焯沉吟了一声："我倒没觉得。"说起变化大，谁也比不过他面前的这个女孩儿。谁能想到，当年的小女孩如今会这般亭亭玉立，甚至还隐隐带着一股子女人味。

林沫指着元萌萌精致的妆容："多好看——"

猝不及防地四目相对，她才发现他压根没有看杂志，而是静静地凝视着她的侧脸。

元焯双手撑着沙发椅背，慢慢地直起身，纤薄的唇瓣一抿："没有你变化大。"

林沫将手中的杂志一合，倏地站起身："哪……哪里变了？"她一直觉得，周遭人事变迁，唯独她似乎停在了多年前分别的那天。

认识的人再多，也没谁能走得进她的心里。

经历的事再多，也无法让她刻骨铭心地记住。

元焯靠近了她些许，修长的手指落在她微蹙的眉头，稍加用力抚平：“小小年纪，皱什么眉？”

手伸出去了，按上了，他才一愣，发现自己对她的亲昵动作做得顺其自然，甚至脱离了他的自制力。

林沫眼观鼻，鼻观心，讷讷道：“我都快二十三岁了。”

“我知道……”他说，“还有一百二十八天，你满二十三周岁。”

林沫目瞪口呆，就算她自己，也没办法随时准确地报出距离生日还有多少天。

“喂、喂！”年轻女孩儿娇俏的嗓音从门口传来，“别怪我打扰两位的好事儿，我可是在门口等了好一会儿了。外间冷，把我冻病了，我怕哥哥你要被阿征勒索医药费哦！”

元焯不慌不忙地收回手，目光在林沫的面上流连：“尽管勒索。要不，你在外面再等一会儿？”

“天哪！你真残忍！”刚刚完成拍摄的元萌萌捂着胸口做心痛状，转身挽住身旁的瘦削男人，“阿征，你要替我讨回公道。”

跟在她身后的年轻导演齐征笑道：“我不蹚你们兄妹这浑水。”

元焯点头：“齐导明智。”

元萌萌噘嘴，甩开男友的手，笑盈盈地凑到林沫的面前：“哟！这是我的嫂子吗？”

林沫哭笑不得：“你不认识我了吗，萌萌？”

元萌萌听她叫得亲昵，不由得正色打量，终于眉开眼笑地双臂一张，将林沫抱紧：“是你啊，小顺姐！”

林沫顺势环着她的腰：“是我。”

“天哪！”元萌萌退开半步，好生端详她，“你居然变得这么白，这么高，这么瘦！你这些年都在哪里啊，完全没有消息。”

林沫不好意思说她就在内地娱乐圈里泡着……同在一个圈子，元萌萌都不知道她，可见她的出镜率到底有多低。

“前些年在别处，近两年回来的。”

“是吗……”元萌萌瞟了元焯一眼，“是很偏僻的地方吗？”

“算是吧。”林沫心想，他们恐怕都料不到天生畏寒的自己，会选择远在北方的高校念书。

元萌萌小心地打听：“你一个人吗？”

为什么兄妹俩都问同样的问题？林沫疑惑地说：“……是啊，我自己。怎么了？”

元萌萌颇有深意地看了兄长一眼，摇头：“没什么。”说着，她亲热地拉起林沫的手，“你怎么会跟哥哥在这里？”

正说着话，摄影助理敲门进来请林沫去摄影棚，元萌萌这才恍然大悟：“原来KIKO说的和哥哥一起给新一季设计的爆款试镜的人，就是小顺姐你呀！”

林沫抿嘴笑：“嗯。”她心里狐疑，什么叫和元焯一起？

“我替您拿。”女摄影助理殷勤地俯身要替元焯拿外套，却被他不着痕迹地先一步拿走了。

她殷勤地追问：“元先生，您要不要先喝杯咖啡暖一暖……糖要几分？”

“我想，KIKO付你摄影助理的工资不是让你来端茶送水的。”——更不是来嚼舌根的。元焯淡淡地瞥了她一眼，俯身取过林沫的外套，与自己的大衣一起搭在手臂上：“走吧，小顺。”

女摄影助理碰了一鼻子灰，却浑然不明白自己究竟哪里得罪了元先生。

忽然，一直沉默旁观的齐征笑问：“林小姐，近期档期满不满？”

他一言既出，林沫与元萌萌面面相觑。

林沫犹豫了一下说：“应该还有空的档期。”

元萌萌终于转过弯来，挽住齐征的手肘，亲昵地问：“阿征，你是在替我物色搭档吗？”

“对……”齐征微微笑道，“下个月新剧开机，战争年代戏。双女主，萌萌和另外一个女艺人担当，现在萌萌身边还有一个女军师的角色空缺，斯文诸葛亮的那种类型。林小姐有兴趣试一试吗？”

天降之喜。

林沫不由自主地将视线投向元焯，后者无声地眨了下眼。

“有，我有兴趣。”许久未接到片约的林沫早已心痒难耐，何况对方是正当红的新锐导演，这简直是不可多得的机会。

齐征微笑：“那么，我发协议给你的经纪人。”

林沫微窘：“要不，您直接发给我吧。”她的代理经纪人大概不太待见这事。

“萌萌拿给我就行。”元焯在林沫的肩头轻轻一带，化解了她的尴尬，“走了，改天一起吃饭。”

等摄影助理带着元焯和林沫离开，元萌萌才好奇地问男友：“你见过小顺姐？”

“没有。”

“那你怎么知道她会演戏？”

齐征耐心地解释：“我是导演，会不会演戏，要看我怎么教。这都不重要，关键是，她外形适合。”

元萌萌追问：“就这一个原因？”

“还有……”齐征四顾休息室，“萌萌，你有没有想过，为什么你哥让你放着私人休息室不用，特意绕到这里来？”

“嗯？我哥喜欢安静，不待见我身边那些助理、保镖……”元萌萌歪头看着他，“所以让我避开他们呀。”

齐征一笑：“他是专门让你我来见这位林小姐的。”

摄影棚化妆间。

化妆师对着镜子里的女孩儿端详了许久，也找不出该从哪一处下手。

严格来说，这张年轻的面孔并不完美，比起当红小花来说甚至是寡淡的。可这温婉的眉眼，恰到好处地在最平衡的那一点——眉浓一点、淡一点都会少几分韵味，极具东方特色的丹凤眼顾盼生辉，就连血色不足的唇，也纤薄得刚好，无须任何人工雕琢。

要说美艳，大把的女明星超过了她，但要说灵气，她却首屈一指。

穿着KIKO独家设计的长裙，林沫觉得特别不真实，一路上提着裙裾走得小心翼翼，行至楼梯拐角，恰好与另一拨人相会，她习惯性地后退了半步，却又福至心灵地抬起了头。

面前的男人，穿着与她同色系的休闲西服，头发朝后梳，金属框眼镜也摘了，露出明亮的眼眸和高挺的鼻梁。

元焯的样貌遗传了俄罗斯血统的母亲，有着异国人种特有的深刻轮廓与鲜明的棱角。因为他不苟言笑，平日隔着镜片的眼眸常让人捉摸不透，如今他摘了眼镜，才让人看出原来他的眼睛竟是一双眼尾略上扬的桃花眼。

他鲜少摘掉眼镜，更少见笑容，所以，注意到这一点的人不多。

目光从林沫淡淡的腮红上扫过，元焯对她身后的化妆师说："她不需要打腮红。"

化妆师也有同感："待会儿我再给她补点粉，淡化一下。"

元焯却说："别扑粉，太厚，失了本色。"

"阿焯说得对，她就自然状态刚刚好。"KIKO刚好从摄影棚里出来，打量了一眼迎面而来的两人，颇为满意地一笑，"沫沫，我可是托了你的福才说动这尊大佛来给我捧场。前几季我好说歹说，他也只让我在锦元上了几张广告而已。"

元焯从KIKO身侧走过，眼风一扫："还不开拍？"

KIKO朝林沫一挤眼，扬手招呼："模特就位，开工，开工！"

早些年刚出道，林沫因为漂亮，也曾做过一阵子平面模特，拍的是少女风的那种。但她气质天生清淡，和当时流行的萌系并不搭，所以一直不红，渐渐地，她也就不再接拍。

可灯光一打，她身体里的记忆很快就复苏了，对于镜头的把控并不比专职模特差。

元焯西装领口紧束，眉眼冷峻，整个人有种禁欲的气质，恰好与林沫的空灵相对，本就喜怒不形于色的他，在镜头前依旧淡定自若。

林沫甚至怀疑他是不是做过模特。

拍摄进行了一会儿，KIKO 笑嘻嘻地说："拿出你们私下相处的劲头来，我要的是冷淡下的激情。"

冷淡下的激情？林沫偷偷瞧着元焯，他正似笑非笑地睇着 KIKO。

上一次她见他不戴眼镜，是多少年前的事了？

那次他从河里抱着她游上岸，眼镜不慎遗失在河里。她呛了水，始终缓不过气来，被他轻轻拍着脸颊，一遍一遍地呼唤，终于一口水喷了他满脸。她睁开眼时，满脸水渍的他连擦脸也顾不上，就一把将她揽入怀中，像是生怕她消失不见。

随着曾经相处的画面一点点地浮现脑海，林沫的眼神不由得放软，像一汪清泉将面前的男人围绕。

元焯自然能感觉到小妮子从浑身僵硬地进摄影棚到渐渐找回镜头感，再到如今看他的眼神里起伏的涟漪。

他勾起唇，五官的冷峻因此而化解，仿佛瞬间恢复成曾经青涩而温柔的少年。

林沫怔怔地看着他的笑，看着他走近，看着他伸手虚扶起她的下巴……看着他眼里那个小小的自己。

快门就是在此刻接连响起。

林沫恍然侧脸去看摄影师，却见 KIKO 在旁边比了个 OK 的手势："Perfect，my dear！"

元焯长腿一跨，跃下拍摄台，顺手捞了外套在手臂，瞟了 KIKO 一眼："谁是你 dear？"

KIKO 揉着鼻尖哈哈大笑："顺口，顺口而已。"

元焯不理睬他，转身双臂朝摄影台上的林沫张开："跳。"

林沫恍然想起，以前每次有高台，他都是这样在底下接着自己，从来没有一次疏漏。

她眉眼一弯，毫不犹豫地从台上向他跃去。

水绿的裙裾在强光之下如同蝶翼，几近透明，随风扬起，女孩儿轻盈的身影如蝶，毫无畏惧地飞扑向台下。

出于职业敏感，摄影师就在这一瞬按下了快门。

顺利地落进宽厚的怀抱，她抬起头朝他笑笑。

他却已经别扭地移开视线，松开她，转头与 KIKO 说话去了。

原来只有她想起了曾经，她低落地转身，却被一件带着温度的大衣从身后裹住。

她回头，见元焯已重新戴上眼镜，他说："走吧，大设计师发话了，今天的工作完成。"

林沫难以置信，不都说 KIKO 挑剔出了名吗？

可 KIKO 凑近了相机，只顾专注地盯着样片，随手一挥，权当告别。

摄影师看着离去的两人，探询道："这次模特哪儿找的，相当给力。"

"这可不是模特。" KIKO 神秘兮兮地说，"这是财神爷和财神奶奶。"

"少来，你小子还缺钱？"

KIKO 又向相机凑近了一些，一本正经地说："我认真的，这两个没准真能让 KI 上一个台阶。"

摄影师见他认真，也不由得凝神看了一会儿，照片里女孩儿如蝶起舞，俨然飞蛾扑火的姿态，目光纯净，带着毫不犹豫的信任……

"可能吧。"

林沫坐上元焯的车，车子刚驶出院子，路旁轿跑的车窗便打开了，后座的元萌萌摘下墨镜："等你俩好久了！走呀，一起吃饭去。"

元焯偏过脸："晚上有约吗？"

林沫摇摇头，她能约谁？

"一起？"

“好。”

元焯开车跟着元萌萌的座驾走街串巷，最终驶入市郊著名的五星饭店的停车场。

这家饭店客房是主营，餐饮不过是锦上添花，但元萌萌执意说这家的狮子头好吃，滔滔不绝地与林沫攀谈，说吃喝，说圈里事，话题不断。

两个男人倒很是沉默，各自只管照料好自己的女人。

齐征旁观者清，很快意识到元焯对这个名不见经传的女艺人是认真的。

且不说林沫与元萌萌喁喁私语时，元焯的目光始终追随着她，当她想拿纸巾的时候，他总是恰到好处地将抽纸盒转到她的面前，她的饮料杯始终是满的，旁边还有他示意服务生不时替换的热茶备用……

最关键的是，林小姐似乎毫无察觉，而元先生依旧乐此不疲。

齐征将剥好的虾尾肉放在女友面前的碟子上，恰巧元先生也做了同一个动作，两个男人对视一眼，一笑而过，各自忙碌。

饭后，元萌萌直呼：“早知道你在这里，我早几年就回国发展了！我跟哥哥在圣安简直太孤独了。他这人自带‘驱人光环’，男女老幼都自动绕道三米远。他爱清静也就算了，却连累我也没个伴。”

林沫已不知多久没与人这般欢畅地谈天说地了，一直以来，她总是绷着一根弦，生怕下一秒霉运与祸事不期而至，因此，自动与世隔绝。

可元焯一回来，似乎一切都不同了。

原本四人打算坐直达电梯下停车库，电梯门开的瞬间，林沫却拉住了元焯的衣袖。

“怎么了？”元焯停下脚步，回头看她。

林沫摇摇头，直觉告诉她坐这部电梯下去会有不好的事发生。

元焯看着她为难的表情，压低了声音问：“很糟糕？”

林沫轻轻摇头：“也……还好。”

元萌萌见他俩磨磨叽叽地不进来，干脆探身去拉林沫，一把将她带到自己身侧，笑嘻嘻地说：“悄悄话你俩待会儿上车说，现在小顺姐还归我。”

元焯跟着走进电梯，不动声色地站在林沫的身旁。

电梯倒是稳稳当当地降落了。

可出了电梯没走几步，元焯就知道他家小姑娘的直觉又一次灵验了——他们老远就看见元尧那辆三百多万的奔驰车亮着灯。

元萌萌倒是反应迅速，一把抓住齐征的手掉头就走："哥，你顶住！我可不想被尧哥哥抓包，他又要一通说教，烦死了……"

说罢，两人已经步入步行楼道里。

元尧与亲随说话间已经走了过来，林沫和元焯再躲避已来不及，只得迎面遇见。

元尧嗤笑："好样的！回国没多久，别的没学会，先学会泡小明星了？"

元焯不动声色："吃顿便饭而已。"

"大老远地跨半个城区来吃饭，我还真是小看了两位的'食欲'。"元尧哼笑，"别以为这里偏僻，狗仔就不会来。当心丑闻被曝光，给父亲丢人，到时有你好看。"

元焯不咸不淡地回道："你心里有什么，眼里就看到什么。"

元尧没好气地说："总之，你自己注意点，少给家里惹麻烦！"

元焯沉默不语。

他原本就比元尧高些，挺直腰板站着，元尧竟有几分在这个弟弟面前抬不起头来的错觉，于是心情不爽地从他面前走过。

董事会秘书见恰好遇上元焯，干脆提醒一句："元总，后天下午的董事会——"

他的话没说完，就被元尧打断了："他一向不参加，有什么可说的。"也幸好，元焯对董事会的事无甚兴趣，否则，元尧对这个弟弟会更忌惮。

没想到，元焯勾起唇："我知道，会去。谢谢。"

这下，不光元尧惊讶，就连本来只是例行通知的董事会秘书也愣住了。

元尧眯起眼，看了眼双手插在裤子口袋、状似毫不在意的弟弟："你又不忙了？"

“公司的事更重要……”元焯云淡风轻地说，“你说对吗，大哥？”

话不投机半句多，元尧很快便带着一众亲信进了电梯。

林沫这才一口大气呼出来，全身放松了。

“你为什么这么怕他？”元焯低头，只见她紧张得脸都白了。

林沫摇头，被追问得紧了才说：“看到他，我总觉得……我们还会被迫分开。”像从前一样，元尧总能让她察觉到自己的不堪。

“除了你……”他沉声说，“没有人能让我们分开。”能让他们分开的，只有她，连他都不行，因为他做不到。

归国之后元焯一直住在母亲原先的宅子里，尽管父亲元正航时常叫他回家，他也多半只是小坐片刻，饭都不吃就离开。

这一次，父子俩公事公办地聊完元焯的拓展计划，元焯起身告辞时，却被元正航叫住了。

元正航坐在沙发上，羊绒背心板正，他说话时带着旧时大家长的威仪：“我听说，林家的小丫头也回来了。”

“嗯……”元焯停在客厅门口，“早就回来了。”

“哦？”元正航看似诧异，“不是说出国嫁人了吗？什么时候回来的，我怎么不晓得？”

元焯看着父亲逼真的演技，若不是几十年来早已彼此心知肚明，或许他真会信以为真。他垂眸，再抬眼，平静如常：“我以为大哥会告诉你。”

元正航慢慢地摇头，眼见着元焯转身要走，才沉声开口：“和她保持距离。”

见元焯背对着自己不言不语，元正航撑着沙发扶手站起身：“当年你林叔叔从福利院抱她回来，我就反对。他没子嗣，好歹也领个带把的传宗接代，弄个小丫头回来有什么用？结果倒好，领了个扫把星回来，搞得家破人亡。这种人，天生命中克亲人，你不要去招惹她。”

“爸爸……”元焯顿了下，像是在调整气息，“有件事，我一直想问你。”

“问吧。”

元焯转过身，松了松领带：“当年，我寄回国的信，有没有哪怕一封被转交给林沫？”

元正航动了动嘴，沉下目光：“陈年旧事，不记得了。”

“当年，林家的祖宅是不是您让人转售的？那么，钱款呢？”

“自然是给了林家丫头……”元正航面带些许怒意，“难道我会贪那千百来万？”

元焯垂下眼睫，嘴角一弯，用浅浅的、嘲弄的语气说：“给她了？”

“问这些做什么？”元正航敲着手中的拐杖，“当务之急是你要快点熟悉元氏的公务，多替你大哥分担一些。至于这些无关紧要的事，你别浪费心思。”

“嗯，我会替大哥‘多分担’。”元焯在玄关处换好皮鞋，打开门，往外走了一步，没有转身地说，“爸爸，你大概是忘了，当初，你说林沫离家出走杳无音信。那房款，你是怎么给她的？”

门被礼貌地关上了。

年迈的元正航疲惫地坐回沙发，看着儿子一口未动的茶水，深深地叹了一口气。

一次两次或许是偶然，可林家那丫头身上的怪事太多，让他如何能心安？

思及此，元正航拨通了特助许金的电话。

“……随便找个什么节目，去的地方越远越好，我要她见不到阿焯。”

《故园山河》开机在即，作为最后签入剧组的演员，林沫的签约迫在眉睫。

可代理经纪人跟自家直属的艺人外出，林沫在天颐影业的办公区绕了一圈，也没见着熟面孔。

好不容易有个姑娘急匆匆地从她身边跑过，她忙问：“你好，请问……

公司的人呢？”

姑娘抱着一沓资料，看了她一眼，大概是觉得眼熟却想不起是谁，只说：“你哪个部门的？楼上开董事会，不是说留守的人都要准备资料吗？”

林沫眨巴眼睛，看着小姑娘一溜烟地跑了。

董事会？天颐的董事会？

“林沫？”有人从办公室里探出头来招呼。

林沫闻声看过去，竟是从前不大待见自己的老牌经纪人陈坊。

“陈老师。”林沫恭恭敬敬地打招呼。

陈坊阴阳怪气地说：“今儿什么风把你吹来了？有好些日子没见了。”

林沫权当没察觉他的敌意，只说：“过来签约的。”

“什么约？”陈坊哟了一声，“谁替你接的？”

“我自己接的。”

陈坊见她手里拿着合同文本，接手拿过去，翻了几页，脸色终于正经起来，抬头问她：“齐征的《故园山河》？你怎么能拿下他戏里的角色？”各经纪公司挤破头也想送半新不旧的演员进他的组，可大多铩羽而归。

林沫不欲多说：“偶然遇见齐导，双方觉得合适，就接了。”

陈坊端详着她的神情，试图从她脸上看出端倪来，不料，这年轻女艺人虽然一直因为传闻而不受待见，却还有点意思，神色滴水不漏。

“现在谁在带你？”

“莲姐。”

“她？她手底下那么多艺人，还顾得上你？”

林沫清了清嗓子：“是挺忙的。”

“你等会儿。”

陈坊背过身，打了一通电话，简单说了下林沫手头戏约的情况。

未几，来了个穿着格子衬衣、米色背心的女孩，戴着黑框眼镜，留着齐耳短发，像个大学未毕业的学生。

“你好，我叫卉春。”女孩朝林沫伸出手，“昨天刚刚加入天颐，希望合作愉快！”

林沫伸手与她相握，她的手心滚热，就像她的为人。

陈坊简单地吩咐了两句，只说自己会跟莲姐打招呼，日后林沫就算卉春的艺人了。

卉春笑起来露出一口白牙：“谢谢陈老师。”

林沫侧头，看向新经纪人灿烂的笑容，只希望三个月后……还能看见这样的笑脸。

卉春是个急性子，新官上任三把火，拉着林沫就要上楼盖章签约。

林沫性子慢，喜欢跟活泼的人在一起，对这个新经纪人挺满意，只求自己不要坑得人家血本无归。

卉春对林沫的传闻知之甚少，走进电梯间就问：“你入行多久了？为什么没有经纪人？”

林沫不知如何回答她，只好避重就轻地说：“我入行好些年了，不温不火，大家都不爱带我。”

卉春笑了一声：“艺人自己都能红火了，还要经纪人做什么？你说是吧？”

林沫微笑：“嗯，一起加油。”

“嗯！”

电梯门开了，林沫和卉春却都被眼前的阵仗吓了一跳。

门外黑压压的一群人，看得林沫眼花。她定睛才看清楚都是些穿西装打领带、浑身散发着精英气息的人，有男有女。

当先的，是两张熟面孔。

元焯自然也看见了林沫，他原本正在和许鹤说话，见状停下了交谈。

许鹤顺着老板的视线看去，见林沫和一个眼生的丫头正满脸茫然地站在电梯里，只好出声问道：“你们……有事？”

林沫头皮发麻，偷偷看了下电梯按钮，才发现进电梯时，她和卉春只顾着聊天，忘了按楼层，这才直接上到十六层来了。

可……元焯怎么会在天颐？

卉春反应过来，顿时拉上林沫的手，两人退出电梯。

“领导请，领导请。”卉春殷勤地招呼。

几个上了年纪的董事会成员懒得搭理小辈，自顾自地交谈着进了电梯，倒是元焯和元尧留了下来。许鹤见状，忙对电梯里的几位说：“陈董、李董、周董……你们先回，两位元先生还有点事。”

直到电梯门关了，元尧才居高临下地看着低头不语的林沫：“林小姐，我说……你怎么阴魂不散呢？”

林沫感觉牙尖咬得唇瓣生疼，却听见身旁的卉春已经开口：“先生，我不清楚您是哪位，可林沫是我带的艺人，还请说话的时候稍微留点口德，行吗？”

低着头的林沫忽然听见有人低笑，声音熟悉，她诧异地抬头，发现笑声果然出自不苟言笑的元焯。

他唇边笑意未退，右手食指扶着眼镜镜框，对被卉春怼得干瞪眼的元尧说：“大哥，这小姑娘的普通话不错，你应该能听懂吧？不像刚刚几个说粤语的老董事，你可以说自己听不清。”

元焯每次叫“大哥”，听在元尧的耳朵里都像是讽刺，元焯几时当他是兄长了？

元尧眯起眼，挤出一丝笑：“清楚，连刚刚几个老董事说的话，我也听得清清楚楚。”

“那就好。”元焯走到林沫的身侧，不动声色地将她护在身后，“林沫是天颐的艺人，出现在天颐的办公楼里，是不是天经地义？”

元尧没有说话，只是冷冷地看着他。

卉春则清脆地应了一声：“是！”

元焯又说：“天颐是元氏的产业，我是元家的二儿子，我想参与天颐的管理，几位老董事觉得可行，父亲觉得可行，那我出现在这里是不是天经地义？”

卉春显然被绕蒙了，这一次没有立刻应声。

可林沫听明白了，她震惊地抬起头，看向元焯的侧脸，他表情严肃，带着拒人于千里之外的冷漠，与他们私下相处的时候截然不同。

天颐是元氏的产业？

她以为自己躲开了元氏，原来，她其实一直在元氏的羽翼之下？

元尧看了眼义愤填膺的“菜鸟经纪人”、满脸错愕的“扫把星艺人”，还有自从回国以来一直和自己对着干的弟弟，气得笑出声：“你想接管天颐？你告诉我，对演艺圈，你懂什么？你在国外学的那些，且不说能不能把锦元天地经营好，居然还想染指娱乐圈，真是天真！”

被兄长诋毁，元焯却并不恼，气定神闲地答：“鹿死谁手，尚未可知。大哥，你何必妄下定论？”

“妄下定论？”元尧眯眼，“你看看你身边是些什么人在做经纪人，又是些什么货色在做艺人，长此以往，天颐迟早会败在你的手里！”

“这话从何说起？”元焯看了眼站在林沫身侧身材瘦小干练的女孩儿，“哪个职业经理人不是从菜鸟过来的，我看她就挺好，未来大有作为。”

卉春被帅哥夸赞了，平素没脸没皮的，此刻却还是红了脸。

元焯又慢条斯理地说：“至于小顺，我相信她会成为天颐一姐、票房的保证。”

“她？”元尧一愣，然后大笑，“你是被灌了迷魂汤，还是怎样？以前就被这丫头迷得五迷三道，我以为你出国几年能有长进，结果还是这么糊涂！她要能红，至于在天颐这么多年还是个接不到片约的二十八线演员吗？”

卉春扬起手中的合约：“谁说我们林沫没有片约？这不就是来签约的吗！”

元尧不屑地瞥了眼合约：“是哪部不入流的网剧吧？圈里谁不知道，她那霉运，连经纪人都架不住，跑光了——”

“打个赌吧。”元焯的声音较之往常更为平静。

“什么？”元尧冷眼看着他。

“两年之内，她一定会拿到金凤奖，否则——”

“否则？”

“否则，我就退出元氏。”

元尧鄙夷地看了眼面前的林沫和卉春，冷笑了一声：“一言为定。”

元焯不说话，回以同样倨傲的眼神。

卉春陪着林沫完成了签约流程，元焯一直不远不近地跟着她俩。

等手续全都办完了，卉春轻轻拥了拥林沫的肩：“好好休息，周一我送你进组。”

直到上了元焯的车，林沫脸上依旧带着隐隐的笑容。

元焯看了一眼她的侧脸：“看起来，你很满意新经纪人。”

“不知道为什么，遇见卉春，我总觉得自己要走大运了。”林沫自嘲地笑笑，“但愿不会辜负她。”

“那我呢？”

“嗯？”

“对我，你就没有什么预感吗？”元焯半是认真地问。

“……没有。”林沫撒谎了，她怎么可能老老实实地交代从在办公室不小心看到某人的腹肌、马甲线开始，她就频频梦见奇奇怪怪的亲昵画面，居然还有“这是未来要发生的事啊”的预感！

元焯瞥见小妮子一撒谎就红透的耳根，转回头：“没有就算了。”如果早点让他找到她，他才不会信她嫁人了的传闻，她分明还是个青涩的小姑娘。

林沫清了清嗓子，把车窗开了道缝，让风吹散脸上的热气。

车厢里却忽然响起女声的《Over the Rainbow》，悠扬婉转。

林沫已经很久没有听过这首歌：“你怎么会听这首歌？”

“你不是喜欢吗？”他答得理所当然。

这车她不过坐了几次，他却将音乐都替她换了？

林沫抿唇，过了许久才轻声说：“我决定了。”

“决定什么？”

车辆行驶在汹涌的车流中，而车厢里流淌的音乐却隔绝出另一片静谧的天地。

林沫的声音有些清脆、有些空灵：“我想试试，拼一次。”

元焯看着前方，平静地问：“拼什么？”

“我不想让你输掉和元尧打的赌……”林沫偏过头，目光灼灼地看着她的小元哥哥，“我想试试摆脱现在的状态。我想做个真正的演员，好演员。”

恰好遇到红灯，元焯停稳了车，偏过头与她对视，看着她泛着红晕的脸蛋，嘴角微微勾起一丝弧度：“你一直都是真正的演员，你缺的只是机会。”

林沫噘嘴：“你就哄我开心，你又不知道我有没有演技。”

元焯挑眉：“我都看过了，不行吗？”

林沫脸上一红，转过脸嘟囔：“……那些莫名其妙的剧也看了？”

“嗯，都看了。”元焯说，“不过，说真的，你那些前任经纪人选片的眼光简直太差了。”

“……他们也无可奈何。”若能接到好片子，谁想接烂片？

元焯几乎不经大脑地抬手将林沫的发丝撩到耳后，轻声说：“所以，你缺的是机会。”

所以，你在给我机会？

林沫笑盈盈地看着元焯，低低地问：“KIKO是你介绍给我的，齐征……其实也是你故意安排我和他见面的吧。”

元焯微笑：“是又怎样？”看来，他的小顺仍旧敏锐。

“这样都靠你，总觉得……不太好。”林沫迟疑地说。

“有什么不好？”他扬唇，“是我啊。”

他的重音落在“我”上。

林沫听出来了，心里一暖，又听他说：“机会是我给的，戏却要你自己拍。能不能红，可不是靠我买水军来说话。我只是相信你可以，所以，我愿意赌一把。”

音乐正放到高潮，女声激越，热情迸发。

元焯刚启动车子，就听小姑娘轻而笃定地说：“我也相信我可以。”

眼睛看着前方，素来不动声色的元先生，嘴角又上扬了几分。

“小顺。”

“嗯？”正在努力给自己打鸡血的林沫不明所以地看向他。

“你是下周一进剧组，对吧？”

“嗯。”

“周末带你去个地方。”

阳光正好，道路宽敞，路边的树丫正在抽新枝。

林沫听见自己带笑的声音：“好啊。”

Chapter

04

彩虹尽头

周日恰巧是个回暖的艳阳天。

元焯的奔驰车停在林沫的小区门口，因为车价不菲，难免引来众人侧目。

林沫匆匆上了车，不安地问："你这样跑来接我，会不会影响不好？"

元焯反问："对你，还是对我？"

林沫无语，是啊，对谁不好？以她的知名度，谁也不会多看她一眼。那应该……是怕对他不好吧。

"就像元尧说的，小明星什么的。"

"他的话，你当空气就行了。"元焯淡淡地说，"还有，对我来说，你不是什么小明星。"

"那是什么？"

元焯没有看她，若有深意地反问："你觉得，对我来说，你是什么？"

林沫顿时红了脸，移开视线，转移话题："我们去哪里？"

他戏弄道："人都坐在车上了，才想起来问去哪儿。"事实上，从前的她也一直是这样，只要他说走，她就二话不说地跟着。时隔这么久，他俩似乎都还是保持了原先的习惯。

见她不说话，元焯转开视线："睡会儿吧，到了叫你。"

林沫哪里睡得着，她一路看着，感觉越来越熟悉，直到看见熟悉的地标，她才确信自己的记忆没有偏差。

等元焯停下车，跳下车的林沫捂着嘴，惊愕半晌才回头：“这不是小时候元家的厂区吗？我们天天在楼顶放纸飞机、看星星……后来，我回来看的时候，都弄了围挡，说是要拆迁了。”

如今，围挡已全部拆了，露出色彩斑斓的大型游乐场，无声地散发着童话的气息。

“这个……”她看着公园大门上崭新的 logo，俏皮的字体印着“over the rainbow”——彩虹尽头，“新建的游乐场？我怎么没听说过？”

“下个月才试运营。”

“元氏的？”

“嗯，试水的。”元焯问，“要进去看看吗？”

“……可以吗？”

“当然。”

林沫喜欢游乐场，童年时期他们不知去了周边多少大大小小的游乐场，什么惊险刺激的项目，但凡有小元哥哥陪着，她都敢玩。

旁人不能理解，成天怯生生就怕给别人惹祸的小丫头，怎么一进游乐场就跟换了个人似的。只有她自己知道，那是因为他总在她的左手边，在她最恐惧的时候，他一定会握住自己的手。

直到后来，养父母相继离世，元焯出国，她北上求学，生活的一切离童话越来越远，她也就许多年没再进出过游乐场。

林沫在林荫道上小跑，迎着风张开双臂：“等正式运营了，我来捧场！”

元焯缓步跟在后面：“现在不想试试吗？”

“不是还没运营吗？”

元焯扬了扬手中的通行卡。

林沫小心翼翼地拒绝：“不了……”

元焯知道她怕什么。公园还没有运营，没有维修人员，没有安保，她怕自己又招惹来麻烦，害得他无法收拾。

她的如履薄冰，她的小心翼翼，她的惶惶不安……他统统知道。

曾经，他花了很多年的时间让这个小姑娘在自己身边慢慢自信起来，却忽然有一天被她主动切断了联系。他们说，她贪慕虚荣，养父母离世，他又出了国，小小孤女没了靠山，转眼就攀上养父的故交，去了异国他乡，从此杳无音信。

再相逢，如今的她似乎停在原地，又似乎跌回了原点。他不想问那些传闻，他压根不相信。她那么透明，有什么心事瞒得过他？

可是，面对流言，他找不到理由来解释她的不告而别。这些传闻就像一根根刺，他想起来就觉得难受。每当他不由自主地对她温柔以待，又会瞬间被刺痛，恨她的不告而别，恨她的薄情寡义。

最终，走累了的两人躺在草坪上，幕天席地。

“我真没想到，这里会被建成游乐场……”将双手垫在脑袋下，看着蓝色的天空和白云，林沫喃喃自语。

“不是一直抱怨市内没有游乐场吗？”

“对啊……”林沫陷入对往事的回忆当中，“每次为了去游乐场，都要坐好几个小时的车。”

“嗯，回来的路上，你就睡得跟小猪似的，叫也叫不醒。”

林沫红了脸。

当初每次回来的时候，她睡得太沉了，多半是元焯抱她进门。有时候太晚了，她就留宿在元家，她睡元焯的房间，元焯自己去睡客房。

一晃这么多年过去了，她原以为往事已然远去，可自从重逢，一切仿佛一场不知所起的童话，让她每每梦醒都担心美梦随时会随着音乐戛然而止。

林沫偷偷地侧过头，看了眼身旁的人。

这张脸曾经熟悉到她能凭空描绘出鼻梁的起伏、唇瓣的弧度，包括他闭眼的时候睫毛翘起的角度。

她以为自己已经弄丢了她的小元哥哥，可他又回来了。

她曾因为怕自己连累他而远走……现在的她，真的比当初要好一点吗？哪怕一点点……

元焯察觉到小丫头波动的情绪，却故意没有看她。

时光荏苒，只有他知道在国外的那么多年，他有多怀念躺在天台上，咬着草根，看着星空的日子，身旁总有她在喋喋不休地说着悄悄话。

他有多想她，就曾有多恨她。

可即便如此，他还是不惜大费口舌地说服董事会成员和父亲，让他们同意在此试水游乐场，只为圆她一个童年的梦。

“小顺。”

林沫慌忙撤回视线，想假装自己没有看他，却被他的视线捕捉个正着：“你上次说，我给你介绍了KI，介绍了齐导，都是我在帮你，你过意不去？”

“对啊。”她总觉得自他回来，自己一直在跟着沾光。

元焯翻了个身，面朝着她，一本正经地说：“现在是报恩的时候了。”

在他的眼里，林沫瞧出了戏谑的意味，顿时握紧了手包，佯装紧张：“要钱没有，要命一条。”

“你这小命还是自己留着吧，我还想多看你几年。”元焯站起身，俯身朝她伸出手，“来。”

平躺在草地上的林沫笑着抬手，由着他一使劲将自己拉起身来：“说吧，要怎么报答？”

元焯沉默不语，微微低头，视线自她的眉眼顺着鼻梁下滑到纤薄的唇，而后停留在唇间，低哑地开口：“……嗯？”

林沫盯着他微启的唇瓣，要……要吻？

心脏仿佛要跃出喉咙，手还停在他胸口，都顾不上拿开，林沫睫毛抖着，说什么都不敢再拿正眼看他，却听见他不怀好意地笑了。

“愣着做什么？”

她抬眼，见他噙着笑抬手拿掉沾在她发丝上的草屑：“想什么呢？走啊。”

“去哪儿啊？”她追赶着他的步子。这不科学啊……她分明预感那会是一个吻的！

“来报答我啊。”

寂静的游乐场里，只有一刚一柔的两道声音在回荡。

男声低沉，带着笑意。

女声清越，带着被戏弄后的微微恼怒。

一如往日。

林沫踩着元焯的影子穿过草坪返回游玩区，突然整个游乐场的灯火渐次亮起，转眼间满目绚丽。

近在跟前寂静无声的旋转飞椅，也在此刻亮起金色的边框，勾勒出天堂的模样。

“我恐高……”元焯扬起下巴指着高大的设备，“你替我试试。”

林沫仰头，看向飞椅穹顶上绚烂的图纹。

高空飞椅是她童年的挚爱，每每遇见，她宁可排几次长队也要多坐几次。他说自己恐高，要她试试……无非是想圆她的念想吧。

“这点小事也不愿意？”

林沫鼓起腮帮：“谁说我不愿意？”

元焯俯身，利索地抱住她的腰，直接放上最近的椅子，顺手锁上安全扣。

林沫看着他替自己搭锁扣的手指，惋惜地呢喃：“可你不能一起了呀。”他还要去控制开关呢。

“坐稳了。”元焯嘱咐了一句，转身去按设备启动开关。

飞椅缓缓地转起来，速度极慢，随着轻缓的乐声逐渐抬高。

正当椅子要缓缓地离开地面之际，元焯三步并作两步，动作矫捷地跃上了林沫旁边的座椅，顺手给自己锁上安全扣。

看着他一气呵成的动作，林沫目瞪口呆。

元焯挑眉。

林沫笑：“对啊，有什么难得倒你！”

飞椅终于腾上十数米的高空，围着穹顶如波涛起伏，随着离心力，微微倾斜。

晚风拂面，微寒，整个游乐场的夜景尽收眼底，璀璨的灯火、斑斓的色调，梦境般的音乐在寂静的乐园回荡，更显缥缈。

林沫闭上双眼，张开手臂，仿若迎风翱翔。

从小她就热爱这个项目，因为只有此刻她才感觉身无枷锁，随时可以奔向云端。

忽然，她张开双臂的手被人轻轻握住。

林沫睁开眼，侧脸看向元焯，他也仰面远眺着夜空中隐约可见的星星。

“要登上云端的梦想，你还记得吗？”

林沫顺着他的目光看向远方的星空：“记得。”

年少无知时，她曾在仰慕女星风采之后宣称自己将来要做大明星，平步青云，路人皆知。这理想在后来很多年里被现实击打得七零八落，她渐渐不再提起。

然而，与世无争，甚至恨不得与这世界划清界限的她，却最终阴错阳差地进了这个圈子。他不问，连她都忘了，登上云端也曾是她最初的梦想。

“我送你去……”元焯与她对视，“你信吗？”

她毫不犹豫：“信。”

他是她的勇气、她的机会、她的金手指，是她以为弄丢了却一直都在的……底牌。

“小元哥哥……”她侧头，笑盈盈地与他对视，“我现在有个很强、很强的预感。”

看着她弯弯的眉眼，元焯不禁微微勾起嘴角：“什么？”

“你跟元尧的赌……”霓虹闪烁中，她眼如星辰般明亮，“你一定会赢。”

“那当然。”他云淡风轻地说，“我从不做没把握的事。”

……

两人离开游乐场时，天色已黑透。背后是明亮的灯火，身边是熟悉得让林沫冲动得想去抱一抱的人，她忽然有种不现实的感觉。

太顺遂了……这一天，太过于顺遂了。

这种顺遂，让她惶惶不安。

似乎是察觉到身边人的忐忑，元焯在车旁停下脚步，扶着门框问她："今天在游乐场你有没有过什么不好的预感？"

"没有，什么都没有，可我一般都会……碰到些意外的事。"不管是路灯灯管炸了、身旁小孩的气球脱手这种小事，还是同组的演员心脏病突发、威亚设备故障这种大事，林林总总，她似乎总逃不过这些倒霉的事。

伸手安抚地摸摸她的头顶，元焯扬唇："那，有没有过什么好的预感？"

"嗯？"林沫瞬间想起之前她分明感觉下一秒他会吻过来，可他并没有，顿时红了耳根，转过头去，弯腰打算上车。

她的手腕却被元焯从身后轻轻拉住了，他用力一拽，将她带到身前。

林沫今天穿了平底的单鞋，一米六八的身高在一米八五的元焯面前仍旧像小鸟依人，她目光闪烁地躲着他的视线："……干吗？"

元焯微微俯首，低声确认："真的什么预感也没有？"

"没……"林沫移开视线，"我预感好的从来不灵，坏的才灵。"

"那你预感到了什么？什么没有灵？"

他干吗老追问！

林沫觉得尴尬，想躲开，奈何被困在他的身子和车门中间无处可逃，她恼羞成怒，抬眼瞪他："都说没什么了——"

轻柔的吻，就在她抬眼的那一秒毫无征兆地落在了她的额头上。

他的唇微凉，纤薄而柔软，落在她的眉心上方。

不过两秒，对林沫来说却好似一个世纪，她的呼吸停了，心跳似乎也漏了一拍，抓在掌心的手包的带子不知不觉地滑落，小巧的手包落在了地上。

啪嗒。

不大不小的动静，仿佛惊动了元焯，他退开身，神色自若地俯身拾起林沫的小手包，顺势转身："……上车吧，不早了，我送你回家。"

林沫像被定格了，一动不动。

走了两步的元焯发现小丫头没动，不经意地轻轻用手摸了一下自己的下唇，问：“小顺？”

她这才像通了电似的一激灵，血色顿时从白皙的脖子一路向上蔓延，整张白皙的小脸涨得通红，她一开口竟然结巴了：“在，在！”

“上车。”他这明明是吩咐，却偏偏带了一丝无可奈何的宠溺味道。

“哦。”

林沫呆呆地看着他整理好她的手包带子，正准备转身离开，不知怎的，包又滑脱了，被他反手抓住了。

元焯顿了一下，没有回头，刚要从车头绕到主驾驶位的车门，却被身后的女孩儿叫住了：“这个……是什么意思？安慰……还是鼓励？”

眉毛一挑，元焯没有回头，就听见林沫自言自语似的说：“还是，国外的‘礼节’？”

元焯反身趴在车门边，果然看见小丫头红着脸正在天人交战。

“只不过想问你有没有预感到这个吻。”

林沫一愣，水汪汪的眼眸像被风吹熄的烛火，悄然寂灭。

抿了抿唇，她无声无息地弯下腰身，坐上了副驾驶的位子，双目直视前方，面无表情地说：“没有。我们可以回家了吗，小元哥哥？”

林沫样貌素净，没有表情的时候眉眼格外冷淡，就连丹凤眼也带着清心寡欲的味道，拒人于千里之外。

这样的小顺，对元焯来说是陌生的。

从小，林家的妹妹总是胆小随和，和他说话眉眼弯弯，看向他的眼里总有闪着光的崇拜，即使在他最平庸的少年时代，也不例外。

这是他第一次看见她对自己露出这样心灰意冷的模样。

他怎么还不上车，为什么还看着她？别看了啊，再看……再看她就憋不住要哭了。

林沫面色平静，心却早已经难过得绞成一团。她竟会对她的小元哥哥有非分之想？她不是早就已经说服自己用平常心待他，是去，还是留，全凭他的意思了吗？

为什么当他轻描淡写地说这个吻不过是玩闹，她还会这么失落？

笨蛋……林沫你这个笨蛋！

林沫屏住呼吸，听不见元焯的声音，余光中也不见他动弹。

他不动，她也不动，生怕一动就泄露了情绪。

终于，林沫听见男人微不可闻地叹了一口气："这个要哭不哭的表情算怎么回事……被我亲吻额头，有这么难受吗？"难道她真的另有心上人？

林沫想开口，才发现只有面无表情才能掩盖自己的难过，只好僵硬地说："你也验证过了，我没预感到这个。行了吗？可以走了吗？"

"我问你一个问题，"元焯目光幽暗，声音不由自主地变得沙哑，"你现在，是不是一个人？"他甚至不想去问她曾经是不是一个人，只要现在的她没另有所爱就行。

林沫本来难过得想要掉泪，却被他问得一头雾水："我……不是跟你在一起吗？"偌大的公园，自始至终不是只有他俩而已吗？

说完，林沫才觉得自己好像……理解错了他的意思，可话刚出口，她的心脏就怦怦地急速跳动起来。

等等？为什么……为什么她预感她余光里的男人下一秒会……

没等林沫将脑海中的旖旎画面甩开，一切已成现实。

一只手撑在副驾驶座前的台面，一只手撑在椅背，元焯半身探进车内，侧过脸准确无误地将她柔软的唇瓣覆住。是草莓味，果然，这么多年过去了，这丫头仍旧钟爱同一种气味。

这样念旧的她，他才不信她会移情别恋。

她的唇紧闭着，尚未将现实与幻觉完全区分开，一双水汪汪的杏眼圆睁着，憋了许久的眼泪终于随着眨眼的动作滑出眼眶，顺着面颊落在了元焯的脸上。

他睁开眼，就看见傻姑娘正睁着眼睛掉泪，顿时心里一晃，是他唐突了？她被吓到了？还是说，她真的已经变了心。

元焯松开一只手，想要替她擦掉眼泪，唇自然地离开了她的。

可没想到，挂着泪花的小姑娘竟抬起双手，主动环住他的脖子，不让他离开，血色极浅的唇微启着贴近他的，像小鸟儿一样轻轻地啄了他一下。

像是满足了自己的心愿，她很快便想退开，却再也走不掉了。

这一吻，像是解开了禁锢住元焯的封印，他的手自她的脑后托着她的脑袋，令她无法离开分毫，而先前不过是蜻蜓点水的一吻，忽然就烈火燎原起来，唇齿相触，抵死缠绵。

两人都是薄唇。

听闻，唇薄的人寡情，可寡情的人一旦动情便是天雷地火。

原本林沫先挑起的势，却被元焯顺其自然地加深。她的唇珠柔软，和她的本人一样，芳香怡人，让他留恋不已。究竟是什么时候，他的小顺已经成为会让人心猿意马的女人，而不是女孩儿？

该死的，他怎么会以为她还小，竟还想等一等，等她满了二十四岁，等她的事业有了起色，等她慢慢找回自信，等她不再觉得自己是攀附元家的菟丝花……他本来是想等的，可这一吻让他确信，不能再等了。

成熟的果子，他不好好地揣进兜里，只怕难免会被旁人觊觎。

想到这里，元焯顿感非常不愉快，不轻不重地在她的唇瓣一咬，听见小姑娘低吟出声才松开口，顺着她脸颊的泪水一路朝上，直到吻上那双柔顺地闭着的双眼，唇顺着她的睫毛轻啄，像要吸吮尽每一滴泪。

“刚刚的那个……是为了验证你的第六感。”他终于开了口，声音嘶哑，像大提琴的低鸣在寂静中撩拨人心，“但，这个不是。”

林沫动了动唇，感觉自己的唇瓣肿了：“这个是什么？”她的声音与往日的空灵不同，带着一点娇柔胆怯的鼻音。

“这个是……盖章。”

“盖章？”

他撑起身，与她的眼睛距离半掌那么远，看着她水汽氤氲的眸子：“既然是迟早的事，与其让你胡思乱想，不如盖个章定个性。”

林沫觉得自己的脑袋已经被吻得糊涂了，一团糨糊，完全不知道他说的是什么。

看着她迷茫的表情，元焯轻笑了一声，在她的眼睑一吻：“你从来都不是什么运气不好，只不过第六感特别强，又不懂得趋利避害，才常常把自己卷到是非当中。你不用怕连累到我，因为，对我来说，你是幸运女神。”

女神。

当初 KIKO 开玩笑的话，林沫本以为这样的词绝不会出现在小元哥哥的口中，毕竟……他才是她的男神啊！

“嗯？”见她眨巴着杏眼不说话，元焯按了下她的头顶，“不说话，我只当你答应了。”

“答应什么？”

“从今天开始，做我一个人的女神。”不管从前，只要从今往后。

元焯收起唇边的笑，目光如水、静静地看着她的眸子：“愿意吗？”

愿意吗？林沫扪心自问。

假如，刚刚他吻她的额头时，她不心慌意乱。

假如，刚刚他吻上她唇的时候，她能冷静自持。

假如，他要离开的时候，她没有追过去给了他一个吻……

假如这些都没有发生，她也许还能说“不好，我不想拖累你”，可这一切发生了，她无法欺骗自己。

无论是她，还是她的小元哥哥，早不是当年两小无猜的青梅竹马。

那些当初蠢蠢欲动的情愫，并没有因为时间、空间的隔绝而消失，反倒是压抑得太久，终于一朝爆发，无法自持。

她拒绝不了，也不想拒绝。

她的胳膊还搂着他的脖子，她轻轻一用力，贴上前去与他鼻尖相对：“好。”

眼前的林沫，带着女孩儿的生涩和女人的羞怯。

终于等到她肯定的答案，元焯只觉得一直被压抑在心底的思念喷薄欲出，再度吻上她的眉眼、唇，托在她脑后的手不由得顺着耳郭轻轻地摩挲，忽轻忽重地揉着她饱满的耳垂。

都说耳垂光滑饱满的人有福，这样的林沫，怎么会是扫把星，不过是世有璞玉，众人不识罢了。

耳垂处传来的温热，像电流，顺着脖颈蹿遍四肢，林沫只觉得原本温情款款的气氛，忽然变得微妙起来。

脑海里开始依次浮现谦谦君子的某人松开的领口、性感的锁骨、肩胛处的肌肉……

天哪！她到底又在预感些什么？为什么今天她的第六感像是搭错了线，总在往奇怪的地方飘！

林沫不经意间舔唇的动作，落在了元先生的眼里，他用尽了自制力才忍住去亲吻她可爱的耳垂的冲动，若无其事地用发丝遮住她的耳郭，然后闭上眼，再睁开时已目光清澈："我先送你回家，明天一早，你还要进组。"

他的话是说给林沫听，说服的却是他自己。

她看着他替自己关上副驾驶的车门，绕到主驾驶座上，系上安全带后又伸手去松领口的纽扣，她不由自主地……猛吸了一口气。

身旁某人若无其事地问："你是不是……又预感到了什么？"

"没有！"她发誓没有周身通电般的预感，没有看到脑海里亲昵纠缠的画面，更没有……呜呜，开窗！吹风！她快要被自己逼疯了——

是夜。

林沫自梦中醒来时，刚过晚上十二点。

窗帘被空调的暖风拂动，隐隐约约露出窗外的灯火，她穿着睡裙坐起身，靠在床头忍不住伸手轻抚唇瓣。

昨晚，元焯只把她送到门口，她问要不要进屋歇歇，可他附在她耳旁轻语了一句，在她的面红耳赤中心情甚佳地离开了。

“我怕进去就不舍得走了。”他说。

摸出手机，思索再三，林沫还是发了条短信：睡了吗？

没想到，手机很快就响起了来电铃声。

“还没睡？”元焯的声音清晰，并不像是被她吵醒的模样。

林沫小声地问：“睡不着，你也是吗？”

元焯看了眼自己一身西装，目不斜视地盯着面前坐得笔直的下属们，抿了抿唇：“我在开会。”

“啊……那我挂了。”

他几乎能想象得出小妮子惊慌的模样，他捏了捏鼻梁，温和地说：“睡不着的话，就去泡杯热牛奶喝，早点休息，不然明天有黑眼圈，有得你后悔。”

挂断了电话，元焯看了眼腕表，晚上十二点刚过。他摘下眼镜，揉了揉鼻梁，用一贯冷淡的语气说：“……所以，今晚还有什么需要敲定的吗？”

以许鹤为首的众人面面相觑，这个一秒切换画风的男人，真的是他们认识的元先生吗？

还有，电话那边的人，到底是何方神圣？

“看我做什么？我脸上有方案？”元焯合起笔记本电脑，站起身，“没其他问题，那就散会。之后几天我不在市内，有事晚上电话会议。”

说完，他拎起挂在椅背的大衣起身，却没等到众人的答复。

“有问题？”

众人目光一致，投向总裁助理许鹤。

许鹤认命地代表众人发问：“元总，您这是要去哪里？下周 KI 的发布会在狮王桥的那家店召开，您再赶回来？”

“由你们坐镇，我不回来。”元焯走到办公室门口，回头看着还呆坐着不动的众人，“还不走？散会。”

直到总裁大人的脚步声彻底消失，会议室内的寂静才终于被打破。

“没记错的话，这是元总第一次缺席锦元的大型活动？”

“没听错的话……刚刚打来电话的是个女人？”

“许助！这是不是意味着我们终于不用‘夜总会’了？”自从这位小元先生接手锦元，中高层就开始自嘲“夜总会”——夜里总是开会。

元先生这个工作狂，总算是……有私生活了？

林沫和卉春抵达剧组所安排的酒店时，已近饭点。

卉春将林沫丢在饭店门口，说是要先去拍摄基地打点一下。

“不一起吃饭吗？”

“不了，我得提前去打点一下。”卉春跳上车，“你也要加油，这顿饭可不是这么好吃的。”

林沫知道她是去给化妆师、摄影师散开工礼金，毕竟演员在镜头上好看与否，并不完全取决于本身，但林沫不知道她后半句话的真谛，直到进了包厢，林沫才恍然大悟。

《故园山河》是齐征的第二部大荧幕作品，他因为处女座获得海外电影节的大奖，这一次自然颇受关注。各家经纪公司都挤破头地想送将红未红的演员来拼一把，万一在国际电影节上斩获个奖，一夜成名也未可知。

毕竟，元萌萌就是因为在齐征的处女作中饰演了一名角色而一炮而红的。

所以，《故园山河》作为一部以海外市场为主要目标的年代片，阵容可谓强劲，不光男主角是演艺世家出身、如今正春风得意的年轻男演员俞沛，更有双女主的设置，由人气正旺的元萌萌和左琴出演。

元萌萌打的是海外留学归来的白富美人设，第一部文艺片获得国际大奖，之后一举跻身新生代小花。

另一个女主，选秀歌手出身的左琴，则是在出演小荧幕偶像剧之后，顺利成为流量小花，通过业内资源拿下了主演。

林沫刚刚走进包间，就敏感地察觉到里面剑拔弩张的味道。

正中央主座上是齐征，他左手边是元萌萌，右手边是青春正盛的俞沛。

俞沛旁边是左琴，其他主要配角演员相邻而坐。以他为分界点，元萌萌与左琴像是两股截然不同的气流，彼此抵抗，整间包厢里说不出的诡异。

“林沫，好巧，我们又合作了！”席间，俞沛主动攀谈，令众人将视线聚集在林沫的身上。

一直坐在元萌萌身边扮演透明人的林沫举杯远远地做了个碰杯的动作：“是啊，好巧。”她之前饰演的不过是个花瓶角色，待在剧组不足四十八个小时，她没料到以俞沛如今的名气他居然还能记得自己。

元萌萌笑盈盈地接话：“你居然跟阿沛合作过？是哪一部，我怎么没有看见过？”

林沫无心将话题引到自己的身上，忙说：“我只不过客串一下，没什么戏份。”

俞沛笑的时候脸颊有深深的酒窝，笑容如八月阳光般灿烂：“对，林沫来也匆匆、去也匆匆，我都没和她说上话。这次好，总算有机会演对手戏了。”

“对手戏也不多吧。”左琴噙着笑，“不是所有人一上来就可以做主演的，对吧，萌萌？”

元萌萌笑着瞟了她一眼：“也不是所有人都能顺利跨界呀，你说是不是，琴姐？”

娱乐圈最是残忍，对女明星更是如此。年岁不饶人，一句“琴姐”让左琴的笑僵在脸上。她抿了一口果汁，佯装淡定：“演戏靠天分，跨不跨界有什么要紧？”

元萌萌微微歪了头，神情天真无邪：“怎么说呢……系统的训练其实还是挺重要的。比方说念白吧，有时候遇见台词功力不过关的，谄媚和娇媚傻傻分不清的演员，还真是折磨呢。”

一直没怎么开口的齐征掐灭烟头，嗯了一声：“台词是演技的一部分，适当的训练和经验都是必要的。”

左琴十六七岁就在酒吧驻唱，直到如今才翻身，文化课可以说是一笔糊涂账，前一部偶像剧什么都好，唯独好几处错了的台词让人贻笑大方。

如今导演随口一句，对左琴而言却无异于当众打脸。她面上虽还挂着笑，之后却没再开口了。

小小的包厢中暗流涌动。

元萌萌从小被人捧着，有一说一，从不知道给人留情面，倒是世家子弟俞沛一直从中调和，才避免两个女主角还未开机就先起摩擦。

竭力隐身的林沫尽管对左琴一无所知，还是直觉地起了防备，总觉得这个柳叶眉的女艺人一直在悄无声息地观察自己。

为了避开左琴，散席之后林沫特意躲到了洗手间，没想到等她磨磨蹭蹭地出来，却看见左琴还在洗手池边拿擦手巾仔细地擦拭着每一根手指。

左琴在等她。

果然，左琴从镜中看着林沫，红唇微弯："新人？"

"演得少……"林沫刻意与她隔了一个洗手台，"还有很多需要学习的地方。"

左琴转了殷红的唇膏出来，一边仔细地描绘，一边口齿不清地说："不用太谦虚，演戏这件事跟演得多、演得少无关。有些人不过仗着有点背景总能拿到好资源，可说到底，不管演了多少，好不好到底还是观众说了算。你说是不是？"

林沫还真没想过，有朝一日自己会成为"被拉拢"的一方。

"你是要演元萌萌身边的女军师吧？"左琴抿抿唇，将唇膏晕开，"这都是她惯用的伎俩，安排个花瓶插在身边衬托她的'清新演技'。等戏上了，立马一水的通稿，说她演技、容貌双双碾压旁人。这都是圈里玩剩下的，也就新人还当拿下这个角色是捡了块宝。"

左琴说话的时候，有种掩饰不住的市侩之气。

林沫内心很是反感这个看起来不羁实则被欲望束缚的年轻女人，她的周身带着自己堕落还想扯别人垫背的糜烂气息。

"说到底，还得新人相互帮衬。"左琴一副过来人的模样，"你懂我的意思吗？"

林沫避重就轻：“都在一个组，相互照应也是应该的。”

左琴见她揣着明白装糊涂，不由得睇了她一眼——洗手间四面玻璃，吊顶灯的光线被柔化得厉害，笼在穿着烟灰色低领针织衫的女孩身上，有种莫名的洁净。

左琴不喜欢林沫这种令人自惭形秽的气质，像在宣告两人的天差地别。

恰巧，左琴的助理进洗手间来找人，见林沫也在，淡淡一笑，没说话。

终于得了机会，林沫匆匆打了声招呼就离开了，人刚出洗手间，衣袋里的手机就振动起来。

她停下来翻找手机，却意外地听见洗手间里传来左琴助理的声音。

“阿琴，干吗跟她啰唆？”

“怎么？”

“天颐的林霉霉，你没听说过吗？”助理嗤笑了一声，“圈里传得可多了，她就是扫把星，走哪儿哪儿遭殃。我都数不清她到底换过多少个经纪人助理。你知道天颐的人私底下管她叫什么吗？”

“娱乐圈柯南啊！”洗手间里两个年轻女人的笑声刺耳，“简直就是灾难综合体。”

林沫握着手机的手指泛白，不自觉地越捏越紧。

这些闲言碎语，还真是如影随形，不管糟糕的事情有没有发生，糟糕的传闻总是先一步弥漫在四周。

直到走到楼梯口，林沫才恍然记起收到的短信，木然地滑开屏幕，只见是元焯发来的短信：一切顺利？

她鼻头一酸，委屈就被这简简单单的一条短信勾了出来。

她站着发了一会儿呆，才吸吸鼻子，慢吞吞地打字：挺好的，见到萌萌和齐导了，组里人很多……

“还没走呢？”

林沫吓了一跳，回头看见俞沛手臂上搭着外套从洗手间的方向走来。

看见林沫微红的眼眶，俞沛愣了一下，体贴地转开视线：“他们以为你先去酒店了，原来你还在。”

林沫赶紧收回心神：“没，直接过来吃饭的，行李在车上。”

“车在外面等着？”

“经纪人开车去片场了……”林沫笑笑，“我等她来就好。”

“我的车就在楼下，载你一程。”

林沫婉拒，但俞沛很坚持，最终她拗不过，只好搭他的顺风车。

俞沛是世家子弟，父亲在圈子里颇有几分话语权，圈子里也动辄有人拿太子爷称呼俞沛，对此，俞小哥本人不以为意，似乎对自己头上究竟有多少光环毫不在乎。

俞沛年纪轻，穿着套头毛衫、破洞牛仔裤，像个未出校园的青涩少年，毫无攻击性。这样的俞沛让林沫微有好感——在圈里待久了，能遇到这种表里如一的“星二代”着实难得。

上车后，俞沛忽然捏着林沫的衣袖，孩子气地将她的胳膊抬起来：“手上留疤了吗？”

林沫一愣，才反应过来他所问为何。

当初，她作为客串演员进过俞沛所在的剧组，却在开拍后才被告知有需要吊威亚的戏。当时的小助理为她鸣不平——那么点酬劳，哪里值得他家艺人拼死拼活？

结果小助理的话被传到了导演的耳朵里，得罪了导演，尽管事后林沫百般求情，小助理还是被降薪批评，他一怒之下退出娱乐圈了。这事也成了林沫的“黑料证据”之一。

这都是后话，当时林沫为了安抚被激怒的投资人和导演，硬着头皮吊上了威亚，即便她看着那晃晃悠悠的钢索就浑身不对劲。

果然，摇臂升高之后，她跟主角的武替交手没两下，对方忽然脸色煞白，手中佩剑哐当落地，那女孩眼看着就要毫无意识地撞上钢架。

距离武替十几厘米的林沫，在千钧一发之际单腿一蹬，贴近她的身侧，在小姑娘的脸即将撞上钢架的瞬间拿自己的手臂护住了她的口鼻。

后来，武替被诊断是疲劳过度，低血糖发作导致的昏厥。

武替没事，林沫却因为替她护住口鼻，半条手臂和整个手背径直撞上钢架，落得一片青紫。为这事，她被当时的经纪人一通教训——替身演员靠的是身手吃饭，又不靠脸，撞一下怎么了！你一个靠脸吃饭的女演员，弄得青青紫紫一身伤，还要不要接戏了？

这事之后，林沫“娱乐圈柯南”的外号又被传得更远。虽然俞沛和在场的一小部分人知情，但更多的局外人都说就跟林霉霉搭十分钟戏都能出事故，她这种灾难体质，纵观演艺圈，也是没谁了。

“没事了……”林沫下意识地从俞沛手里抽回衣袖，“皮肉伤而已。”

俞沛确认了她的手背上确实毫无伤疤，仿佛松了一口气：“还好没留疤，不然，真可惜了，这么漂亮的手。”

林沫用余光瞥见他已经系上安全带坐正了，并没有更亲近的动作，才松了口气，将衣袖扯长了点，挡住手背。毕竟他是不过二十来岁的孩子，不知轻重的。

因为注意力转移，林沫竟忽略了心里那隐约的一点感应，全然没有注意到停在街对角的那辆熟悉的奔驰和驾驶座上目光深邃的男人。

Chapter 05

专属温柔

卉春原本是打算忙完就去片场接人的，没想到林沫居然先一步搭了顺风车回来。

趁着四下无人，卉春压低嗓音问：“怎么是俞沛送你回来的？”

林沫无奈：“盛情难却。”

“沫沫，俞沛是绯闻综合体，跟他合作的女艺人没几个不被传绯闻的。”卉春正色，“如果你不想打算借他来炒作话题，还是保持点距离好。”

林沫一愣，笑了：“这话听着好耳熟。”谁说不是呢？人人也相劝着离她这个“灾难综合体”远一点，何其相似。

“嗯，我知道了。”虽说同病相怜，林沫也真没想过跟俞小哥传什么绯闻，于她而言，万年不红也不会有靠炒作上位的心思。

爱情本该纯粹，怎么可以被利用？

可惜，事不遂人愿，林沫越是想和俞小哥保持距离，却越是经常落得和他独处。

剧组的人都陆陆续续地完成了试装，唯独林沫和俞沛还没结束。

俞沛作为大男主，一直要从少年演绎到中年，对于化妆、造型的需求高，耗时长是正常的。

可林沫作为女N号，却要试那么多造型，这就有点说不过去了。

卉春摸着胳膊上挂着的丝质旗袍，狐疑地说：“这剧组经费就这么富足？你这戏份给配的首饰、服饰数量都快赶上元萌萌了吧？”

为了配合预告片的拍摄，林沫已经不知道换了多少次妆，拍了多少张“定妆照”。

此刻她累得眼皮都不想抬，只想瘫在椅子上，奈何不远处俞沛和团队都在，她只好勉强坐直了。看着镜子里化着淡妆的自己，她揣测说：“可能，齐导比较讲究吧。”

“可也没见其他配角这么多种妆容。”卉春嘀咕，“而且，这可不像被穿过多次的道具服，倒像是特意为你定制的新旗袍……刚刚你换的那几件也是。”

“漂漂亮亮的不好吗……”

林沫倦极了，在等换装的间隙就睡着了。

“怎么？还没结束吗？”

忽然听见大男生的声音在身边响起，林沫一睁眼，只见俞沛笑嘻嘻地靠在化妆镜前，卉春已经不知道跑哪里去了。

“嗯，说是还有两套要拍。”毕竟他们在圈内地位悬殊，让俞沛先拍也是情理之中的事。

俞沛身上还穿着笔挺的军装，他随手把军帽丢在桌上，弯腰打量林沫，然后抬手招呼化妆师：“她这个眉形不对啊。”

化妆师小跑过来：“怎么不对？”

俞沛用手指比画着林沫的眉眼：“你不觉得给这么温婉的脸上画一字眉很违和吗？不是所有人都适合这种啊，她还是画那种眉尾垂一点、柔柔的眉更好看。”

俞沛的审美水平高，在圈里是公认的，他说好看的，就是真的好看。

化妆师端详了半天，也不得不承认俞少爷言之有理，匆匆拿了化妆包过来卸妆，重新再来。

林沫心中哀叹——又要折腾一次！

没想到的是，化妆师替她描眉画眼线的时候，俞沛居然一直坐在一边观看，时不时还指点两句。

林沫有点不自在，却又不好出声撵人，直到卉春抱着一大袋子东西进化妆间，她才跟见了救星似的朝卉春使眼色。

卉春是个机灵的人，立马会意：“呀，俞小哥，你这是多久没好好睡，眼底下都青了。”

俞沛最爱美，闻言转身照镜子，果然看到有点黑眼圈，跳下桌子对着镜子照了半天，苦着脸回头：“前一部戏老是拍夜场，生物钟都给打乱了，真是吃不消。”

林沫顺口说：“弄点温热的茶包敷一下，急救效果不错。”

“当真？”俞沛喜出望外，“你试过吗？”

“我容易失眠，有时候上戏气色不好……”林沫不好意思地笑，“所以常备着。”

俞沛摸着下巴：“待会儿我也试试去。”

卉春忙催促：“快去，快去，不然，明天开机，小哥不帅了可怎么办？”

在卉春刻意的热络里，俞沛总算是走了。

林沫松了一口气，却听化妆师半真半假地感慨：“你同俞小哥的关系可真好。”

闻言，林沫和卉春从镜子里对视一眼，无语凝噎。

那晚最后两组定妆照拍完，就连摄影师都纳闷地向卉春求证，林沫的定妆到底是几号？为什么照片拍得比女二号还多？

结束拍摄之后，饥肠辘辘的林沫可怜兮兮地说：“卉卉，我们去吃点热的吧。”

卉春这才想起来，从角落里拉出之前抱进来的大袋子：“差点给忘了，看看这里有没有你想吃的。”

袋子一被打开，两人都呆住了。

比萨、汉堡、牛奶、咖啡、馄饨、包子……中西合璧，一应俱全。

“你买的？”林沫疑惑地问。

卉春摇头：“剧组的工作餐。”这话说出口连她自己都不信。

林沫从锡纸包裹的盒子里取出温热的海鲜比萨：“你确定？”这一盒比萨要一百多块吧！这一袋“工作餐”三百块都不止。

拍戏这么多年，这绝对是她见过的最“慷慨”的剧组！

卉春迟疑：“确实是剧务的人给我的啊……”

因为要赶回N市安排KI的发布会，卉春见剧组这边大致搞定了，将林沫送回酒店之后就匆匆走了。

临行前，卉春想想不放心，又反复叮嘱：“组里上上下下的，我大多都打点过，刻意为难你应该不至于，但是，保不齐有人眼红你，毕竟……你算是齐导带进来的‘关系户’，而且给你弄的造型也比旁人用心。你自己多留心……不过，也别担心，真有什么事儿，及时跟我联系，别忘了，你还有我呢。”

这世上竟又多了一个人叫林沫不要担心，愿意做她坚强的后盾，她心一软，抱了抱卉春的肩。

她前脚才把卉春送走关上门，后脚客房的门铃就又响了，她以为是卉春落了东西折返回来了，一边拿皮筋束发，一边开门：“落下什么东西了吗？”

谁知门一开，外面却站着穿着拖鞋的俞沛，他大概是刚洗过澡吹干了头发，半长不短的头发像刺猬的刺似的竖着，像个顽皮的少年。

林沫一愣：“俞沛？”

俞沛一抹鼻尖，朝她伸出手：“刚发现，这两天倒时差搞出黑眼圈了。你的茶包，能借我两个吗？”

林沫顿时哭笑不得，想了想说：“你等等。”她转身回房间翻了一盒袋装茶出来，连着盒子一块儿递给他。

俞沛要拆，却被她拦住了：“不用了，这些都给你，我还有。”

“那好吧。”俞沛也不纠结，扬了扬纸盒，笑得露出一双虎牙，“谢啦！我欠你人情。”

尽管觉得他的自来熟让自己颇为头疼，但对于这个阳光的“五好少年”，林沫也生不出厌烦来，只好说：“小东西而已，别客气。”

一天的奔波加拍摄，林沫已经累得浑身乏力，只想洗个澡睡到天明，可刚被温热的淋浴水一冲，她立刻想起白天给元焯回了短信之后，就一直忙到了现在，全程也没逮着机会看一眼手机，都不知道他是不是已经回消息了。

急急忙忙地裹上大浴巾，林沫顶着湿漉漉的头发走出浴室，去翻包里的手机。

没想到手机几乎是在被她握住的瞬间，便响了起来。

来电人，小元哥哥。

林沫眉眼一弯，按下接听键：“喂？”

元焯的声音却格外低沉：“嗯，是我。”

敏感地察觉元焯情绪不佳，林沫一只手扶着头顶的湿毛巾，一边轻声问：“准备睡了吗？”

“没有。”

“又开会吗？”

“没有。”

“怎么了？”

“……善后。”

“善什么后？”林沫一头雾水。

元焯沉默了一下，说：“开门。”

“嗯？”林沫看了眼客房的门，“你在哪里？”

“你门外。”元焯叹了口气，“快点开门，不然，需要善后的事只怕又得多一件。”

林沫拽着浴巾，小跑到门后，从猫眼中向外一看，竟真的看见穿着黑色皮衣的元焯正面色不善地站在走道里……手里拿着的是单反相机？

林沫低头看看裹胸的白色大浴巾和胸前湿漉漉的头发，正犹豫着，便听见手机里元先生声音低沉：“开门，外面有狗仔。”

她一惊，慌忙打开防爆栓和门锁，躲在门后拉开了房门。

熟悉的脚沉稳地踏上地毯。

林沫只听见咔嗒一声，门被反锁了。

客房里只开了窗边一盏暖黄色的落地灯，玄关处光线幽暗，只浴室半掩的门里透出一些光来。

“你……”元焯原本冷着脸，反身锁上门刚要开口，话却卡在了喉头。

看着缩在门口只裹了一条浴巾的小丫头，他的喉结不自觉地动了一下。

林沫一只手拽紧浴巾，小心翼翼地透过猫眼朝外看，声音压得低低的：“有狗仔？”说完，她却没听见身后人应答，一回身，恰好对上某人幽暗的目光。

后知后觉的林姑娘总算感觉当前的情况不太妙——一边是衣衫不整的自己，一边是看起来心情不大好的元先生。

原本淋浴结束湿润又光洁的脸蛋，此刻唇红齿白，带着若有若无的馨香。她之前急急忙忙从浴室出来，如今光着的脚指头因为紧张微微蜷曲起来，头发上的水顺着发丝一滴一滴地落在锁骨，又顺着柔和的曲线流入浴巾遮挡的秘境。

尽管元焯已经尽可能让自己绅士地移开视线，他却依旧感觉房间里异常燥热起来。

林沫朝后缩了缩，背几乎贴上了玄关的墙壁，一只手捏紧了浴巾，一只手抵在墙壁上，怯生生地问看起来像憋着气的元先生：“你怎么来啦？”

“我来了，你是高兴，还是失望？”他开口，声音带着一丝沙哑。

林沫搞不清他在生什么气，加上当下的状态也硬气不起来，只好小声说：“高兴……”

她很想他，即便刚刚累到快要睡着，眼睛一闭，也是他俯身亲吻自己的模样。

“是吗？”元焯勉强转过身，不去看面前楚楚可怜的小女人，顺手将手中的单反相机放在玄关的架子上，似笑非笑地说，“我还以为你忙到完全不想我了。”

“怎么会呢……”见他转身，林沫低头看看自己光溜溜的肩膀、腿，蹑手蹑脚地往洗手间方向挪，打算拿件外套披上。

听她答得心不在焉，元焯不爽地回身，却刚好看见某丫头踮着脚，正鬼鬼祟祟地朝洗手间挪动。她光洁的背，如蝶翼般薄薄的肩胛骨，因为头发被毛巾裹起而露出的天鹅般优雅的脖颈，以及柔和完美的曲线，在暖暖的灯光下有种既圣洁又诱惑的性感。

鬼使神差，元焯微微倾身，一把抓住了林沫的左手，在她短促的惊呼声中将她拉到了身前。她身上透着新鲜湿润的气息，长长的睫毛上还挂着细小的水珠，裸露的肩头白中透着粉，整个人像一颗剥了壳的蛋，又白又嫩。

他简直要疯了。

勉强将视线锁在她因为湿润而变浓的眉，看着她错愕的表情，元先生不得不为自己一秒之前的莽撞找个借口。

他清清嗓子，然而开口时声音依旧沙哑：“……想去哪儿？”

林沫一只手被牢牢地攥着，另一只手还覆在胸口的浴巾上，她看见身上的水已经将元焯的深色外套浸染出一片水渍，而自己纤细的胳膊被攥在他的掌心里。

一柔一刚的比对，让她瞬间羞红了脸。她垂着头，声音几不可闻：“我去找件衣裳。”

看着她粉红的耳郭，元焯不由得想到刚刚在楼下撞见狗仔时他们的对话，顿时怒从心起，握住她手腕的掌力不自觉地加重了：“在我面前反而不好意思了？”

林沫无辜地看着他，为什么……感觉这话有种酸溜溜的味道？

她抽了抽手，试图从他手里挣脱出来，却无可奈何地发现他把自己捏得更紧了。

“你怎么了？”林沫忍不住问，“为什么奇奇怪怪的？”

元焯看着她雾气氤氲的眸子，刚刚蹿上心头的怒火熄灭了三分："没怎么，开了一路车，累了。"

林沫听出他是在敷衍，盯着他冷峻的眉眼看了半天，忍不住踮起脚，伸出食指在他微蹙的眉头一按："这么累，就早点休息啊。"

声音软软糯糯的，指尖温热柔软，随着她踮脚的动作，小脸离他更近，红润的唇瓣近在咫尺，说话的时候微弱的气息轻轻地喷在他的唇边。

元焯叹了一口气，无可奈何地闭上眼。

林沫被他突然而来的叹息弄迷糊了，伸出的手不知是继续还是收回，正在犹豫间，只觉得左手上某人的力道一重，踮着脚的她顿时重心不稳，歪靠在他的胸前。

"啊！"她赶忙退开，生怕自己又弄湿某人昂贵的外套。

可腰后的大手贴得极紧，她连一分一毫也无法离开他的身侧。

"衣服弄脏了……"为了缓解心慌，林沫没话找话。

"脏了……就脏了吧。"

后半句话，元焯是含着她的唇瓣说出口的。

林沫的唇很薄，却出奇柔软，许是因为刚刚漱过口，唇齿间带着清新的果香，令他丢盔弃甲，只想沉溺其间。

为什么小元哥哥的吻和他的为人截然不同？他分明是个冷静又自持的人，接起吻来却像一头捕获了猎物的豹子，每一次都烈火燎原，像是要将她完全吞噬。

林沫头晕目眩地想——他不是累了吗？

她正想着，却见闭目的元先生忽然睁开了眼，狭长的桃花眼里情欲闪动。

"……闭眼。"他终于离开她的唇瓣寸余，哑声说。

林沫这才意识到自己一直忘了闭上眼睛，慌忙闭上眼，瞬间感觉双脚离了地，被人拦腰抱起放在了玄关的架子上。

她闭着眼睛试着够了够地面，却发现离地还有一点距离。没等她调整好坐姿，某人炽热的唇已经落在眉心，顺着鼻梁一路向下，在唇上蜻蜓点水地吻过，又忽轻忽重地吮吸着她并不算尖的下巴。

酥酥麻麻的感觉顿时从脚底心升腾，她忍不住低吟了一声，不由自主地微微仰面。

这一声，像是给了某人鼓励，他亲昵地抵了一下她的下巴，游弋着吻上光洁无瑕的脖颈，一路朝下，在锁骨上轻轻一啃。

林沫不由自主地蜷起了脚指头。

她能感觉到他的短发若有若无地扫着她的下巴，薄而灼热的唇游走在浴巾的边缘。

心脏跳动的速度几乎已经到了她能承受的极限。

忽然脑海中一幅旖旎的画面闪过，林沫猛地睁开眼，被体内陌生的情愫惊得四肢发软，下意识地用双手抵在他的肩头，慌不择言地问："……那个，你刚刚拿来的相机里有什么？"

林沫刚说出口，就噤声了——声音在狭窄的玄关透着股欲拒还迎的娇羞，连她都听得出来……

可元先生像是被她提醒了什么，索取的动作瞬间停滞，顿了一下，惩罚似的在她微微凸起的锁骨不轻不重地亲了一下，挪开，满意地看见白皙柔嫩的肌肤上赫然有一朵红梅。

胸前温热的气息忽然消失了，林沫只觉得乍然一凉，迷迷糊糊地睁开眼，正好看见元先生双臂支在台面上，与她脸对着脸。

他的目光黑沉如墨，像暗潮翻涌的大海，勉为其难地维持着表层的平静，静静地看着她殷红的唇和水汽氤氲的眼眸。

直到她不自觉地舔了一下唇，他才猛地转开脸，双手撑在后腰，背过身去，不敢再多看她一眼。

"相机里有什么？"他喑哑地说，"你自己看。"

林沫一头雾水，侧身取过背后沉重的单反相机，摸索了一下，终于打开了。

像素不错，尽管光线幽暗，画面上的两人五官却是清清楚楚的。

酒店走道里，一只手挠着蓬松头发的俞沛笑嘻嘻地伸出手，从门后露出脸的林沫发丝凌乱，微微带着笑。画面是静止的，谁也不知道他们在说什么。

可是，他们看起来出奇的亲昵。

“这是什么？”林沫抬眼，满目惊诧。

“照片里的又不是我……”元焯背对着她，走进浴室，“应该问你才是。”

他原本是想洗一把脸，让自己摆脱先前的情不自禁，没想到刚踏入洗手间，就看见乳白色的蕾丝文胸被大大咧咧地挂在洗手台边的置物架上，随着推门产生的风轻轻摇曳，某个原本就濒临失控的男人喉头一动，低喃了句“该死”。

林沫跟进浴室：“俞沛是来借茶包的，我……”话说了一半，她看到自己的贴身衣物晃晃悠悠地在他的脑袋旁边荡，她闭起眼睛深呼吸，三步并作两步冲到他的身旁，快速地一拽，将内衣握在手里捏紧，丢进水池下的脏衣篓里，动作一气呵成。

她以为自己做得干净利落，却丝毫没有察觉因为俯身的关系，围绕在身上的浴巾早已一寸一寸地松开，随着弯腰的动作，玲珑的身段全部落入了身旁人的眼里。

他到底是多眼拙，才会以为他的小顺还是多年前那个胸前平坦的小不点？

元焯朝前走了一步，几乎贴着她站立。

林沫终于察觉到一丝危险，不自觉地退了半步，恰好侧过脸看见了大盥洗镜里的两人，这才惊觉裹住身体的浴巾已经在不知不觉中滑落到危险的边缘，慌忙低头去整理。

白炽光下，女孩儿白得发亮的肌肤与单薄的浴巾，成了对元先生自制力的最大的挑战。

他伸手，她下意识地退后。

“转身……”元焯语气里带着压抑的情绪，见她迟疑，又说，“我不碰你。”

林沫掖不好浴巾，又不知他葫芦里卖的什么药，只好犹犹豫豫地转过身。

没想到，她刚转身，肩下和膝盖一紧，她下意识地抬臂钩住他的脖子，人轻轻松松就被抱了起来。

不是说好……不碰她的吗？

元先生“心无旁骛”，大步流星地穿过客厅，径直走到床边。

然而，他没料到的是，某丫头竟将预备替换的内衣裤平摊在被子上，仍旧是朴素的款式、轻薄的材质……让他恨不得把这个逼人发疯的小家伙就地正法。

林沫随着他的视线侧目一看，顿时恨不得穿越回十分钟前，干掉大大咧咧的自己……

好在，他很快转开目光，俯身将她放在床上，顺手将被子一拉，把她整个小身板盖得只剩一张红扑扑的小脸在外。

“你是非要弄得着凉不可？”她成天不是光着脚，就是干脆光着身子。

林沫委屈，明明是他把她强留在玄关的……好吗？！

“那部相机……”她躲在被窝里，小声问，“是你从狗仔那儿拿来的？”

元焯靠在墙上，竭尽所能地用最冷淡的眼神睇她：“嗯。”

天知道当他听见同乘电梯的两个男人得意扬扬地讨论要用什么样的标题，来曝光成年不久的国民弟弟和不知名女艺人酒店私会的事情时，他是用了多大的意志力，才以“代理经纪人”的身份，以高出稿费加相机的钱数倍的价格，把照片连带相机从他们手里拿走。

林沫裹着被子坐起身：“他来借了个东西就走了……”他连门也没有进。不知道为什么，她很想说得清清楚楚，不愿意让元焯有一丁点的误会。

“我知道。”如果俞沛那小子当真进了屋，狗仔说什么也会在楼下死守到人出来——这才是爆炸新闻。

那元焯到底在生什么气？林沫见他板着脸，分明是在生气又不肯说。

就像上中学的时候，她曾经被小混混放肆追逐，被拦截在放学回家的路上，然后不幸地被教导主任撞见了。在小混混的胡言乱语下，教导主任怒火中烧，非要她请家长去学校。她自然是不愿意的，硬是抹着眼泪在办公室挨到天黑。

结果，去的人却是元焯。

教导主任冥顽不灵，结果被喻为“校园之光”的元同学一句话堵住了嘴：“她跟那个混混没关系，因为她和我在交往。”说完，他堂而皇之地拉着她的手腕离开了学校。

可直到骑车送她到家，元焯放下她，掉头就走，没肯开口跟她说一句话。

那副阴沉沉的脸色，就像现在。

“那……你为什么不高兴？”

元焯眉毛一挑：“谁说我不高兴了？”

再迟钝的人都能感觉到某人身上的低气压！林沫抓着被单边缘，微微歪着脑袋，若有所思地打量他。

终于，在她小动物似的眼神里，元先生先服了软：“……为什么不回我的消息？”

灵光一闪，林沫从床头摸出手机，翻开一看——果然，编辑好了的短信还停留在待发送的状态，可她以为……早就发出去了。

她内疚地捂着手机，睫毛忽闪：“对不起，没发出去……”

“嗯，忙得顾不上。”她忙着坐那个姓俞的小子的车，连近在咫尺的他都没察觉。

“是啊，好忙。”林沫没察觉到他话里有话，说话的时候语气里自然而然地带上了撒娇的意味，自顾地说起白天里试镜、换装的种种，末了，疑惑地说，“……你说，为什么我这个角色造型会这么多啊？”

元焯无可奈何地看着她顾左右而言他，终于无声地叹了口气：“累就早点睡吧，明天开机仪式，有很多媒体。”

眼看他要走，林沫终于想起自己一直想问的问题：“小元哥哥……你为什么会在这里？”

元焯回头看她："我不能来吗？"

"我不是这个意思……"

"睡吧。"他还是早点离开这个房间为好，多一秒都有犯罪的可能。

他走了两步，忽然又想起什么，整理了一下思绪才开口："姓俞的来的时候……你开始淋浴了吗？"照片上的她只露出了披散着头发的面孔，身子被门和俞沛挡着了。

林沫一愣，顿时气血上涌。

他在想什么？把她当成他什么人了？她之所以愿意衣衫不整地打开房门，完全因为门外站着的是他，是她的小元哥哥啊！

他居然怀疑她会这样去见俞沛？

没听到林沫说话，元焯回身，便看见小姑娘已经眼眶微红地坐在床头。

"没有。"她语气僵硬，忽然钻进被窝里，蒙住了脑袋，"我困了，你走吧。"

过了两秒，被窝里传出一句："关灯，谢谢。"

翌日，开机仪式现场。

元萌萌见到林沫的时候吓了一跳："小顺姐，没睡好吗？脸色怎么这么差？"

林沫揉揉眼睛，含糊地答："嗯，失眠了。"

她经常失眠，以前是因为总遇到乱七八糟的事，心理压力大。

昨儿她先是被元先生给惹恼了，说什么也不理会他，硬是将他撵走了，自个在气头上辗转反侧。闷在被窝里渐渐消了气，她又觉得自己连句解释的机会也不给他，是不是有点儿过分了……她再一转念，先前的耳鬓厮磨又在脑海里挥之不去，让她浑身发热，说什么也睡不着了。

她就这么稀里糊涂地睡了一夜，因为本身肤色白，早上起来果然凄凉地发现眼下乌青一片。

"待会儿举行仪式的时候，你站我旁边。"元萌萌朝她眨眨眼，"我那边发通告的时候你也好上照。"

明眼人都知道林沫在天颐不受待见，资源差得可怕。而元萌萌正在上升势头上，发通稿的时候必然是要上照片的，让林沫站在自己身侧，显然是想拉她一把的意思。

“谢谢。”林沫认真地说。

“小事。”元萌萌不以为意，对她来说，这样的曝光机会要多少有多少。

覆着红绸的长桌上香炉和祭品一字排开，两侧同样盖着红布的摄像机都已摆放到位，受邀而来的媒体早已准备就位。

“吉时要到了。”副导演看了眼手表，轻声提醒齐征。

齐征嗯了一声，目光投向远处正从车上下来的男人。

如他所料，元先生果然赶来了——毕竟追加了那么多经费投资，难道真的只为了COS田螺先生？

下车来的元焯穿着笔挺的藏蓝色西装，领口系得严实，一只手插在西裤口袋里，走路的时候气场十足。

等着捕捉镜头的娱记，一时以为剧里临时又添了男演员，忙不迭给这个看起来大有前途的禁欲系帅哥补上镜头。

直到元焯站在齐征的身边，两人附耳交谈，媒体才终于意识到这一脸明星相的男人压根不是演员，而是投资方，再一打听，终于都弄清楚了——对方居然是元氏二公子，海归精英，商界新贵。

他来了。

林沫心中默默地道，却不敢去看元焯，刻意以元萌萌作为遮挡，与他拉开距离。

元焯用余光看见小丫头朝后躲的动作，想起前晚的不欢而散，有将她搂进怀里的冲动，亲吻她柔软的发丝和唇瓣，让她听听自己心里的声音。

可他不能，只好默默地侧过身，让自己无法再分心去看她。

这一幕落在林沫的眼里，格外扎心——他分明看见她在这里，却故意背过身……是还在为昨天的事生闷气吗？他到底有多不信任她，才会觉得一个女孩儿会衣衫不整地给陌生男人开门？

越想越郁闷，林沫咬着下唇一言不发，直到俞沛带笑的声音在身旁响起：“林沫，是因为我拿走了你的茶包，你今天才变成这样吗？”

林沫回头，见俞沛正眉眼弯弯地瞧着她笑，同时拿手指比画着自己的下眼睑。

俞沛年纪小，个头却不矮，为了配合今天的开机仪式，特意穿了白色的西装，看起来干净清爽，有种介于男人和男孩儿之间的无邪。

“不……不是。”林沫不着痕迹地朝元萌萌的方向移了一点，与俞沛拉开一点距离。

可俞沛像是没有察觉，附身靠近她一点：“我让助理去买茶包了，晚点还给你。”说罢，他狡黠地一笑，像是在说什么只属于他俩的秘密。

林沫看着说完话就乖乖退回原处的大男孩，有心疏远，又觉得人家或许只是无心，只好暗叹一声，回头却见元萌萌正在好奇地打量她。

“怎么了？”林沫问。

元萌萌耸肩：“我哥刚刚在看你。”

林沫下意识地抬头去看，元焯却已经再次背对着她们。

“你俩吵架了吗？”

“没有……”他们没吵架，他生气了，她也生气了，然后不欢而散——这应该算是冷战吧？

“那就好。”元萌萌笑嘻嘻地说，“我还以为是被你气的。”

林沫疑惑，元萌萌轻描淡写地说：“早上说是胃疼，让我的助理给买了胃药。”

怎么落下胃病了？林沫看向某人的背影，隐隐觉得他站得没有平素那么挺直，好想问问他：现在好点儿了没？

终于，工作人员拍掌招呼：“吉时到了。”

元焯和齐征被众人簇拥着走在最前方，恭恭敬敬地取了香朝南拜了拜，再换男女主演与主要的配角，按剧中戏份比重轮流祭拜。

到了林沫这一组，已经是四五个差不多咖位的艺人并排一起上前了。

她站在最右侧，而祈福结束之后的元焯恰好站在右边。

林沫走过去的时候，目光与他有一瞬的相碰，又很快分开，她老老实实地取香、点燃，朝南三拜，插香……

眼看大功告成，忽然平地风起，香炉中的灰烬被风扬起，众人不由得闭目遮面。

林沫刚刚闭上眼，不过退了半步，只觉得有什么东西迎面扑来。她勉强睁开了眼，只见面前猩红一片，还没来得及挥开，就被轻薄柔软的东西兜头盖住了，而与此同时，随着她后退的动作，一只手稳稳地抵住了她的背。

很快，面上的红绸便被揭开了，林沫恍然抬头，扶着她的果然是站在身旁的元先生，而她再往后退一点点就要撞上放在旁边的摄像机了——兜头罩上她的，正是原本覆盖在摄像机上辟邪的红绸。

元焯替她揭开红绸，镜片后一双桃花眼无声地问：还好吗？

林沫不动声色地摇摇头。

风不过是一阵，很快便停了。

众人回神时，元先生早已经松开了臂弯里的小姑娘，若无其事地退到齐征的身侧，仿佛刚刚的那一幕不曾发生。

工作人员连忙清理好台面，招呼着拍张集体照，然后宣布正式开机。

正中间是覆着红绸的一人高的摄像机，左右分别是齐征和元焯。

元萌萌毫不犹豫地挽起林沫走到齐征的身侧，刚好与踩着高跟鞋的左琴狭路相逢，擦肩而过。

显然，离导演最近的位子只能站一个人。

碍于媒体在场，左琴面上挂着矜持的微笑，仗着高跟鞋带来的身高优势，居高临下地睇着元萌萌。可元大小姐视若无睹，目光直接轻飘飘地从她的脸上扫过，抬头挺胸走到齐征身旁，微笑着站定，好像面前的她不过是空气。

左琴笑容僵硬，又不好在镜头前翻脸，最终“和蔼”地笑着对元萌萌旁边的林沫说：“林小姐，剧务没有告诉过你站位吗？”

左琴声音小，媒体记者们离得远，听不见她的声音，何况她面上笑得亲切，谁也不知道她在说些什么。

林沫左右看了看，确信并没有工作人员指定站位，加上元萌萌默默地将她的胳膊挽得更紧了些，一时间进退两难——以她的资历和在剧组的戏份来看，靠近导演的位置显然应当是女主角优先，可一来元萌萌不肯放开她，二来她也并不喜欢左琴，不那么情愿让左琴如意。

场面有点尴尬。

尽管，每个人脸上都带着亲昵和睦的笑，事实上，为了谁站得更靠近中央一点——不光是主演在争，配角之间也是暗潮涌动。

“林沫……”忽然，从元焯的那一侧传来男声，大大方方地招呼说，“你站这边来——”

众人被这道声音的主人——俞沛吸引了注意力，又听他坦坦荡荡地开玩笑道：“你们女孩子都站一边去了，这半边灰不溜秋的一片，多难看。快点，过来两个美女镇镇场子。”

话被提到台面上了，林沫不好推辞，只好和另一个女艺人一前一后地挪到另半边去。

俞沛满意地看着两人：“这才对嘛，男女搭配，干活不累。”说着，他拍拍自己的右臂，“林沫，这里。”

跟林沫一起过来的女艺人若有所思地看了她一眼，识时务地让开了俞沛身侧的位置。

林沫在心里叹了口气，无奈地站到俞沛的身旁，偷偷看了元焯一眼，果然……某人本就冷淡的神色现在几乎可用“生人勿近”来形容。

摄影师忽然开了口：“都是一男一女间隔着来！那个林小姐——你往左挪下位置。”

林沫依言，从俞沛的右手边换到左手边。

她站定了，胳膊刚好与元焯的手臂若有若无地触碰着。

“很好，非常好。”摄影师的强迫症得到满足。

咔嚓。

一张开机照，几家欢喜几家愁。

揭了摄像机的“红盖头”，副导演忙着散开工喜钱，《故园山河》剧组这才算是正式开机了。

剧组安排了车载大部队去当天下午的拍摄地，但元萌萌主动邀请林沫同乘一辆车。

盛情难却，林沫便同她一起留了下来。

临走时，林沫忍不住回头找寻那人的身影，却一无所获。小元哥哥居然还在生气……她都不生气了，他居然还在气。他连个道别也没有，活动一结束就匆匆走了。

元萌萌的保姆车停在VIP区，那里不允许媒体记者随意进出。

心不在焉的林沫跟着元萌萌一起走到保姆车边，自觉地拉开门往后排座走，她前脚上了车，元萌萌后脚就关上了车门。

林沫心生疑惑，福至心灵地朝后排一看。

果然……那个她遍寻不着的男人，正好整以暇地靠在椅背上，静静地望着她。

车上连司机也没有，很显然，这是兄妹俩约好的。

林沫撇撇嘴，转过身，权当没有看见后排的男人。尽管不久前，她还得费尽力气，才能克制住眼神不要往他那里飘。

“还在生气？”元焯的声音带着一丝宠溺的无奈。

“没有。”语气里满满的小情绪。

“昨天的事……是我不对。”

咦，小元哥哥这是在……认错吗？认识他这么久了，她几时听他认过错？且不提他总有一套“圆过去”的本事来大事化小、小事化了，就算他真的犯了很严重的错误，也从来是梗着脖子硬扛到底——为这，他没少挨元老爷子的教训。

“昨晚是我不对。”元先生语声越发软了，“我怎么做，你才能消气？”

林沫很想说她早就消气了，可听着他道歉又觉得有趣，硬是铁了心地没回头：“换了我怀疑你和别的人，你不生气吗？”

“不生气。”他答得异常干脆。

林沫气结，却听某人补充：“你吃醋，我会很高兴。”

她低头，玩着手指。

吃醋？是哦……昨夜，他生气，却说不出一句重话，接吻的时候恨不得把她拆了吃入腹中的架势，可不就是吃醋！

心里忽然一片敞亮，林沫兴冲冲地回头：“你是在吃醋！”刚转过脸，她便被等候多时的某人逮了个正着。

咬了一下她柔软的下唇，元焯警告似的轻声说：“再说？”

林沫眼底带笑，抿着嘴直摇头，笑容却越漾越开。

看着谨小慎微、总是小心翼翼的小丫头露出狡黠又开朗的笑容，元焯只觉得就算日后还需K.O一打对手，也值得。

他嘴角噙着笑，食指轻轻抬起她的下巴，重新贴近她的唇。直到小姑娘轻喘着透不过气来，他才离开了一点：“我要回去了。”

她睁开迷蒙的眼睛：“昨天刚来就要走？”来回车程十来个小时呢。

“嗯，有些事情需要处理。”他吻了下她的眼睫，“你在这里，凡事多留点心眼。如果发现有什么不对的地方，别傻乎乎地朝前冲，先保护好自己。”

“好……”她亲昵地拿鼻尖抵了抵他的鼻尖，“我会好好的，你别担心。”

他笑着看她小猫咪似的动作，心底像被阳光填满，什么都不想计较，什么也不愿计较，只想她永永远远像此刻一样自信阳光。

“有事第一时间给我电话。”他哑声叮嘱，“跟卉春说也可以，再不济，你和萌萌说，她也会帮忙。”

林沫搂着他的脖子撒娇：“不，我就跟你说。你是无所不能的小元哥哥，什么都可以搞定。”

“好……”元焯看着眼前的女孩儿，一双桃花眼温柔得简直不像话，“什么都可以。”

——为你。

不便让元萌萌在外面守得太久，元焯很快就起身离开了。

林沫没有起身送他，留在车里听着外面兄妹俩说话。

“……小顺交给你了。”

元萌萌嗯嗯地应着，把他往外推：“知道啦！吃饭、睡觉、出去玩，能带小顺姐的时候一样不落地在一块儿，你不说，我也会嘛！我喜欢她啊，你又不是不知道。”

他当然知道啊，而且他还知道，喜欢那丫头的不止元萌萌一个。

末了，元焯扶着车门，俯身，深深地看向车里的小姑娘。

她轻轻朝他眨了眨眼，换来某人嘴角微扬。

直到确定离开了林沫她们的视线，元先生挺直的背才微微弓了一些，右手握拳抵在腹部。胃部传来的绞痛，时轻时重，搅得他一夜未能沉睡。

早起他接到许鹤的电话，说是查到了锦元天地开业那天几起事故的肇事者是从锦元离职了的旧人，仗着脸熟混进商场动的手，最关键的是，他们现在找不着这个人。

他急着赶回 N 市，就是因为许鹤担心 KI 在锦元天地举办的发布会还会出纰漏。

刚走到电梯口，尚未看见人，元先生已经蹙起眉头——不知是哪个牌子的香水，魅惑的香气甜腻得让他的胃痛又加剧了。

“元先生。”从角落处走出的年轻女人穿着高跟长靴，披着深色皮草，留着齐耳短发，脖子上系了 chocker。

元焯不动声色地屏住呼吸，冷眼看着她。

左琴微笑着伸出手，仔细涂抹过口红的唇瓣微启：“久仰元先生大名，今天终于见到本尊了。”

她的一句话说完，狭窄的电梯间陷入尴尬的寂静。

尽管眼前这个男人一看就很冷淡，但左琴一直觉得混迹商场的男人最擅长的就是逢场作戏，即便对她没有兴趣，表面上的敷衍也还是会做的，哪里料到，这男人竟连最起码的寒暄也没有，只是冷眼看着他。

左琴未成年就开始在酒场混迹，自诩什么样的男人都能轻易拿捏住，她毫不在意地收回了伸出的手，眼角一勾："元先生这是要走吗？方不方便……载我一程？"

元焯意味不明地一笑，从她身旁擦过，按了向上的电梯键。

左琴心道，什么禁欲，不过做给人看的。

她也不再开口，不远不近地站在他的身后。

这男人……相比起她接触过的其他投资方，算得上极品。这种男人应当不缺女伴吧……她思忖着，或许对他得换一套法子。热情如火不行，那欲拒还迎行不行？

她正想着，电梯门开了，眼见着元先生进了电梯，她矜持地拎着手袋准备跟进去，不料，电梯门竟在她面前缓缓地关上了。

她抬眼，便看见电梯里一只手按住关门键的男人，镜片后一双冷漠疏离的眼眸居高临下地看着她，像是……在看什么不值一提的蝼蚁。

直到电梯往上，左琴站在空荡荡的室内，忽然一阵寒意从脚底升起，她几乎打了个寒战，才意识到这元先生的冷竟是刻进骨子里的，他连一句拒绝的话也懒得开口。

左琴挑起一抹嘲弄的笑，也不知道是对自己，还是对他。

忽然听见空寂的停车场里传来隐约的人声，她蹑手蹑脚地走出去，隔着一排排停好的车，远远就看见两个熟悉的身影——居然是元萌萌和林沫！

联想到这冰山总裁刚刚不知为什么在停车场逗留许久，左琴眯起眼，红唇挑出一抹冷笑——什么白富美，什么小白花，不过都是做给人看而已，勾搭一个导演还不够，连投资方也想拉入怀中，简直既要当婊子，又要立牌坊。

在这圈子里混的，谁又能比谁干净！

Chapter

06

生死不离

影视城里的演员大致分三类——

兢兢业业地跑着各个场子，演绎一个个没有台词的活道具，寻求每一丝出人头地的可能性的“路人甲”；

辛辛苦苦堪称“劳模”，同时演N部戏，连台词都记不住，靠着一二三四五的念白纵横片场的“流量花生”；

还有清晨睁眼、夜半合眼，脑海里翻来滚去的都是场景、对白、走位，拍摄期有多长，进入角色就多久，甚至拍摄结束都未能抽离的演员。

对林沫来说，做第一类演员久了，终于有机会拿到这样吃重的角色，恨不能把《故园山河》当成人生最后一部戏来拍。自元焯离开后，她索性一天二十四小时都待在片场，即便当天连一场她的戏也没有，她也照样在旁待机。

她揣摩自己的角色，也揣摩和自己有对手戏的角色，甚至给那些“身世不详”的小角色做小传，让他们在自己的脑海里渐渐立体起来。

看见林沫总是坐在片场一隅抱着剧本，摄制组的人也好，其他演员也好，起先对这个新面孔是好奇的。

可谣言总是传得飞快，开机第二天，关于林沫的特异体质就已经无人不知。

所以，林沫坐的地方，方圆十米，鲜少有人靠近，除了元萌萌，还有俞沛。

照理说，俞沛和元萌萌、左琴的对手戏最多，他们三人走得近才正常。

可男主角和林沫饰演的女军师几乎没有交集，俞沛还常常找她“讨论剧本”就难免惹人非议了。

林沫虽温和，但并不迟钝，一次或许还能忽视，俞沛三番五次地示好，她不由得想起卉春关于俞小哥“绯闻体质”的忠告，干脆每每见他来了就装高冷。他说三句，她才回一句，能拽上元萌萌一起的时候，就绝不和他独处。

而这些情况落在左琴的眼里，便成了元萌萌、俞沛和林沫拉帮结派地排挤她。

元萌萌和俞沛在圈子里有地位、有名声，左琴不敢轻易动，索性先对林沫下手。

一时之间，关于林沫不但是扫把星，还顶着一张白莲花的脸、靠着不可告人的关系挤进剧组的传闻甚嚣尘上，在每日收工后的各处小聚中被口口相传，以假乱真。

天下没有不透风的墙，消息很快就传入元萌萌的耳中，她气得直笑：“是哪个在背后嚼舌根，我要是找出来，非把他撵出剧组不可！”

林沫听了，一张小脸白了些许，眉目间却毫无波动，如常地吃完了饭，抱着剧本就回片场，依旧是全组第一个归位的演员。

——演员嘛，本职工作就是演好角色，其他都是浮云。更何况，她确实不走运，这事赖不着谁。

可随着传闻愈演愈烈，与元焯重逢之后刚刚开朗了些的林沫，又不知不觉地退回了壳子里。

只有每晚收工之后与元焯例行通电话的时候，她才恢复活力。

“累不累？”元焯问。

林沫抱着手机，蜷缩在窗边的沙发上，看着窗外灯火通明的影视城：“不累，戏份不多。”

“可你总在片场，待的时间比萌萌还长。”

他怎么什么都知道……那，关于她的传闻，他应该也知道吧。

林沫想着，之前强打起的精神不由得萎靡了三分：“在片场里比较容易维持角色的心境。”

“你的戏份还有多久杀青？”

“咦？”这才几天啊，就算她只是配角，也不至于这么快杀青呀，她说，“还早呢，配合萌萌的戏多，所以战线有点长。昨天齐导还找我来着，给加了三场戏。”

“嗯……”

“怎么了？”

元焯安静了一会儿才沉声问：“你们剧组里，那个叫左琴的，有没有为难你？”

林沫一愣，不知道他为什么会提起左琴。尽管元萌萌怀疑那个在剧组里造谣生事的家伙就是左琴，但到底没有证据。而林沫原本就不喜欢左琴这个人，恨不得见了她就绕道，不是必要的搭戏，绝不和她多说一句闲话。

“……没有啊，左琴好像很忙，除了有戏的时间段，其他时候都不见踪影。”林沫回忆道，“昨天齐导在片场还发火来着，该她上戏的时候，居然派了替身演员过来。”

也正是这个缘故，齐征和编剧当下怒极，直接改动了剧情，大幅删减了左琴的戏份，作为填补，这才加了林沫和元萌萌的戏。

“她当然忙。”元焯似乎嗤笑了一声。

“嗯？”林沫隐约觉得小元哥哥格外讨厌左琴，甚至好像……比她更讨厌？

元焯说：“忙着抱大腿，这位左小姐哪里有心思好好拍戏。”

“……大腿？”

“我昨天在天颐看见她了。”

“她不是天颐的人啊！”如果没记错，她是签给了当初举行歌手大赛的电视台，怎么会跑到天颐去呢？“她去做什么？”

元焯冷冷地睇了眼手中的截图照片，照片上是那个艳丽的女人坐在他家大哥的腿上，一口交杯酒喝得正欢。

想了想，还是不愿让这些事污了自家小姑娘的眼，元焯只说：“大概是想转到天颐来吧，毕竟这边资源比她原先的好得多。”

想到未来可能会有更多机会和左琴搭档，林沫打了个寒战。

“她不会得逞的。”元先生淡定地说，“你说呢？”

“有你在呢。”林沫听出他成竹在胸，不由得微笑。

电话那头传来元先生低低的笑声，可突然又传出了年轻的女声：“怎么又在打电话？说多少次了，静养！静养！先生，你是不是听不懂中文？”

林沫呆愣了一会儿，对面手机的听筒似乎被捂住了，元先生说了什么，她都不太能听清。

直到听筒里再次清晰地传来他的声音，她才问：“你在哪里？”

那头沉默，终于说了实话：“……医院。”

“怎么了？”一下在沙发上坐直了，林沫急切地问，“你哪里不舒服吗？”想起元萌萌曾经说过他临走那晚胃病发作，不由得心一揪。

“小毛病，休息休息就好了。”

“小毛病怎么会需要住院？”刚刚的女声，是护士的吧。

元焯却故意开玩笑，转移话题：“你就不怕刚刚的……是别家姑娘？”

“不怕。”

听她答得轻松自在，元先生觉得格外有趣：“怎么这么肯定？”

林沫温热的脸贴在手机上，看着窗外灯火：“因为我能感觉到啊……”

她能感觉到电话那头的他在微笑。

林沫原计划杀青了手头的戏份，向组里请一天假，回去看看死撑着只说是有点“小毛病”的某人。

可没想到，人算不如天算，她的戏份一再被加，竟怎么都抽不出完整的一天时间离组。

就连元萌萌都忍不住私下向齐征抱怨：“人家小顺姐就想去看看我哥，

你怎么总抓着人不放呀。你这是不是跟我哥有什么过节在公报私仇？”

“瞎猜什么呢。”齐征在女友的额头上一吻，“你给你哥打声招呼，还是自己养好身体来组里看林沫更靠谱。”

“怎么？”

“林沫的戏份还要加。”齐征正色道，“昨天我和投资人、编剧碰过面了，剧本会大改，转为单女主。”

“什么意思？那左琴呢？”

“退出主演。”

元萌萌吃了一惊：“她能同意？”

“哪里轮得到她表态？她又怎么可能会同意，大概恨不得把你赶走了，一人独大才好。”说起左琴，齐征脸上是掩饰不住的鄙夷，“当初剧本设置的本是单女主，投资方为了塞她进组硬让编剧改了，现在不过是回归正轨。”

“那现在改动，就不怕得罪了投资方？”即便元萌萌是个不爱操心的主，但身在其中，对利害关系也略知一二。

“当初她勾搭上光友的董事进的组，如今居然又和元氏的人不清不楚。”齐征本就不愿被个花瓶毁了心血之作，如今一口恶气吐得心情甚好，“你说，现在撵她走，谁会替她出头？”

“等等——”元萌萌轻呼，“元氏？谁？”

齐征看着女友吃惊的神色，安抚地摸摸她的头发：“不是元焯，是元尧。”

左琴和元尧的暧昧照被直接寄到她的前任光友董事的办公桌上，老司机一朝被戴了绿帽，怒火攻心，直接同组里打了招呼，从今日起他和那女人再无瓜葛，她是去是留悉听尊便。

“左琴这么笨啊……亏得还长了张聪明的面孔。”

齐征淡笑：“不是她笨，是有人太精明。”是谁在合适的时间，把合适的照片寄给了合适的人，天真的元萌萌或许想不到，他却心知肚明。

元先生这人啊，还真是兵不血刃。

进组的时候，厚厚的台本里，林沫把跟自己有关的戏份都拿便笺纸标记出来了，不足十处。

而如今，她伏在案前，默默地在没有戏份的地方做了标记。说起来，剧是从双女主变成了单女主，可事实上，为了剧情的连贯性，林沫的戏份并不比从前的左琴少。

而且因为加了戏，林沫忽然添了许多跟俞沛的对手戏。

其中一场戏，是林沫扮演的女军师，跋山涉水将女主角的信带给男主角，却在山脚下遭遇伏兵袭击，重伤昏厥，然后被男主所救。

因为女军师是个心比天高、命比纸薄的人设，服装也是清一色的飘逸出尘，所以站在溪水旁，一袭薄衣的林沫被冻得牙齿直打战。

小元哥哥若是看见了，一定又要恼了，怪她不懂得照顾自己。可为了角色更真实，她实在做不出在纱衣里穿上保暖棉衣的事儿来，只好硬着头皮挨冻。

幸好他不在，不然又要心疼了。

可她刚哈气暖手，便听见男人清越的声音："快开始吧，林沫穿得少，要冻坏了。"

出声的正是同场拍戏的俞沛，他穿着一身军服，领口微敞，头发因为剧情需要而弄得一片凌乱，有种吾家少年初长成的不羁。

旁边人打趣："快拍，快拍，咱们俞小哥怜香惜玉了。"

有人跟着起哄，有人不怀好意，也有人对林沫投以羡慕的目光。

可当事人无动于衷，眉眼低垂，俨然陷入了角色所处的四面楚歌、壮志未酬的状态，对外界的纷纷扰扰毫不在意。

场边的编剧不由得感慨："这是个好苗子啊，先前给她的戏份那么少，真是暴殄天物。"

齐征双手抱胸："嗯，确实。"他本以为让林沫进组不过是卖了元先生一个人情，没想到事实上是自己捡了块宝。有了她和萌萌，或许这部戏真能火爆起来。那么，不管对他，还是对萌萌和她，都是好事，可谓三赢。

拍摄进行得很顺利，在冰冷的溪流中赤足奔跑，被冻得几乎要失去知觉的林沫，在最合适的位置、以最合适的角度虚弱地倒在男主角俞沛的膝上。

无论是镜头里，还是现场看，都是毫无瑕疵的完美镜头。

一条通过，所有人都很满意，包括此前曾因传闻而戴了有色眼镜看她的人，除了场边冷眼旁观的助理爆破师刘飞。

眼看着冻得嘴唇发抖的林沫被人扶着回车上取暖，刘飞悄无声息地避开人群，拨通了电话，将拍摄情况以及组内人员对林小姐的好评一五一十地汇报了。

电话那头的女人听完，再开口时，声音带着掩饰不住的阴狠：“心安理得地享用属于别人的东西……她们就不觉得可耻吗？”顿了顿，她语带挑衅地说，“就像那个老东西对你——事都是你干，名利都归他。这种寡廉鲜耻的事，还真是屡见不鲜啊。”

刘飞阴沉着脸：“……这种人都该去死。”

女人咯咯地笑：“没那么夸张，给点苦头吃也就够了。”

“嗯……”刘飞说，“我有分寸。”

“……我给你的东西，提前三个小时服用，保管你上吐下泻得进医院，到时候，一切你只管说不知道。”女人冷静地吩咐，“谅你那不做事的师父也有口难辩。”

“我知道。”

正说着，远远传来中年男人的吼声：“刘飞！刘飞！浑小子又给我偷懒？打电话——东西都准备好了？明天那么大场面，线路都检查了？就给我在这儿偷懒，龟孙子，不干活，趁早给我滚——”

“就这样，我忙去了。”刘飞压低声音挂断了电话，然后点头哈腰地跑进人群，“是我老娘的电话，我这就去准备。您老别生气，别生气……”

说着，刘飞在男人骂骂咧咧的声音中小跑着上了车，在人看不到的地方，笑容渐渐扭曲。

第二天。

“你们确定不用替身？”

尽管已经确定过多次，齐征还是想再询问一下，毕竟这场城楼爆破的戏场面之大，使用的炸药之多，埋线之广，一般的女艺人是没有胆量亲自上阵的。

“小顺姐都不用替身，我好歹也是个女主角，干吗用替身？传出去多丢人哪！”元萌萌笑嘻嘻地安慰忧心忡忡的男友，“放心啦……那些埋了引线的地方，我闭着眼睛都能给你一个个找出来，绝对不会碰到的。”

林沫也笑着说：“齐导，你放心，有我呢。”

元萌萌挽上林沫的胳膊肘，歪头靠在她的肩上：“有小顺姐保护我，你别担心啦！”

齐征只好再三叮嘱：“看好了场外的指示，旗子一挥，你俩就立刻从城楼上面跳下来，落地之后立刻朝南面对着摄像机跑，十秒后城楼附近会引爆。明白吗？”

“Yes，sir！”元萌萌笑，“你都嘱咐十万八千遍啦！”

场地布置完毕，一切检查妥当。

林沫和元萌萌身侧的工作人员全都退开了，城楼上只余下吊着威亚的两个年轻女孩儿。

两人在雾气蒙蒙中对视一眼，几乎同时朝着爆破区外的工作人员比了个“OK”的手势。

作为年代剧，《故园山河》里的战争场面并不少，爆破戏也比比皆是。

早已拍惯了的齐征，不知为何在摇臂镜头抬起的瞬间心生不安，从监视器前抬起了头，遥遥看向烟雨蒙蒙的城楼上的旗帜。

“威亚准备——OK。”

“一、三号机就位。”

“爆破准备——OK。”

……

从对讲机里传来各处准备妥当的汇报，齐征终于深深地呼了口气，拿起对讲机：“各方面就位，预备——”

“Action！”

钢索在高空的风中微颤，雨雾蒙蒙之中，城楼上一红一白两个窈窕的身影登上城楼。

站在齐征身后的助理，听见导演沉声吩咐“走”，立刻挥舞起手中的信号旗。

与此同时，城楼上的两个身影一前一后翩然跃起，如彩蝶相追……两个都是身段轻盈的少女，远远看去甚至有点迎风飞舞的架势。

齐征紧紧地盯着两个身影，握着对讲机：“落地之后，倒数十秒引爆。”

“收到。”

众人离得远，看不分明，只见翩跹落地之后的两人并没有立刻朝既定方向飞奔，反倒动作异常僵硬地撞在了一起。

“十，九……”

对讲机中倒数已经开始。

齐征连声喝止：“停！停下！”

对讲机中的倒数声停止了，众人刚刚缓过一口气，却听见一声巨响——

两个女演员落脚的地方响起巨大的爆炸声，预装的沙石顿时漫天飞散，道具炮车翻的翻，倒的倒。

从那里开始，在眨眼之间一处接着一处爆炸开来，仿佛当真有一颗颗炮弹打入泥土，溅起尘土如瀑，转瞬间沙石飞扬，弄得人睁不开眼。

各处事先埋好的炸药，随着第一声突如其来的爆破，其他爆破点渐次被引爆，刚刚踏入中央区域一点点的齐征，也毫无防备地被泥土砸得灰头土脸，站立不稳。

“见鬼！谁让引爆的！”一向儒雅的齐征从地上爬起身，失控地怒吼。

而林沫和元萌萌驻足的那处，早已完全笼罩在浓烟与尘土之中，甚至隐约可见火光闪烁。

明火、浓烟、尘土，不能确定是否已经完全引爆的爆破点……和被困在爆破最密集的区域的年轻女演员。

以上种种，令拍摄现场瞬间陷入极度混乱之中。

尖叫声、呼救声、跑步声、拨打救援电话的语声……此起彼伏。

天蒙蒙亮就驾车从N市风尘仆仆地赶往片场的元先生，一边开车，一边留心旁边的手机。

自清晨起，他拨打林沫的电话始终无人接听，就连元萌萌也联系不上，心中的不安被放大，他多一秒也没办法在病床上躺下去，瞒着许鹤和众人驱车径直赶来片场。

车尚未停稳，他就听见剧烈的爆破声，远远地看见滚滚浓烟……他本以为是正常拍摄，却在几秒后听见尖叫声四起。

元焯跳下车，疾步走进人群，立刻在纷杂的对话中捕捉到了林沫的名字。

“萌萌和林沫被困在里面……我的天哪！就是最先爆炸的那边……”

元焯的心脏仿佛被一双手死死地扼住。

他甚至不知道自己是怎么拨开纷乱的人群，怎么穿过散置的器械，怎么挣脱齐征的手，怎么被飞扬的尘土眯住了眼。

身边的一切，都变成了默剧。

他看见人们张着嘴，却听不见声音。

他感觉有人拉住他的手臂，却被他用力地甩开。

他的眼睛被尘土眯得无法睁开，口鼻被浓烟呛得呼吸急促，可这一切都比不过对失去她的恐惧。

自从学成归国，以雷霆手段从元氏看似稳固的盘子里分得一杯羹，渐渐开始被称作“元先生”而不是“那小子”，元焯一度以为自己经历得太多，失去得太多，早已无所畏惧。而这一刻，他才知道，即便他真的无所畏惧，他的小顺也依旧是他无法割舍的软肋。

这种恐惧，在他终于穿过浓烟、坍塌的道具车，看见被压在道具车下的白色身影时到达了极致。

那件白色旗袍，是他亲手从KIKO那儿拿回来的——林沫在《故园山河》里的每一件衣服，都是由他手绘，由KI的顶级设计师手工缝制。

而此刻，白色旗袍早已被熏成焦黄，衣裳的主人倒伏在地，一动不动。

突然，距离他们不远的地方，毫无征兆地又发生了一次爆炸！

气流喷薄，尘土飞扬，沙石落在道具车上哗啦作响。

石子擦过元焯的面颊，迅速地划开了一道口子。

可他像是毫未察觉到周遭再度爆破的可能性，单手撑地迅速起身，只想冲到她的身边……

他怎么舍得让她独自承受这样的痛苦？

腰忽然被人用力地环住了，元焯回头，嘶哑地怒吼："放开！"

腰间的力量却丝毫没有放松，反倒是有温热贴近了他的脊背。

元焯一僵，慢慢地低下头，目光停留在紧紧环在他身前的那双素白的小手，然后，身后传来隐隐带着鼻音的声音："小元哥哥……"

元焯不可置信地抓住腰间的手，慢慢回身，见身后的女孩穿着沾了泥土的白色里衣，领口散乱，白皙的小脸上灰扑扑的，一双从来温和恬静的眼眸此刻泪光闪动，纤薄的唇颤抖着，她又颤声叫他："小元哥哥……"

他用双手托住她的脸，俯身贴近，近到能感觉她不稳的气息落在自己的唇畔，他缓缓地闭上了眼，好像被人掏走的心脏，终于又安安稳稳地归了位。

林沫看着眼前紧紧闭上双眼的男人，他回身的那一瞬，她从那张儒雅淡漠的脸上看见了绝望与狂喜交替的情绪。她能明白他的心情，就像……片刻之前的她。

她和元萌萌从后场一路狂奔过来，元萌萌被齐征一把拽住拥入怀中，而她顺着众人的目光看见了那个奔跑在沙石与火光之中的背影，那一刻她恨不得自己没有什么该死的第六感，那起码，此刻自己就身在他的旁边。

她喊他，他却置若罔闻。

无视所有人的劝阻，她仗着对爆破埋线的地方了如指掌，穿行在尚未引爆的区域，直到不远处的爆破冲击之下，她刚刚撑起身就看见元焯冲动地要冲向道具车，才终于不管不顾地扑上前去抱住他的腰——他脚边就是另一个爆破点啊！

“要拍跳城墙镜头的时候，我突然特别不安，所以……临时把道具服给假人穿上推下来了……”被托着脸的林沫小心翼翼地解释着。

元焯一言不发，唇瓣有轻微的颤动，像是在极力平复情绪。

抬起手指，林沫颤抖地贴近他左颊上渗出血来的伤口，觉得自己的脸也被割得生痛。她轻抚着伤口四周，小声地问：“疼不疼？”

元焯终于睁开眼，镜片后的眼里激荡着挥散不去的情愫，他想镇定，却发现自己无计可施。如果重获至宝都不值得激动，那活着和死了有什么区别？

他用一只手摘掉眼镜，在身前的小姑娘尚未回过神的瞬间，用另一只手捏住了她的下巴，轻轻一抬，俯身重重地含住她单薄的唇瓣，如同进击的野兽，恨不得将猎物当下吞入腹中。然而不过几秒，他又放轻了力道，化作了深入而温柔的舌吻，冰凉的拇指在她发烫的面颊上缓慢地摩挲，像在爱抚心尖上的宝贝。

林沫只觉得呼吸都困难了，轻轻地嗯了一声，环着他的手臂轻轻地推了推。可男人吻得更加用力，直到她感觉自己快要窒息，他才终于退开一点。

“不要再离开我，小顺，答应我……”

林沫轻轻地呼了口气，身子朝前一倾，整个人窝进元焯的怀里。

周遭有隐约的噼啪爆裂声，烧坏了的道具车的零部件哐当落地。

这是最糟糕的地方，也是最美好的地方——他的心离她那么近，近得好像他们连为了一体。

林沫听着他的心跳，清清楚楚地回应他：“我不会离开你的，永远不会。”

如果真如他所说，第六感就是她的天赋，那么，她愿意永远做他的护身符，生死不离。

“一言为定。”他深深地吻她头顶的发，声音终于变得平稳。

“嗯，驷马难追。”她像孩童时候一样，顽皮地又加了一句，“八匹也不行。”

待命的医疗队终于提着设备赶到现场，临时消防设备也被抬到场边，水柱喷洒之处，飞扬的尘土总算落定。

同样只穿着白色里衣的元萌萌急得双眼通红，手里拿着助理递来的外套都顾不上穿，频频跳起来朝远处张望。

“别急，林沫对爆破点很熟悉，她一定能避开的。”齐征额头青筋直跳，此刻脑海中千回百转，却还是软语安慰着女友。

“可是刚刚又爆了啊！”元萌萌急得眼泪直掉，侧身用拳头打着齐征的肩，“你刚刚为什么要拉住我？你要不拉我，我就能把小顺姐拽回来了！”

齐征任由她发泄着情绪，目光一动不动地盯住水柱的落点。

“萌萌……”

“干吗？！”元萌萌恶狠狠地说，却听见嘈杂的人群刹那间有一瞬的沉默，而后尖叫声、欢呼声此起彼伏。

她抬头，终于在烟尘的尽头看见了两个熟悉的身影……

匆匆下车连外套也没来得及穿的元先生，黑色毛衫上落满了尘土，就连镜片都蒙上了一层灰，俊逸儒雅的面孔上一道伤口隐隐渗着血。即便如此，这个冷峻的男人依旧和“狼狈”两个字挂不上钩，仿佛铁甲将军凯旋，不苟言笑的面孔竟出人意料地挂着一丝若有若无的……笑？

元萌萌欢呼着奔过去，带着满脸泪花地张开双臂，将兄长和林沫一并抱住：“太好了！你俩没事，真是太好了！”

笑着跳着，她忽然低头，看着两只十指紧扣的手，泪光犹在的眼睛直放光：“你们？”

红着小脸的林沫腼腆地抿抿嘴，张开双臂抱住元萌萌，脸贴在她的耳边，带着笑轻声说：“嗯，我们。”

元萌萌将林沫抱得更紧：“小顺姐，千万不要再丢下我哥了，他真的……很爱你。”

林沫愣了一下，抬起眼，只见元先生正温柔地看着她。

目光像五月的阳光，一切都刚刚好。

派出所。

“……等等，我需要你说得更明白一点。”年轻警官拿笔点着纸上的记录，“你是说在即将从城楼上跳下来的时候，她——林沫提出临时换成道具人？然后道具人落地，没到十秒，爆破提前开始了？”

“对，就是这样的。”元萌萌认真地看着警官的眼睛，“如果不是林沫，我俩现在已经躺在医院里了。”

警官挠头：“我不是不信你，但这太难解释了。”说罢，他转向一边温柔恬静的女孩儿，“你到底是怎么知道爆破会出问题的呢？”

林沫为难地摇摇头，第六感这东西上哪儿给人解释去？

“直觉？”警官试探地问。

“直觉。”林沫一本正经地点头。

警官顿时哭笑不得：“你这简直就是神算啊！”

“不是她神算……”一直在旁静默不语的元先生不疾不徐地开了口，“是我提醒她的。”

话一出口，连林沫都不由得侧目，却被他握住了冰凉的手。

“您是……”警官犹豫地问，不由自主地对这个年轻男人用上敬语。

元焯自怀中取出一枚U盘，递给警官：“这是录音。”

警官随手将U盘插进笔记本电脑，很快自动播放起来——

女声：“活是你干的，钱是你师父拿，出了事都是你遭殃，这口恶气你怎么咽得下？”

男声，带着喘息：“我能怎么办？他是我师父。”

女声笑："教会徒弟饿死师父，这不是人之常情吗？何况，你无偿替他打了这么久的工，连他的赌债都是你还……有什么恩，你早还清了。"

男："可……"

女："上次你从我这儿拿的钱，还在吗？呵，又被那老家伙输光了吧……弄死他，不然，你迟早要被他榨干。"

男声低喘："你说怎么干！我做！"

女："后天城楼爆破的准备工作，老家伙是不是又全丢给你了……别怕，做完之后把这东西吃了……事发的时候，你人还在医院。谅他有口难辩，总不能说工作都是你在做，他连复查也没查……"

男声喘息加重："你怎么说，我怎么做……琴，都听你的……听你的……"

录音渐渐被交错的喘息声覆盖，间或传来女子的娇喘呻吟。

在场的男士面色尴尬，更不要说林沫和元萌萌，两人早已面红耳赤。

警官还想再听后续是否有有效信息，鼠标却被元先生快速地拿过去，双击，暂停。后面的龌龊声音，他不想污了他的女孩的耳朵。

"这俩……是谁？这东西，哪儿录的？"

"剧组原来的主演之一，左琴。"齐征长期听取收音，对左琴的声音再熟悉不过，"另外一个，多半是今天临时请假没来现场的刘飞，助理爆破师。"

警官一边记录，一边追问："这东西是哪里录来的？"

"天颐十层，茶水间。"元焯平淡地说。

"茶水间？"警官嗤笑了一声，"还真是……劲爆。"

……

从警察局离开的时候，天色已黑，门外挤满了闻风而至的记者。

尽管事故的内情尚在封锁中，但这么大的爆破事故，当红小天后和新锐导演都有被牵扯到，狗仔们自然兴奋难耐。

没想到的是，守在警局之外的他们居然有了"意外之喜"。

警车停在台阶之下，有眼尖的人发现被从车上带下来的年轻女人很是眼熟。尽管她戴着墨镜，可染红的短发、轻柔的chocker、高帮的皮靴和耳后的皇冠文身……依旧让她立刻被辨认出来。

“左琴！这是左琴——”

快门噼啪作响，人潮刹那间涌向台阶。

戴着墨镜和鸭舌帽的左琴，被两个穿着制服的警察领着走上台阶，尽管警察一再解释“别拍，这只是例行调查”，也无济于事。

他们还没走到台阶最上方，自动玻璃门就缓缓地打开了。

两男两女出现在自动门后，清一色的俊男靓女。

元萌萌和齐征是镜头前的老面孔了，而另外的，一身白色卫衣、牛仔裤的恬淡女孩儿，扎着最简单的马尾，发尾轻柔地垂在肩头，露出精灵般安静而美丽的面孔，与身侧满面冷峻却温柔地护着她的斯文男人都让众人眼前一亮。

新闻！新闻！

出于职业敏感，狗仔们迅速地转移了镜头，对准了元焯和林沫——尽管他们中的大部分，一时之间压根不知道这对璧人是谁。

林沫和元先生站在台阶的最高处。

警察带着左琴，站在几级台阶之下。

落在镜头里，便是白衣女孩儿以怜悯的眼神，俯视着站在几级台阶之下的、狼狈落网的女人，一边是纯白无瑕，一边是欲望满身；一边是悲天悯人，一边是利欲熏心，像截然相反的对立面，迅速占领了社交网络、娱乐网站的头条。

当天晚上，整个粉丝圈都在打听两件事——

演艺圈的粉丝在打听《故园山河》的女主角是元萌萌和谁。

金融圈的粉丝在打听元先生身侧的女孩儿到底是谁。

他们返回酒店的时候，早已夜深，就连常年蹲守的狗仔也早就疲惫不堪地各自散了。

林沫被元先生喊醒时，正靠在副驾驶座上睡得天昏地暗。她迷迷糊糊地睁眼：“来……来了。”说着，她就要起身，又被安全带拉回座椅，这才恍然清醒。

元焯侧身，替她解开安全带：“做梦了？”

“嗯……”

梦里，她躺在柔软的榻上，他微热的气息喷洒在脸颊上，两人正耳鬓厮磨，她忽然被导演叫去拍戏，惊醒的瞬间又急又窘，现在清醒过来，才意识到自己居然做了个不可描述的梦，顿时面红耳赤。

“梦见什么了？”元先生随口问。

林沫匆匆拉开车门跳下车，借着夜风直拍脸：“没什么！”

元焯走到她的身侧，俯身低头，凑近她的面孔。

林沫垂下眼睫，心跳如擂鼓。

元先生抬手，抚上她的嘴角，用拇指一抹：“多大的人了，睡觉还流口水。”说罢，他手一松，走了。

林沫又气又窘，擦着干干净净的嘴角辩解：“哪里有口水啊——”说着，她追了上去。

某人却忽然止步，回身，迎上追来的小丫头，俯身一吻，角度刚好，亲了亲她的嘴角。

“现在有了。”

两人玩闹着回了酒店，好在夜已深，电梯一路上行，倒没遇到闲杂人等。

等林沫开了酒店的房门，昏黄的灯光将两人的记忆又带回了那夜，气氛顿时暧昧起来。

元焯停在门口，手扶着门框：“早点睡，我先走了。”

林沫迟疑：“已经这个点了，你还要长途开车吗？”

“嗯，酒店客房满了，也没地方住。”元先生淡定地说，“这会儿回去，天亮时刚好到公司。”

这话听着都让人心疼……

林沫咬唇："公司有什么急事要处理吗？"

元焯沉吟："左琴的事，我还有些东西想查一下。"

"哦……"

"走了，明天好好休息。"因为事故，剧组停工一日，刚好让大家透一口气。

林沫看着某人挥手转身离开的背影，总觉得哪里不对，再定睛一看，果然，从来都腰板挺直的元先生微不可察地微微弓着背，走路时也没有之前利索。

她无声地追上前，一只手拉住他的胳膊，果然发现他放在身前的手握着拳，正抵在胃部。

"又疼了？"林沫看着他泛白的脸色，蹙起了秀气的眉。

元焯沉默了一下，终于点点头，立刻被小姑娘抓起手腕往回拉。

林沫反身利索地锁了房门，顺手扣上防爆锁，手背在身后，义正词严："不许走，身体不舒服还敢开夜车，你这是对自己不负责！"

元先生单手撑着台面，看着难得强势的小姑娘，嘴角一弯："……都听你的。"

因为咖位的关系，剧组给林沫安排的房间并不大，玄关左手边是干湿不分的卫生间，再往里是一间放着一张双人大床的卧室，唯一让人舒心的是落地窗旁的阳台放着贵妃榻和书桌。

被小姑娘拉到阳台的贵妃榻躺下，元先生噙着笑，看着拿簪子绾起长发的她像个小陀螺似的开始在屋里转——收拾衣物、烧水、煮面、搓毛巾，忙得一刻不停。

直到托着腮帮看着元先生一口一口将她煮的面条吃得连汤都不剩，她才终于呼出一口气："胃好点了吗？"

"嗯……"元焯放下筷子，眉眼舒展，"好多了。"

"怎么就落下胃病了？"林沫心疼地问。

"留学时不习惯那边的饮食，事情也多，忙起来就没空吃，时间一长，就成了老毛病。”

“哦。”林沫的眼神一暗，转过脸去收拾碗筷。

失落的眼神落在元先生的眼里，他拉住她的手腕，稍加用力便把人带进怀里，胳膊顺势一圈，将娇小的女孩儿整个箍在胸前，低头埋首在她的耳畔：“好好的，怎么说变脸就变脸？”

“没有。”她依旧嘴硬。

他低头，轻轻在她泛红的耳郭一咬：“真没有？”

“没有……”红晕立马从她的耳郭蔓延到颈后。

元先生目光渐沉，在她柔软的耳郭轻咬，最终含住饱满的耳垂，不轻不重地咬在齿间轻磨，感觉小丫头在膝头不安地一扭，才松开，低声说：“……说说，为什么忽然不高兴了？”

林沫被他磨得浑身乏力，手撑着桌面想站起身，却被牢牢地箍在他的身前动弹不得，最终只好放弃反抗，半真半假地说：“在国外的时候，没人做东西给你吃吗？”

元焯把下巴放在她的肩头，反问：“谁做给我吃？KIKO？那小子连泡面都煮不熟。”

“谁说KIKO了……”林沫别扭地说，“周小姐呢？”

“周小姐？”元焯回忆了几秒，才从记忆里挖出这号人。

周珏，当初与他同一批出去的留学生，因为家里有点故交，刚出国的时候，她还曾主动联系过他一两次，但很快就因为得不到回应而断了联系。

“周珏？她为什么……会做给我吃？”

林沫扭过腰，和他拉开一点距离，盯着他墨色的眼眸：“……当初你们不是在交往吗？”当然他们早就分手了，前些年她还在媒体上看见了周小姐的婚讯。

元焯眼一眯：“……谁说我跟她在一起过？”

林沫愣了一下，再开口，觉得自己的答案有点傻：“……你大哥。”

元尧。

元尧告诉林沫，因为被她害得落下肺炎，耽误了圣安的入学，又因为她迟迟走不出养父母离世的阴影，所以，元焯一而再，再而三地推迟了去圣安的日子，导致与周珏几番争执，闹到要分手。

林沫原本将信将疑，可在元正航的寿诞上，周珏的第一支舞被安排和元焯跳。聚光灯下，众人欣羡的目光中，年岁相当的两人郎才女貌，舞步默契，宛若一对璧人。而自从养父母离世就远离社交的林沫，却像个躲在阴影里的小可怜，无人问津。

在这种鲜明对比的刺激之下，她逃出庭院，却遇见了元尧。

“周珏聪明漂亮，家大业大，阿焯需要的是她那样的姑娘。你要真对他还有善意，就离他远点，别再拖累他了，难道你要把他害得跟你养父母一样才满意吗？”

元尧的话给了当时的林沫当头一棒，她终于决定还小元哥哥自由——他对自己好，割舍不下这段从小到大的兄妹情意，可她不能自私到去耽误他的前程。相士说她命中带克，她不相信，可生来无父无母，连养父母都意外身故，让她不得不信。

这样的她，既没有运气，也没有家底，根本配不上小元哥哥——年少的她就是这么认为的。

元焯被气笑了：“他跟你说我喜欢周珏，然后你一气之下就和沈霆一起走了？”

“沈霆？”这次轮到林沫惊讶了，“这跟沈叔叔有什么关系？”

林沫管沈霆叫“沈叔叔”，再一次验证了元焯的猜测——无论周珏，还是沈霆，都是有心之人想要拆散他们，让他们彼此怨恨而设下的局。

“有心之人”所图为何，总有一天会水落石出，而现在最重要的是，他的小顺终于回到了他身边。

用双臂将她箍紧，元焯在她的耳边哑声说：“对不起……”

“对不起什么？”林沫尚未搞明白，这事儿怎么就牵扯上了养父的旧识。当初养父母离世，沈霆站出来帮她一起料理养父母的后事，之后又安排她去念书。尽管如此，她和沈霆见面的次数并不算多。

元焯没有回答，他不想让他的小姑娘知道，在大洋彼岸的那些年，每每想到她爱上了别人，甚至嫁给了别人……哪怕是只有万分之一的可能性，都让他夜不能寐。

他更不想让她知道，在年少无知时他们曾经对彼此不够有信心。

一切都过去了，曾经的怀疑，他只想用后半生的倾心相待作为补偿。

元先生轻轻地在她的耳后一吻，说："对不起，我没有早点找回你。"

源源不断的燥热气息传来，林沫脚尖一勾，试图起身去拨弄空调，可惜浑身虚软，被元焯轻轻一扯就又跌坐回去，酒店的白色拖鞋滑落在地，露出白皙的脚指头来。

元焯循声望去，看见小贝壳似的脚指头微微蜷着，纤细的小腿上下不得，他喉头微动，抱着怀里的人起身，轻柔地将她放在贵妃榻上。

林沫忽然想起之前在元焯车上睡着时做的那个不可描述的梦——她正是躺在这样一张柔软的榻上，薄衫半褪，低头看见某人埋首在她的身前，肩颈的肌肉像起伏的山峦，满是与斯文的面孔丝毫不搭的野性。

"在想什么？"他俯身在她的脸孔上方，针织衫的领口敞开，从她的角度刚好能看见里面结实的胸膛。

林沫赶紧移开视线，红着脸低喃："面条够了吗，不然，我再去煮一点吧……"

"不够……"他紧盯着她的眉梢，似乎看不够，"我还没吃饱。"

"那我去做。"她如蒙大赦，撑着卧榻要坐起身，却被他抢先一步，双手撑在身侧压住了她。

"不用……"元先生嘶哑的嗓音和情潮涌动的眼眸昭示着压抑的情绪，"有你就够了。"

燎原的吻，如电流从他的唇蔓延至她的唇，然后顺着唇瓣，到下巴、脖颈，再到领口……他的手指微凉，触碰到她发烫的肌肤，引起阵阵悸动。她的V领针织衫本就宽大，被他一拨，径直滑到一边，露出整个白皙的肩头和极细的鹅黄色胸衣肩带。

乍然一寒，林沫睁开眼——这一幕与梦境何其相似？如今，她的第六感总是在这种事上格外敏锐呢……

林沫紧张得恨不得整个人缩成小小的一团，躲进他的衣兜才好。

看着身下的女孩儿不知所措的模样，元焯忍不住低笑了一声："你是不是……又预感到了什么？"

林沫抿着嘴直摇头，死也不想告诉他，这一幕她刚刚梦见了，甚至还梦见了他背后山峦起伏的肌肉纹理，和顺着肌肉线条慢慢滚落的汗珠……

元焯起了戏弄之心，指腹从她的肩头摩挲而过，不怀好意地低笑："这个……有没有预感到？"

林沫摇头，感觉心脏快要从喉头跃出来，全身的感官都集中在他手指抚过的地方，却又不敢睁眼去看，只能蜷着脚趾，勉强让身体不要发抖。

"那这个呢？"他在她的肩头轻轻一咬，又从咬变成了吻，渐次落下，游走在内衣的边缘。

终于，林沫破了功，轻而短促的一声呻吟溢出嘴角，她顿时害羞得别过脸去。

元先生终于不忍心再撩拨她，或者说，他的自控力已经不足以再继续撩拨下去，总算是双臂一撑，与她拉开距离："我可以等。"

"……等什么？"林沫满眼迷离。

"等你准备好的时候。"他伸手，将她敞开的领口合拢，俯身在她的唇瓣一吻。

林沫心中的小人顿时分裂了——

小天使拍着胸口，庆幸自己还有足够的时间做心理准备。

小恶魔却双手捂脸：小元哥哥，我在梦里明明更激烈……

直到元先生关了床头灯，林天使与林恶魔犹在不停地交战。

看着穿着保守的睡裙、背对着自己辗转反侧的林沫，元焯叹了一口气，长臂收拢，让她整个人嵌进自己的怀里，手指与她交握，下巴贴在她刚洗吹过的、香喷喷的发丝上，满足地喟叹一声：“别动。”

林沫顿时静了下来，只听身后的人说：“白天我以为这辈子都没有机会告诉你，这些话本来早该和你说，却被我一拖再拖。现在想想，是我不够果断。”

林沫想回头，却被他箍紧了：“别回头。”

他不想让她看见自己的神情——

作为被外界认定为没有继承权的元氏的私生子，从小身体孱弱的元焯并不是个受欢迎的少年。与之相交的世家子弟最清楚个中轻重，对他和对元尧完全是两副面孔，所以，他虽然是家世显赫的元家二少爷，少年时代的内心却一直一片荒芜，只有一个怯生生的小人儿独居在旷野，视他为偶像。

留学出境那天，元焯在机场等了整整半天，一直等到广播里最后一遍播放登机通知，也没有等来那个小小的身影。入学之后，他寄回国的书信更是杳无回音，林沫就像是他梦里的虚拟人物，从此消失无踪。终于有一天，从国内传来消息，说是她跟养父的旧交出了国，订了婚，从此与他再无瓜葛。

那段时间，元焯发狂地想回国，却被元正航扣下护照，寸步难行。他每天过得人不像人，鬼不像鬼，从眼睛一睁便开始喝酒，醉醺醺直到深夜……这种日夜昏沉的生活，直到新室友 KIKO 搬进来，才有所好转。KIKO 自来熟，硬是带着他走出了封闭的世界。

渐渐地，元焯依稀觉得自己已经忘了那个背信弃义的小丫头，却始终不舍得扔掉书桌上那张他们最后的合影。

KIKO 曾经开玩笑，如果元焯一直是初识时那副颓废的模样，他绝不会跟其做朋友。

但那之后，一朝恢复的元焯一头扎进了学业，在精英云集的圣安作为首个拿到大考满分的天才华人，被推荐给顶级投行做实习生。别人走了、睡了，他还在电脑前忙碌，勤奋到被老板撵回宿舍补觉的地步……直到最后，在每年都有学生不堪重负轻生的圣安，他因为每年修了别人双倍的学分，而提前一年毕业了。

毕业后，元焯没有立刻回国，而是接手了元氏在海外的一家业绩毫不起眼的门店，花了不到两年的时间让它成为元氏海外业绩最亮眼的一家……直到这时候，他才接到元正航的来电，让他回国，协助管理元氏。

而这时，他在众人的口中，已经从“元家那小子”变成了郑重其事的“元先生”。

这其中经历过无数次的跌宕起伏，在无数备受折磨的时刻，他无比想念那个无条件信任自己的小姑娘，她温柔的笑脸、她给过的鼓励都成了他的独家记忆。

“小顺……”元焯的口吻平稳，像是无波的海面，压抑着底层的汹涌，“在国外的时候，我以为你和沈霆走了，甚至你已经嫁给了他。”

林沫一怔，简直哭笑不得：“怎么可能……”

“所有人都这么说，还有你和沈霆在民政局及机场的照片。”元焯将脸埋在她的发丝中，制止了她回身的动作，“你听我说完。”

“好。”

“我回来的时候，在飞机上做了一个决定。”

“什么决定？”

“就算你真的嫁给了沈霆……”元焯的声音格外冷冽，“也要把你抢过来。”

林沫在黑暗中睁圆了眼睛，就算她已为人妻，他也不放弃她？

“是不是觉得我和你想象中的不一样？”他自嘲，“我确实不是什么君子，道德、规则，统统都不讲。”

林沫闭上眼：“不会，在我心里，你从来没有改变过，从开始，到现在。”他非池中物，这一点，她深信不疑。

“嗯，没有改变过。”元焯在她的耳后一吻。从前到现在，她一直是他最心爱的女孩。

调整了一下姿势，让她在自己怀里更舒服，他轻声说：“睡吧，小顺。”

可林沫哪里睡得着？

经历了死里逃生，又被他一番撩拨、告白，此刻眼睛一闭，脑海中战火纷飞、激情四射……她感觉自己快要精神分裂了。

可男人呼吸渐渐平稳，一点点变缓，显然，搂着她令他睡得分外安心。

林沫努力保持不动，直到确定他睡沉了，才慢吞吞地从他的怀里挪出来，转过身，与他面对面。

黑暗中，她能感觉到他的气息落在她的鼻尖、嘴角。她抬起手，无比温柔地落在他的脸颊上，手指轻轻地摩挲他线条冷硬的面孔，高挺的鼻梁，纤长的睫毛，薄薄的唇瓣……即使眼睛看不清，她的脑海里也有他清清楚楚的面庞——少年时的，青年时的，交叠在一起，都是她最爱的模样。

“……我爱你。”黑暗中，她轻声地说，“从很久很久以前开始。”

久到，她以为那只是亲情的从前。

Chapter 07

前尘往事

林沫是被元焯的手机铃声惊醒的，睁开眼见他已经靠坐在床头。

看见她醒来，元焯一边伸手温柔地在她的头顶轻抚，一边问：“许鹤，什么事？”

听筒里的声音若隐若现：“元总，你还好吧？我看到新闻了，您和林小姐……”

“她没事。”

“那就好……”许鹤说，“另外有件事，我觉得您可能要上微博看一下。”

挂断电话，林沫看见刷着微博的元先生嘴角渐渐上扬，不由得好奇地探过头去看：“什么呀？”

映入眼帘的是一张被放大的照片，照片上的女孩儿仰面倒靠在男人的膝头，面上的红绸被大手撩起，露出她精巧的面孔来。

林沫惊讶地坐起身，从他手里拿过手机，便看见一行小字：你们老公的新娘？

照片是开机仪式时被狗仔抓拍的，稍显模糊，角度也不好，可仍旧能认出那是元先生和林沫。

原本用来覆盖摄像机的红绸落在她的脸上，而元先生刚好替她揭开，这一幕多像新娘被掀起了红盖头，尤其是她那一眼可辨的欲语还休的模样。

元焯倒是心情不坏，甚至云淡风轻地评价：“手速还不错，可惜，拍摄技术有待提高。”

可林沫并不愉快，不过随手一翻，她就看见元先生的微博已经被攻陷。

曾经扬言不干涉元先生私生活的财经粉们也纷纷按捺不住前来求证：接二连三同框，难道元先生真的栽在名不见经传的小明星手里了吗？

当先的一条格外扎眼：元先生，很久以前我就一直关注你，本以为你与其他富二代不同，没想到，归国后也不过是跟不入流的网红厮混而已，着实让人失望。

居然还有不少人给这条评论点了赞。

林沫虎牙咬着下唇，皱起眉："又把你牵扯进来了……"

她还想往下翻，却被元先生抽走了手机，拇指一按直接按灭了屏幕。

"没什么可看的。"将手机丢到一旁，元焯淡定地在她的额头上一吻，"闹一闹，觉得没意思就消停了。"

"我怕会拖累你。"林沫很清楚，在他们那个圈子里一个值得信赖、专业的形象多么重要，一旦被扣上纨绔子弟的帽子，首先元老先生就不会给他好脸色，"我跟卉春说说，还是澄清一下吧。"

"澄清什么？说你不是网红，还是说我不是纨绔子弟？又或者，说我没有被你诱惑？"他俯身贴近她的耳朵，低语，"……除了对你的评价，他说的每个字，我都认可。我就是想把爱人放在手心的普通人，没什么值得掩饰。旁人觉得我怎样，这不重要，爱失望就让他失望去吧，与我何干？"

林沫微微朝后退了一点，认真地看着他的眼睛："演戏是工作，爱情是生活，我不想混为一谈，尤其是现在……"现在他和她捆绑在一起，对他百害而无一利。

元焯沉默，抬手在她的头顶一揉："我尊重你的想法。"尽管对于网民自发的猜测，他本是乐见其成的。

他起身，背对着她脱下纯白的T恤，俯身去取挂在一旁的衬衣："……你不想公开，我们就不公开。这些事，你不用操心。"

林沫鼻子一酸。

他已经转过身来，一只手系着扣子，一只手在盘膝坐于床边的林沫头顶上一揉："你到现在还没明白，我从来不怕被你拖累，只怕你不来拖累吗？"

"我懂……"她一如既往的温和，却又隐隐透着些许固执，"可是，能不能给我个机会，不做你的负担，而是能光明正大地站在你的身边？"

"好。"他毫不犹豫。

林沫跳下床，取了元先生的领带过来，踮起脚仔细地替他系上："不过，我总觉得有点不安，你说……左琴会不会不是一个人？"

元焯轻笑，看来他的小顺还是一如往常般敏锐。

他正在抽丝剥茧地追查，左琴和那个爆破师是直接肇事者，自然不能放过……而背后的始作俑者也一样必须付出代价。

"小顺……"元焯低头看着她长长的眼睫，"你只管专心拍戏，做你想做的事，其他的……留给我来操心就好。"

林沫知道自己做不了钩心斗角的事，说白了，她喜欢演戏，却厌恶娱乐圈，讨厌没有隐私的生活，也厌倦人与人之间赤裸裸的等价交换。

在元先生温柔的轻吻里，她终于点了头："……我知道了。"

元焯要赶回N市，林沫要留在影视基地准备明天的拍摄，一时间难舍难分。她好不容易才狠下心把元先生推走了，刚坐下，门铃却被按响了。

来人是卉春。

她顶着红扑扑的脸挤进门，上上下下在林沫的身上一通检查，末了，长舒一口气："还好你没事！这剧组安保行不行啊？若不行，咱不拍了！"

林沫倒了杯温水递过去："不关剧组的事，这次是有人背后捣鬼。"

等林沫把前因后果一一讲了，卉春一口水也没喝得下去，愣了半晌才骂了句脏话："我就知道左琴这女人不是什么好东西！那天我在天颐碰见过她，在洗手间里补妆来着。"

"哪天？"

"就事发前几天……"卉春仔细回忆了一下，"不过，说起来，在遇见她之前，我还遇见了另一个人。"

“谁啊？”

卉春犹豫了一下：“元总。我出电梯时刚好遇见元尧，紧接着在洗手间遇见了左琴。”

林沫一愣，又是他！

“我总觉得，他对你特别有敌意。”卉春试探性地问，“之前你和他有什么过节吗？”

林沫摇摇头。

“可能是我的错觉吧，总之……但愿天颐不要被元尧接手，如果是小元先生接手，咱们就好过多了。”说着，卉春紧蹙的眉头一松，“说起来，网上你跟小元先生的那张‘红盖头’的合照，你看见了吗？”

“……看见了。”网上闹得沸沸扬扬，她想看不到都难。

“拍得跟剧照似的。”作为林沫的经纪人，卉春并不觉得这个天降的曝光是件坏事，“其实，元先生要是肯出道，保不齐比俞沛之类的还火……不过，以元先生的身家，肯定不乐意啦。”

见林沫若有所思，不接茬，卉春才终于想起正事：“有个好消息要告诉你。”说着，她得意扬扬地从包里取了份文件出来，“要不是为了这个，我昨天就杀过来看你了。”

林沫接来一看，居然是试镜通知书，造星能力出众的丘真工作室正在筹拍的民国剧《庭院深几许》的女二号冷秋。

“别怪我没争取女主角……”卉春说，“女一号早就定了曲芳准，现在剩下的也就这个角色最好。”

“已经很好了。”林沫将文书贴在胸口，“原著我看过，当初我最喜欢的就是冷秋。”

卉春松了一口气，她很担心自己辛辛苦苦“抢来”的角色被自家艺人嫌弃，毕竟……林沫现在可是有“背景”的人了。

“还有咱们天颐的艺人吗？”林沫翻着通知书，随口问。

卉春犹豫了一下，说：“还有辛燃，我听说她的经纪人也在跟制片方争取。”

林沫随口问道：“也是冷秋？”

“嗯，毕竟除了女主角，也就冷秋的人设吸粉。”说完，卉春用力在她的肩头一拍，“不过你也不要太担心，虽说辛燃之前名气比你大一些，但从外形上看绝对没你适合。”

想到那个艳丽而倨傲的女明星，林沫感觉脑仁都疼——那不是一盏省油的灯，而且还是盏觊觎她家小元哥哥的长明灯。

正说着，卉春的手机忽然响了。

“是丘真工作室。我替你约了他们下一部戏的试镜，估计是来约时间了。我接听一下哦。”卉春笑盈盈地接通了，可是没说两句就变了脸色，一脸严肃地对手机那边说，“没可能的事！林沫是我的艺人，除了你们这里，还接没接别家的戏，我能不知道吗？她都是拍完一部才接新剧，绝对不可能同时跑两个剧组！”

对面又说了什么，卉春急道：“许露早就不是林沫的助理兼经纪人了，她的话，你们怎么能信？”

林沫用眼神询问卉春，卉春摇摇头，继续对电话里说：“戏我们可以不拍，但话得说清楚。我们林沫不是三心二意的人，也不会做出同时接几部戏赶场子的事。至于许露，她离职这么久还打着林沫经纪人的旗号跟制片方交涉……这事儿，我会让公司给你们说法的。”

挂断电话，卉春胸脯剧烈起伏，显然气得不轻。

林沫不明所以地问：“怎么会提到许露？”那是她的前任助理兼经纪人，早在大半年前就离开天颐，自然也早就不管她的事了。

“……气死我了！”卉春来回踱着步，“这个许露，居然以你的经纪人的名义跟丘真工作室交涉，还跟人家说你手头有别的戏，问人家同时跑两个场子行不行！这不摆明了逼人家放弃用你吗？”

林沫吃了一惊：“什么？”

卉春问：“当初她离开天颐，没发公告函吗？”

林沫回忆了一下，还确实没有。

本来这种事是应该由继任者来操办，奈何当时并没有人接许露的班，加上林沫的通告本来就少，一来二去谁也没想起这事。没想到，如今她刚刚上了热搜榜，事业略有起色，就被许露钻空子了。

“你别急……”林沫轻声安抚，“许露好歹也在圈里这么久了，不至于太出格。”

“还不够出格？”卉春把头发抓得乱七八糟，“她跟丘真那边说，你手头已经接了两部戏，《庭院深几许》剧组需要配合你的拍摄档期，尽量压缩拍摄时间——这根本就是处心积虑地断你片约！”

林沫知道卉春为了争取《庭院深几许》的角色花费了不少精力，而相对于圈子里的大花小花们，她并没有优势，被许露这么一搅和，她很可能就被剧组放弃了——毕竟，谁也不想自己组里的演员拍着手头的戏，脑袋里还记挂着两个小时后其他剧组里的事，非但情绪不到位，而且后期需要补镜头的时候很可能找不到人。

卉春正在气头上，只听林沫温柔地安慰道：“许露不能代表我的意见，也不能代表天颐。卉卉，你别急，我来给她打电话。”说着，她一边拨电话，一边走到阳台上。

对于这个自己接手没多久的年轻女艺人，卉春一直有点拿不准——你说她 EQ 高吧，被圈子里的人排挤了这么多年，她都没能翻身；你说她 EQ 不高吧，她待人处事又教人如沐春风，挑不出半点刺。

这个有着和当下娱乐圈主流小花完全不同的长相、气质的女艺人，实在要用一个词来形容的话，大概是“人淡如菊”。

以林沫温暾的柔弱性子，卉春本以为她绝不会跟许露当面对峙——毕竟，当初许露离开的时候，没少诋毁她，那会儿没见她与许露正面怼过。可现在见卉春着急上火，她却二话没说地把事揽到了身上。

卉春看着窗边淡定自若的林沫，心想：或许林小姐并不像人们以为的那么弱不禁风呢。

林沫猜想许露要犹豫一下才会接电话，没想到，她刚拨过去，电话就被接通了。

许露的声音透着强作欢快的颓废：“林大小姐居然还存着我的电话号码，我还真是荣幸。”

林沫直奔主题：“你和丘真工作室说我手头有其他戏约了？”

“嗯，说了。”许露先是笑，不知怎么忽然歇斯底里地一通咳嗽，半晌才顺过气来，“我不光跟丘真那边说了，还有其他找你的摄制组，我也一样这么说了。”

林沫一愣，便听那边咯咯直笑：“什么综艺、电影、偶像剧……来找我的，我统统说你忙，接不了。那又怎样？我又不需要你发工资，你能把我怎么着？”

“为什么？”因为咬着下唇，林沫的唇色潮红，“为什么要这么做？”

许露一边咳嗽，一边笑：“我为什么这么对你？你不该心知肚明吗，白莲花小姐？”

林沫有点蒙，是因为曾经作为她的经纪人的许露被她的霉运光环拖累，才积怨至此吗？她还没来得及理清思路，就听见许露那边有孩子的号啕大哭声，甚至已经哭到嘶哑。她按捺住心中的愤懑说：“宝宝在哭，你先去安抚一下吧，我等着。”

许露似乎愣了一下，转而捂着嘴，边咳边说：“少给我装善人！要不是你，我怎么会落到现在这步田地？”

宝宝的哭声愈演愈烈，通过电话，林沫听着都心惊胆战，可许露依然冷嘲热讽，对孩子的死活不闻不问。

最终，林沫按捺不过内心的不安，追问：“你人在哪里？”

一直在一旁等林沫打电话的卉春，见她挂断电话后立刻急匆匆地去拿外套，连忙问：“去哪儿？”

“找许露。”

卉春跟在林沫的身后出门：“她在哪儿？”

“门仓。”

邻市最大的精神专科医院。

卉春开车载林沫去门仓，一路上，林沫一直沉默不语。

“当初，许露是为什么离职的？”

“说是家里出了事，照顾不过来，加上……”林沫犹豫了一下，还是照实说了，“加上跟着我遭遇过不少糟心事，四处碰壁。听说因为四处奔波，收入却不高，还被婆家鄙视，婆家一直逼她辞职做全职太太。”

“什么糟心事？”对于林沫的特殊体质，卉春一直不能理解，毕竟她们也搭档了好一阵子，她并没有察觉有什么不对劲的地方。可偏偏，所有人都言之凿凿，煞有介事。

“比如，拍摄某场戏时，借了一条蛇，是驯化过的。下戏之后，很多工作人员都过来合影……”林沫看着窗外，回忆说，“但没想到的是，许露从我手上接走蛇的时候，它忽然就发狂了。”

“之前在你手上好好的？”

林沫点头：“好好的。”不过，在许露接手的瞬间，它就发狂了，眼看蛇头朝着许露，林沫在情急之下伸手去抓，它转头就结结实实地给林沫来了一口，她被送去医院，又是挂水，又是清创……完了，手上还留了两个窟窿，许久都没好。

“在你手上好好的，到她手上发了狂……”卉春表示不能理解，“那怎么能赖到你的头上？”

林沫一笑，是啊，局外的卉春会这么想，可对林沫先入为主的人认为，这是因为接近她才遭的殃，毕竟类似的事不止发生一次。

听完林沫又说了几件诸如车子在高速公路上抛锚，导致在休息站过夜一类的糟心事之后，卉春直摇头：“都是巧合。何况你都提醒他们了，他们自己不在意，赖谁啊？”

林沫看了眼一心维护自己的卉春，紧绷的情绪不由得放松了几分。卉春跟小元哥哥可真像，无条件地站在她这边。

没想到的是，她们赶到门仓医院之后，医院却说住院病人并没有叫许露的。

林沫和卉春面面相觑，正要离开之际，被护理站的小护士叫住了。

“请问……你是林沫吗？”

得到肯定的回答之后，小护士格外高兴：“我就说是你！你比照片上还漂亮！”

叽叽喳喳一通，林沫终于听明白，小姑娘是KI品牌的死忠粉，前几日刚刚去过KI新一季的发布会现场，对会场数米高的林沫与元先生的写真记忆犹新，几乎拿林小姐当成人生榜样，只盼有生之年能像她一样和元先生同框一场。

有了新晋小粉丝的帮忙，林沫总算查到了许露的消息。

“我记得她……”小护士指着电子病历上苍白的女人说，“她当时因为抑郁症入院，独自带着一个奶娃娃，也没人照应，我们还帮忙照料了好些日子。”

林沫追问：“那后来呢，治好了？”

小护士摇摇头：“病情反复得厉害，后来就自主出院了，再往后也没回来复诊。”

出了医院，卉春问：“她说她在这里的？”

“嗯。”

林沫看了看医院周边的平房区，忽然有种微妙的直觉——许露没道理胡诌，她说自己在门仓，或许是真的。

门仓医院建院已久，周遭的建筑也跟医院一样久经风霜，都是南方城郊特有的白墙灰瓦，青石小巷里，偶尔还能见到提着痰盂去公厕倾倒的老人。

卉春跟在林沫的身后穿过大街小巷，似乎漫无目的，又像在找寻什么。

“沫沫，你确定许露在这里？”

“不确定……”林沫温和地说，“只不过是直觉。”

她正说着，听到从路边的一栋老旧楼房的二楼传出小孩子歇斯底里的号哭。

林沫神色一凛，走到楼前，只见房门虚掩着，里面阴沉沉的，没有开灯。

“有人吗？”她边问，边推门走进去。

屋内没人应声，直到林沫和卉春完全踏进屋内，才听见从楼梯中央传来沙哑的女声：“你居然真的找来了。”

林沫这才看见楼梯上坐着个女人，穿着半新不旧的棉睡衣，头发凌乱地盘起，衣服脏得看不出原本的花色，眼袋、面色均暗沉，指间还夹着一支点燃的烟。

许露坐着没动，烟灰落在裤管上也不理，对楼上孩子的哭声置若罔闻。

林沫看了眼半死不活的年轻女人，毫不犹豫地从她的身旁绕过，径直上了楼。

二楼的采光比楼下略微好些，但因为窗帘半拉着，也是一片昏暗，不足一岁的小孩蜷缩在床上，闭着眼睛，哭得上气不接下气。

林沫走过去，将面朝墙壁的孩子拉到身边，立刻被他面黄肌瘦的模样惊吓到。小小的孩子，面颊居然已经凹了下去，眼窝也一片清灰，鼻涕眼泪凝在脸上，成了白白的一片，简直让人不忍直视。

孩子闭着眼睛只管哭，被林沫抱进怀里之后，条件反射似的朝她的胸前拱，像要寻奶喝，抓着她衣襟的小手瘦骨嶙峋，完全没有奶娃娃柔嫩饱满的样子。

林沫心疼地将孩子抱在怀里，起身便看见许露夹着烟靠在楼梯口，身旁站着一脸戒备的卉春。

“他饿坏了。”林沫不无指责。

许露的表情很诡异，不知是哭，还是笑：“嗯，快饿死了。”

听见靠在肩头的小脑袋发出异样的呼哧声，林沫伸手在宝宝的额头一摸，只觉滚烫，顿时又气又急：“他在发烧，许露！你的孩子在发烧！”

“我知道……”许露吸了口烟，全数吞进肺里，“当妈的都活不下去了，孩子不该陪着死吗？”

林沫一咬牙，不再理会她，朝卉春说：“走，送医院。”

卉春见孩子奄奄一息，当然不会拒绝，但她以为许露一定会阻挠……没想到，这个疯疯癫癫的女人却只是默默地跟着她们下楼。

看见天颐给林沫配的那辆保姆车时，许露明显愣了一下，终究没出声，坐到了车后排。

好在许露母子的住所离门仓医院不远，很快就在卉春的帮助下挂上了号。

医生对小孩一通检查之后，怒不可遏：“你们怎么做的家长？发烧，营养不良，肠痉挛急症……居然现在才送到医院里来？”

医生的目光在林沫、卉春、许露三人脸上扫过，最终认定抱着孩子的林沫才是母亲，他似乎不想多看她一眼：“去办手续，孩子需要立马住院！”

林沫和卉春去给宝宝办了入院手续，监护人那一栏签字的时候，林沫看了眼旁边委顿的许露，最终自己签了名。

林沫和卉春都是大姑娘，哪里做过照料宝宝的活，给小家伙又洗又喂，等折腾完了，整个住院部已经一片寂静。

走出病房，林沫和卉春便看见许露坐在走道的椅子上，大概被护士禁止了，一根被掐灭的烟还夹在指间。

“宝宝暂时没事了。”林沫站在许露的面前，轻而清晰地问，“现在，可以跟我聊聊了吗？”

许露抬眼，看见林沫雪白的外套上沾着孩子吐的奶和不明的黄色污渍，又看看她随手束起的长发垂落的些许凌乱的发丝，终于垂下眼睑：“嗯。”

“你先生人呢？”林沫问。

许露有些吃惊，她原以为林沫开口第一件事必定是责备她，问她为什么在离职之后，还以经纪人的名义与片方接洽，甚至擅自推了林沫的片约，可林沫最先关心的竟然是她的生活。

“走了，离婚了，不知道去哪儿了。”

林沫记得许露是北漂，父母兄弟常年不在身边，当年忽然嫁人，因为对方是圈里的著名制作人，而令很多人羡慕不已。

“怎么会弄成这样，你当时不是被其他公司挖走的吗？”

许露走的时候很是扬眉吐气，当着众人的面对林沫说：“姐终于不用受你这扫把星的拖累了。”毕竟新东家与天颐相比，只好不差。

“我有病……”许露干巴巴地笑了一下，“被辞退了。”

“你前夫也是因为这个？”

“嗯，跟一个模特跑了。”

“抑郁症用药是可以控制的……”林沫耐心地说，“你何苦把自己弄成这个样子？”

“哪里有钱买药？就我这个样子，老家的人管我叫什么，你知道吗？叫二癫子。”许露嘴角一歪，笑得凄凉，“谁想跟我打交道？要不是……我给你捅了娄子，你还会理我？”

空荡荡的走道里，许露说话的声音甚至有了一点回音。

卉春和林沫互视一眼，最终林沫先开的口：“你是故意做这些事，逼着我主动找你的？”

许露把烟叼在嘴上才发现没火，又垂下手：“你这么想……就算是吧。”

卉春快言快语：“你要缺钱就直接讲，用这种下三烂的手段算怎么回事？你知不知道，林沫被你害得多惨？之前有大半年光景都没接到通告，现在想想，其中起码有你一半的功劳吧？”

“谁知道呢？就算没有我，找她拍戏的人本来也没多少。”许露瞥了一眼卉春，想笑，表情却僵在脸上，“怎么，你是她的新经纪人？”

卉春没好气：“嗯，拜你所赐，我才有机会。”

许露不以为意：“那位，没有找你吗？”

林沫没听明白，转头去看卉春，后者却若有所思地盯着许露浑浊的眼睛。

许露流露出心知肚明的神色："看来，你跟我也没什么区别，都是那位手底下的棋子而已。"

"胡说八道！"卉春难得地爆了粗口，"我为了帮沫沫约戏跑断腿，你在背后使绊子，我俩能没区别？"

"你爱怎么说就怎么说吧。"许露将烟头朝地上一扔，站起身面朝林沫，"总之……今天的事谢了，钱，等我缓过来，会还给你。"

林沫说："不急。"

眼看许露摇摇晃晃着离开，卉春拉拉林沫的衣袖："怎么就让她走了？她背后害你的事就没个说法？"

林沫说："让公司发函吧，反正被推了的已经黄了。《庭院深几许》那边……反正试镜我自己努力争取，尽人事，听天命。"

就许露这个精神状态，林沫还能去追什么责？

卉春叹了口气："也只能这样了。"

正说话，却听见走道尽头一声闷响，两人回头一看，许露已经倒在地上，不省人事。

许露是被饿晕的。

挂了吊瓶，吃了卉春买回来的牛肉面，过了很长时间，她蜡黄的脸上才显出一点活力。

看了眼一边睡熟了的宝宝，一直阴阳怪气的许露头一次露出了正常的哀伤神色，干瘪的手指抚过宝宝瘦削的小脸，深深叹了口气。

"生为人母，我对不起他。"

林沫没有说话，从包里取了一沓现金，轻轻放在床头柜上："我身上就带了这么多，你拿着救急。明早我还要拍戏，马上得赶回片场。如果宝宝还有其他问题，你手上钱不够就直接给我打电话。"

话说完，她没再看许露，起身要走。

"你为什么要帮我？你就不恨我？"许露突然开口，"当初我对你不好，现在还推掉了你的戏约，你对我这么好干什么？"

林沫回身，看向她的眼神怜悯多于气愤：“恨谈不上，但也不喜欢你，就像……你也不喜欢我，不是吗？”

许露凄凉地笑了一下：“我是不喜欢你。如果没有你，我也不至于被天颐赶出来。”

“这话什么意思？”

许露问：“你的新经纪人呢？她现在在哪里？”

“去车上休息了，她今天开了几百公里的长途，等会儿还得送我回去。”

许露呵了一声：“听起来，你很心疼她。”

林沫微笑，没说话。

“不过，我劝你……还是别对她动什么真心。”许露凉薄地说，“她跟我，没什么本质区别。”

见林沫静静地看着自己不说话，许露自嘲地说：“不信是吧？她为你肝脑涂地，我对你忘恩负义……你不信她和我是一样的。林沫，我告诉你，你输就输在太天真。”

林沫站在原地：“我没觉得你忘恩负义，因为我对你本来也没什么恩情。许露，当初你做我的经纪人是迫于公司的压力，跟着我，金钱、名利什么也没赚到，反倒是吃了一肚子亏，还没地方说。虽然这些非我所愿，但归根到底是我耽误了你。”

像是没有想到林沫会这样说，许露的面色变了几下，终究渐渐缓和了紧绷的表情，慢慢地说：“我没说错，你就不适合在这个圈子里混，天真、轻信他人……还善良得过头。林沫，你真的以为，我是迫于公司压力才来做你的经纪人？你真的以为我这次背后推掉你的戏约是头一次害你吗？”

林沫静静地听她说完，稍稍回想了一下，轻声问：“你刚刚问卉春，‘那人’有没有找过她，‘那人’指的就是让你来我身边的人吧。”

“我知道你的直觉特别强，可这也没什么用，它帮不了你。”许露靠在椅背上，仰面看着大半年不见、越发水灵的女艺人，“你只要一天还在这个圈子里，还在天颐，还想演戏，就一天逃不出他的手掌心。他当初能派我来，如今也能派新人来，你懂吗？”

新人，指的自然是卉春。

林沫心里明白，却毫不在意：“今时不同往日，我心里有数。不过……还是谢谢你提醒。”

许露直觉林沫和之前在自己手里的时候有哪里不一样了，虽然还是一如往常般敏锐，又善良得要死，可当初的她说话做事都畏畏缩缩的，像惊弓之鸟，哪有现在这种淡定？

“……当初在高速公路上车轮爆裂，我们在休息站睡了一夜的那次，是我弄的，也是我传出去，让人散播的。”许露疲倦地说，“那次你被蛇咬，也是因为我身上带了刺激蛇神经的药。”

这些，林沫未曾料到，也没想到许露会在这时候和盘托出。

病房里安静了许久，林沫才问：“为什么？”

许露揉着额角，似乎在努力回忆，慢吞吞地说：“高速公路那次，是因为你被电视节提名了女配奖，‘那人’要我传点关于你是扫把星体质的黑料出来，多多少少影响点投票观众对你的好感，后来，你落选了吧？至于你被蛇咬的那次，你想想你住院被删减了戏份之后，谁受益最大，就知道了。”

对于被蛇咬伤的事，林沫本已经记不太清，被许露一提，半晌后终于记起自己住院之后，因为耽误了拍摄进度而被删减了戏份，为了保证剧情顺畅，给当时同组的辛燃加了许多戏。

林沫没有出声。

许露抬眼看她：“看来，你想起来了。”

“……那你后来为什么离开天颐？”林沫问，当初所有人都以为许露是被挖了墙脚，可现在听她的意思，她竟是被赶出天颐的。

“我有病啊！”许露歪嘴笑，“那人大概觉得我不可靠了，哪天忽然发病就把所有事都给抖出来……比如现在。所以，他找了个法子让我主动离开天颐，我自作自受而已。”

对林沫来说，许露的确是自作自受，她从来没有喜欢过这个前任经纪人，许露对自己的敌意，她心知肚明。只不过，时过境迁，她再追究，也是浪费心力。

林沫无声地走到病房门口，反身关门之际，轻声说："宝宝正在长身体，他是无辜的，照顾好孩子。"说完，她便要离开。

"林沫！"昏暗的病房里，许露尖声说，"防着你的新助理！"

林沫一下也没有停顿，腰背挺直、头也没回地走了。

医院停车库。

林沫走到车旁时，见车窗半开，卉春已经歪在驾驶座上睡着了。

林沫轻轻叩了叩玻璃，卉春睡眼惺忪地一擦口水："你回来啦！"她又看了眼时间，"这么晚了！快走吧，明早你有戏要拍，今晚可不能熬夜。"

林沫温声说："你今天开了好个几小时的车了，我来吧。"

最终，卉春将驾驶座让给了林沫。

车在夜色中的高速公路上奔驰，窗外灯火连成一线，周遭寂静无声。

卉春想睡，却怎么也睡不着了，不知为何，她总觉得心里七上八下的，辗转反侧，毫无睡意。终于，她一下坐直了身子，看向左手边认真开车的林沫："沫沫，有件事我想跟你说。"

"嗯……"林沫仍旧注视着前方，"你说。"

卉春舔了舔唇："我一直没有跟你提，大概半个多月之前，我接手你的经纪人工作没多久的时候，元总找过我，嗯……元尧。"

"嗯，找你做什么？"林沫的声音很平静，线条柔和的侧脸并没有什么情绪波动。

卉春说："他给了我一笔钱，让我从今往后把你的所有行程都一一向他汇报，其他倒没说什么。"

"嗯……"林沫轻笑了一下，"看来，他对我真的挺关心呢。"

卉春俯身，从丢在脚边的双肩包里取出一个牛皮纸信封，里面有厚厚的一沓人民币："喏，还在这里，一分我都没动。"

林沫没看，只问："为什么不动？"

"不想动。"卉春将信封丢回包里，"我讨厌他，自以为是……金钱至上。"

林沫轻笑了一声，卉春的评价还挺到位的。

"而且……"卉春接着说，"沫沫，我相信你。如果你能红，我能得到的远比这些多得多。"

林沫笑出声来："卉卉，你就不能说点委婉的，比如……你觉得和我更投缘？"

总算在林沫的脸上看见了笑意，卉春长长地舒了口气："这种你都能感觉到的事，就不用明说了嘛——"

这时，林沫的手机忽然振动起来，她侧头一看，来电显示是：小元哥哥。

卉春替她按了接通键，放在她的耳边。

男低音立刻传了过来："小顺，你在哪儿？"

"我在开车往片场去呢。"林沫说，"这么晚了，你还没有休息？又在加班吗？"

"你从门仓出来多久了？"

林沫一愣："你怎么知道我去了门仓？出来有半个多小时了，快到星门服务区了。"

"在服务区停一下……"元焯说，"我快追上你了。"

尽管不知道所为何事，林沫还是答应下来。

挂断电话后，她对卉春说："元焯他马上赶过来，我们在服务区等他一下吧。大半夜的，不知道他怎么突然跑来了。"

一直低头看着手机的卉春慢慢地说："是为了这个吧——"

Chapter 08

幕后的他

时间已晚，服务区里人不多。

林沫和卉春坐在服务站一隅的小咖啡馆僻静的角落里。

面前的手机上，是用林沫名字做关键词搜出的最新新闻。

关联词只有两个——精神疾病、私生子，配图无外乎是林沫抱着孩子在门仓医院就诊的照片。

刚刚崭露头角的林沫不光有精神问题，还已经有了孩子，自然引发热议……甚至许多原本不认识她的吃瓜群众也操起了卖白粉的心——都听说这位林小姐霉运连连，别是压力太大搞出精神病了吧？

卉春气得头发都要竖起来了：“我就说，让你待在车里别出面，都让我来，你偏不放心……这下是真的糟糕了，前面许露给惹的麻烦还没摆平，新八卦又搞得满城风雨。”

林沫蹙起眉：“以前怎么没发现我这么受狗仔队的欢迎？”

卉春哭笑不得：“KI 的代言给你微博添了多少粉丝，你知道吗？再加上这两天片场发生的意外，元先生和你的绯闻……不知多少双眼睛看着你呢！狗仔这会儿不盯着你，什么时候盯？”

林沫近日一心扑在拍摄上，还真没去关心过微博，只好摇摇头表示并不知情。

卉春叹了口气：“算了，算了，这种事让我替你操心就好。”

两人正说着，卉春忽然啊了一声，手忙脚乱地将手机托在眼前，口里招呼着：“你过来看！”

屏幕上的直播里正是他们刚刚离开的门仓医院，镜头前，昏黄灯光下的许露神色恬静，目光柔和。

“……嗯，这是我儿子。”

“……林沫曾经是我带的艺人，现在互相帮忙而已。”

画外音大概是直播的主播，一针见血地问：“可我听说当年你离开天颐的时候，跟林小姐是不欢而散，现在她为什么还要帮你？”

画面上的许露忽然笑了一下，不过三十岁出头的年纪，眼角却已皱纹密布：“你应该问，为什么当年我们不欢而散，可现在我依旧选择向她求助。”

她盯着镜头，仿佛透过镜头与林沫对视：“林沫，我知道你不会见死不救，再怎么讨厌我，你也不会。所以……就算我做了那么多不可原谅的事，如今走投无路，还是用了见不得光的法子向你求救。而你……果然还是帮了我。”

许露低头，松散的发丝挡住了她的脸：“这次，就当是我对你的报答。”说完，她正面对着镜头说，“看好了，有抑郁症的人是我，有生了病的孩子的是我，跟林沫没有半点关系。如果一个女艺人能以德报怨做到这个份上，反而惹来一身臊，这样的世界……就太可悲了。”

眼看着许露的情绪不太稳定，主播连忙将镜头切换到自己身上，对着镜头说：“这就是我们《今日星播报》为大家带来的最新消息，请粉丝们理智追星，不要轻信盲从，么么哒！”

看着直播界面自动退出，卉春眨了眨眼：“这是怎么一回事？”

林沫将发丝撩到耳后，轻轻地说：“是他吧。”

“欢迎光临！”昏昏欲睡的服务生忽然精神十足地打招呼。

咖啡厅入口处，穿着单薄的烟灰色线衫的元焯一眼就看见了角落里的林沫她们，大步流星地走了过去，大约是渴极了，俯身拿起林沫面前的果汁杯一饮而尽。

卉春看着他对林沫亲昵的举动，若有所思，没有开口。

林沫问："你从哪里赶过来的？"

"门仓医院。"

果然！

卉春眼睛一亮："元先生，许露的那条直播是你安排的吧？"

林沫朝内挪了一点，元焯靠着她身侧落座，云淡风轻地答："嗯。"

"简直神速！"她们这儿刚刚发现黑料，元先生居然已经找好了摆平途径。哦……如果全世界的男朋友都这么厉害，女明星也不用什么经纪人了。

林沫拿起桌上的热茶壶，给他添了杯温水："喝点温的，别待会儿胃疼。"

元焯从她手里接了杯子，不由得深深地看着她——本以为小妮子发现好心办坏事，又是被人偷拍，又是被人诽谤，此刻一定非常沮丧，没想到，她看起来倒挺镇定。

"不过，你怎么知道我和许露在门仓？"林沫见他喝了温水，才问，"安排人去门仓直播，总不可能是新闻爆出之后的事吧。"

从狗仔的照片上看，是傍晚时分拍摄的，从偷拍到发布，再到现在澄清，也不过五六个小时，门仓又位置偏僻，从N市开车来要三四个小时，事发之后再安排直播，简直是不可能完成的任务。

元焯笑了一下："为什么不可能是爆出之后？"

这下轮到卉春吃惊了，就算是她自诩圈内资源网建得不错，也不敢打包票在半个小时内让粉丝数过百万的主播，亲自驱车百多公里去录一段澄清视频啊！

"许露怎么会同意录的？"林沫敏感地问，"她精神状态不好，如果后续狗仔还去找她的麻烦，我怕她可能会崩溃的。"

"沫沫！你又不欠她的，能帮一点是一点，别把什么担子都往自己肩上扛。"卉春急不择言，"她这种脑子不清楚的人，什么事都做得出来，你别再跟她搅在一起了。"

"卉卉，我不喜欢许露，甚至可以说讨厌她。做我经纪人的时候，她对我的冷嘲热讽远比鼓励要多，经常让我觉得自己没有资格去要求角色，能有一句台词都是天大的恩赐。”在咖啡厅暖黄的灯光下，林沫的面庞格外柔和，说起往事来格外平静，“我放不下她，不是因为念旧情，而是因为她是个妈妈。我不想……她出事之后，她的孩子孤苦无依。”

卉春对林沫的身世知道得不多，但大概知道她从小被收养，养父母在她还未成年的时候就意外去世，此刻听到她的话，一下就理解了。

元先生放下杯子：“不会有狗仔去烦她。明天她和孩子就会转院，等孩子状况稳定了，她就出国治病。”

“出国？”卉春咋舌。许露饭都吃不起了，还谈出国治病？

林沫却并不意外：“你安排好了？”

“嗯……”元焯看着她略显疲惫的眉眼，心中一软，口气也跟着变得温和，“跑了一天，累了吧？我送你回去休息。”

林沫这才感觉倦意汹涌：“来的时候是卉卉开的车，我还好……”可话才说完，她就忍不住打了个哈欠。

卉春识趣地拎起包：“既然元先生来了，沫沫就交给你了。我干脆回公司得了，明天还要让公司把许露和林沫解除关系的文件发出来。哦，对了，我还得给好些导演、制片人去电话，澄清一下许露那边的情况。”

“卉卉……”林沫拉住卉春的手臂晃了晃，“辛苦你了。”

卉春粲然一笑：“说什么也不能辜负你的信任啊。”说罢，她飞吻一抛，麻利地闪人了。

林沫和元焯也很快离开了咖啡厅，慢悠悠地走在空无一人的服务区。

月明星稀，高高的路灯将两人拉出长长的影子，两人并肩而行。

林沫说：“你早上才回去，现在又开过来……一天都在路上奔波，比我还要累啊。”

“不累……”元焯淡定地说，“你要相信我的体质，就算现在背着你走上一公里都可以，要不要试试？”

林沫连忙躲开半步：“小元哥哥！”

他从前动不动就将她胳膊一拉，扛上背，任她双腿直蹬也不放她下来，直到她的小脾气烟消云散、连连告饶，他才若无其事地蹲下身子将人放在地上。

元焯知道她又想起了儿时的往事，不由得一笑："放心，我不会在大马路上跟你搂搂抱抱。"一顿，他似笑非笑地说，"再怎么，也要躲着狗仔。"

林沫哭笑不得，抬眼见他目光如水，顿时会意……他这是在替她缓和情绪呢，怕之前提起孤儿的事让她郁郁寡欢。

心头一暖，她绕到元焯的身前，负手仰面看着他："你不是说有要事回公司核实吗？你不用陪我了，我打车回片场去吧，你忙你的。"

元先生看着路灯下她纯净而温柔的面孔，恨不得将她揽入怀里，不再让她受到一丝风吹雨淋。可他不能，因为，他知道他的女孩想独立、想变强，想靠演技在这个腥风血雨的娱乐圈闯出一片天地，而不是做一株攀附权贵的菟丝花。

既然如此，他只要默默地为她扫除路上的障碍就好。

"查得差不多了，我也不一定要赶回去。"元焯拉开副驾驶那侧的车门，"所以，你今天恐怕没机会打车，只能屈尊坐我这辆车了。"

林沫乖乖地坐上车，门便被关上了。

坐在车里，她看见元先生大步从车头绕过去，拉开门坐上驾驶座，关上门，伸手……打开了远光灯。

顿时，车外一片刺目，任谁也看不见车里的状况了。

直到这时，元焯才撑在两个座椅中间，侧身在尚未反应过来的小丫头唇上一吻，双唇辗转厮磨了许久才分开。

林沫原本不明白他为什么要开远光灯，这一吻之后，她终于懂了。

在她的额头一吻之后，元先生若无其事地坐稳，关上远光灯，系上安全带，侧目看了眼红了脸的她："我送你回酒店。"

又要同住？林沫有点紧张，局促地绞着手指。

这一幕落在元先生的眼里，他无声地弯了弯嘴角："……别紧张，我说了会等你，就不会乱来。”

为什么……她满脑子都是卿卿我我的画面！

林沫甩头，死鸭子嘴硬地说：“你哪只眼睛看见我紧张了？”

元焯驱车驶入高速公路，在平稳的车轮声中，他说：“左琴和许露，都是元尧的人。”

到酒店大堂时，元焯特意让林沫先上去，自己在车里坐了许久才上楼。

林沫留了门，他进去的时候只看见单薄的身影站在落地窗前。

听见关门的声响，她才回头，眉间含有淡淡的忧愁：“元尧为什么要这么做？”即使他们之间交情不深，但好歹也是几十年的旧识，为什么他要对她赶尽杀绝？

元焯将风衣挂进壁橱，似乎不经意地问：“之前你说过，看见他就感觉我们会被分开，为什么？”

被他一问，林沫立刻回忆起元正航寿辰的那天。

她因为被排挤在人群之外，眼看着元焯与周家的姐姐共舞，既自卑又嫉妒，跑出会场却遇见了元尧。他那种居高临下俯视她的表情，至今让她记忆犹新。那种眼神让她觉得自己好似蝼蚁，又像攀附高枝的菟丝花……总之，一无是处。

那时养父母去世没多久，像是验证了她克父克母，注定生无亲缘。她每天寝食难安，眼睛一闭就是养母徐烨临终前给她打的那通电话——

那天她在上舞蹈课，接到前台转来徐烨的电话。电话里，徐烨说一会儿下课养父林海开车过来接她，一家人去吃顿大餐，问她想吃什么。她说想吃酸菜鱼，要特别辣的。徐烨就在电话那头笑，直说“好”。

末了，道了再见要挂断电话，林沫忽然想起舞蹈学校门口施工堵车，想叫爸妈不要进巷子了，于是急急忙忙又拾起听筒，却意外地听见徐烨正在同林海说话：“……算命的人说的那些话当不得真，自己养大的女儿，她是什么脾性，你还不知道吗？沫沫是个好孩子，你不许拿那些克亲不克亲的话来给她添堵……”

林沫已经不记得自己是怎么放下的座机听筒。

回想起来，她只记得在炎夏的夕阳余晖里，她穿着黑色舞蹈服站在路边等到天全黑了，浑身是汗，衣服黏腻地贴在身上，整个人像一条出水的鱼。可直到华灯初上，她也没能等到养父母来接她去吃特别特别辣的酸菜鱼……

她饿着肚子独自走回家，漆黑的房间里寂静无声。

她坐在沙发上等养父母回来，直到睡着，直到天明，直到终于有人来敲响她家的房门，告诉她昨天傍晚徐烨夫妇出了车祸，已经撒手人寰。

在养父母的葬礼上，林沫甚至没有被允许捧着遗照——遗照由夫妻俩的侄儿捧着。她哭到最后，连一滴泪都掉不出来，只觉得泪腺干得发痛，坐在火化室外愣愣地出神。

有人走到她的跟前，她抬头，竟是元尧。

元尧看着她，眼里似有嘲讽和厌恶："林叔叔和徐阿姨怎么会领养你这个扫把星！算命的都说了，你命中带克，他们还不信，这下真应验了。"

林沫的心一阵钝痛，一句话都说不出口。

元尧冷冷地看她，眼神像一条蛇将她的脖子缠住，弄得她呼吸困难。

他还想说什么，元焯已经跑了出来，一把将林沫护在身后。

元焯发育晚，那时候整整比兄长矮了大半个头，瘦削的体形，和爱好橄榄球的元尧完全不能相比，可他的气势没有半点逊色，好像元尧胆敢侵犯林沫半分，他就能把元尧打翻在地。

葬礼之后，林沫一直深居简出，直到元正航的寿诞，元焯特意让司机接她，她才勉强去了。可她一看见元尧，深藏的伤痛再度浮现，撕开的伤口甚至比新伤更疼。

想到养母冰冷的遗容，想到她可能会连累到至亲，她不寒而栗。

从此以后，元尧像一道印记，只要他出现，她的伤疤就会再度被撕开。

元焯静静地听完，伸手将微微颤抖的林沫搂入怀中，在她的头顶一吻："都过去了。"

“嗯……都过去了。”

事实上，自从她背井离乡、北上求学之后，霉运似乎曾一度消失过，可就在她渐渐缓过气，打算去圆儿时的明星梦时，噩梦又悄无声息地回来了。

“你说徐阿姨出事那天，在电话里跟林叔叔说起过批八字的事？”

林沫嗯了一声：“听得不清楚，但确实提到了……不过，妈妈不信，爸爸……应该也不信吧。”徐烨从小将林沫视如己出，林海稍微有所保留。他们并不迷信，甚至在此之前，从来没有提过这些怪力乱神的事。

“之前他们和你提过要去批字的事吗？”

“没有。”林沫自他怀里抬起头，看向他线条冷硬的眉眼，“为什么这么问？”

元焯想了想，终究还是不想让她有太重的负担，在她漂亮的眼眸上轻轻一吻：“没什么，随口问问。不早了，洗洗休息吧，明天又要开工了。”

林沫抱着衣服进了浴室，想想又把头伸出来：“明天你走吗？”

元焯靠在墙上，挑眉看她：“你是希望我走呢，还是希望我留下来？”

“都不是！”林沫将玻璃推拉门重重一拉，闷声在浴室里说，“如果不走，白天趁着酒店有房间，赶紧订一间新的！”

元焯不慌不忙地说：“干吗浪费那钱，这双人床，我看两人睡刚刚好。”

浴室里传来淋浴水柱被放大的响声，无言地传达着林小姐的反抗。

元焯脸上的笑容渐渐淡了，取出手机给许鹤发了条短信：查一下林海去世那天见过的人。

等林沫小心翼翼地裹着浴袍走出来的时候，元先生已经躺在阳台的贵妃榻上睡着了，落地灯的灯光柔和，柔化了他冷硬的面部线条。他大概是倦极了，睡姿并不舒服，却睡得很沉，连她出来也没有听见。

林沫走到他的身旁，小心地将眼镜取下，放在一旁的茶几上。

元焯的睫毛很长，又直，睡熟的样子完全没了醒着时的冷硬，而是依稀恢复了少年时稚嫩的模样。这份熟悉感唤醒了林沫对旧日的回忆，她忍不住伸出手，食指顺着他的脸庞细细地描摹，最后落在他微微抿起的薄唇。

“辛苦了……”她无声地说。

为了她的事，这二十四小时里，他几乎马不停蹄。

她轻轻地隔着自己食指，吻了吻睡着的元先生，心疼得害怕碰醒他。可她刚刚要退开，一只大手就覆上她的后腰，将她箍在原处。

长长的睫毛一抖，没有睁开，元先生闭着眼睛，声音低哑：“这次是你诱惑我的。”

林沫刚欸了一声就被用力一拉，贴上了他的胸膛，柔软的曲线瞬间隔着单薄的睡袍紧贴在他结实的胸口上。

元焯身体不由得一僵，一时没再动作。

伏在他的身上，林沫感觉无法保持平衡，小心翼翼地挪了挪，顿时感觉大腿不知碰到了什么，立马尴尬地静止了。

倒是元焯轻笑了一声，睁开眼：“老实了？”

林沫撇嘴，不吱声，但身子是真不敢轻易动弹了，手抵在他的胸口，勉强让自己和他拉开一点点距离……这个趴着的姿势无疑让她比平日丰满了几分，她想彻底和他分开，很难。

“别动了。”元先生目光幽暗，向下看了眼她微微敞开的浴袍的领口，“这样盛情邀约，我怕熬不到天亮了。”

林沫低头看见领口的春光，顿时毫不犹豫地用手一捂，然后再度红了脸。

元焯的手掌像有魔力，滚热的温度透过浴袍传递到她的腰上，让人心猿意马。

“小顺……”

“嗯。”

“抽个时间，去民政局吧。”

“啊？”林沫惊得从他的胸口抬起头来，“什么？”

“你不是向我求过婚吗？”没有戴眼镜的元焯，显得比平日温柔得多，

“那时候你六岁，还是七岁？”

林沫据理力争：“那是什么时候的事了？过家家说的话，也能算数？”

元焯嘴角笑意愈深：“说非我不嫁，我想了想……不然，就勉为其难地收了你，圆了你这么多年的愿望算了。”

“那是童言无忌！”林沫连声说，“玩笑，你懂什么叫玩笑吗，小元哥哥？”

元焯一只手臂蜷起做支撑，侧身一翻便将林沫压在了身下，单臂撑起上身，目光灼灼地看着身下的女孩儿：“你的求婚是玩笑，可我是认真的。嫁给我，林沫，做我的妻子，好不好？”

林沫安安静静地看着他，眼前的男人与她无数次梦见的模样完完全全重合，她听见自己柔声说：“好。”

元焯眼睛一亮，却又在看见她因为翻身而滑落在肩膀的浴袍的瞬间暗了下来，得空的一只手顺着浴袍领口流连，修长的手指像带了电，若有若无地碰触到她白嫩的肌肤。

“……可以吗？”他的手指停在浴袍的边缘。

林沫悄悄地咽了口唾沫，羞赧地移开视线，低低地应了声：“……嗯。”

浴袍的腰带首先落了地。

而后是柔软洁白的浴袍。

没想到，浴袍下居然不是前日的保守睡衣，而是一件纯白的丝质睡袍，细细的肩带并没有与文胸肩带重合，短短的裙摆因为睡姿的关系刚好覆住纤细的大腿……

元先生眼神幽暗：“所以，你是预感到今晚了吗？”

林沫不说话，悄悄地伸手想把裙摆往下拉一点点，却被他一下握在掌心。

她才不会告诉他，刚刚在淋浴间里眼前的一幕早就脑补了一次呢！

“你有没有照过镜子？”元先生坏笑，“睡裙有点透。”

林沫惊呼出声，声音却转眼被吞进了元先生的口中。

外面影视城灯火阑珊。

室内却暖光柔媚，满室旖旎。

清早，元萌萌进化妆间的时候，看见坐在化妆镜前的林沫正在闭目养神，任化妆师在她脸上扫扫擦擦，连眼皮都不动一下。

元萌萌笑嘻嘻地坐在林沫的身侧，歪头看看她：“气色不错，我就放心了。”

林沫一惊，睁开眼，不好意思地笑笑：“我背台词呢，临时改得太多，有些记不住。”

“不怪你……”元萌萌理解地说，“你那部分的剧本几乎是重写的，就这么几天时间，哪能记得牢？不过……说起来也不是现场收音，记个大概就行，后期交给配音去处理吧。”

林沫抿抿嘴，没说话，哪怕死磕到底，她也不会允许自己念着一二三四走剧情的。

化妆师一边拿软刷在林沫的眼下打粉，一边问：“昨晚做贼去了？还头一次见你这么重的黑眼圈。”

林沫脸一红，幸好上了妆，倒看不出来了：“一天都在跑，没睡好。”

元萌萌嘿嘿笑了一声，递给林沫一个“我懂”的眼神，施施然地走了。

“这是前天被灼伤的？”化妆师小心地给林沫胳膊上的一处红斑上粉底，一眼又看见她锁骨位置还有一块，“这个……”

镜子里的年轻女艺人羞赧地笑了一下，化妆师顿时心领神会，轻轻地拿粉盖住了。

林沫同元萌萌一起对着台词从化妆间去拍摄现场，待会儿要拍的是一场室内戏，但直到走进屋子，也没听见半点儿动静。

林沫敏感地拉住元萌萌，放缓了脚步，慢慢走进屋。

啪！

礼花绽放，漫天银屑飘落在两人的周身。

“洗洗尘，洗洗尘！”

寂静无声的室内陡然热闹起来，俞沛带头怀抱着一捧百合走上前来：“这是大家的意思，你俩受惊了，洗洗尘，去去晦气。”

说着话，俞沛将花束递到林沫的跟前，却被元萌萌不由分说地一把夺了抱在怀里。

“谢啦，很漂亮。”元萌萌笑盈盈地道了谢，捧着花径直从发怔的俞沛身旁走过。

林沫忍俊不禁，知道元萌萌是在替她哥站岗，抿嘴笑着道了声谢，正要走到人群里，却被俞沛拦住了。

她不解地回头看他。

平心而论，俞沛是大多数女孩儿记忆中校草应该有的模样，阳光、帅气、精力十足。每次剧组被围观，拿着相机和小本本找他的人是最多的，就连搭戏的女艺人也偶尔有对着他脸红的。

所以，俞沛一直不明白，为什么他的个人魅力到了林沫这里就降为零了。

被他拦住的年轻女孩从容自若，没有一点儿羞涩的意思，一双澄澈漂亮的眼眸静静地看着他，无声地询问。

俞沛觉得话被堵在了喉头，好像不管说什么，都会亵渎了眼前的这双眼睛。这种莫名其妙的自卑，对含着金汤匙出生的他来说，还是头一次。

林沫见他不说话，眉眼一弯冲他笑了笑，就离开了。

剧组里最年长的女演员一直念着阿弥陀佛，一左一右攥紧了林沫和元萌萌的手：“这次幸好有林沫，不然可真是造了大孽！”

齐征从元萌萌手里接过百合放在一边：“今天早上我接到警局那边打来的电话了，事儿确实是人为，幸好林沫发现得及时，否则，你们真有个三长两短，左琴这辈子也别想离开监狱了。”话说到最后，已然有几分森冷。

众人从齐征的话里终于听出几分真相，不由得倒吸一口凉气——竟然是左琴！

之前曾与左琴走得近的几个人不由得后怕，再不敢吱声。

曾与左琴走得极近的一个女演员默不作声地走到林沫的旁边，轻轻地拥抱了她一下，在她的肩头拍了几下，附在她的耳边说："之前的事……抱歉。"

林沫轻轻拍了拍对方，心知肚明地没有说话。

俞沛一直寻着机会想单独同林沫说几句，她却始终被一群人包围着，对他的眼神视而不见。

直到，忽然有人喊了声："元先生。"

乱哄哄的室内一下安静下来，众人的视线不由得投向刚刚走进来的男人。

一向西装笔挺的元焯竟少见地穿了件暗红色的套头毛衫和修身的牛仔裤，整个人看起来轻快了许多，一副意气风发的模样。

"人逢喜事精神爽？"元萌萌笑着上前挽了兄长的胳膊，不动声色地把他带到林沫的旁边。

元焯微微弯了唇："嗯。"

"什么喜事，说给我们听听？"

元焯淡定地说："你和林沫都平安，这还不是喜事？"

元萌萌皱皱鼻子："托词。"

元先生耸了耸肩，一脸不在意。

倒是有人问哪阵风把元先生给吹来了，他理所当然地说："投了钱拍片，总要来看看进展，你说是吧，齐导？"

齐征一抬手："开工，开工，元老板来视察了。"

众人哄笑着将杂物收拾了，把道具各归各位。

林沫想换个地方站，却绕不过身边的人，抬头，便看见元先生眼含笑意、无声地看着她，他唇动了动，没发出声音，看口型是在说：好点了没?

林沫顿感脸颊火辣辣的，猛地点了下头，拨开他的身子绕过去了。

这一幕旁人没注意，却被一直在找机会和林沫说话的俞沛看在眼里。

看着对自己冷淡疏离的女孩，像个小女生似的在旁人面前红了脸，俞沛不由得多看了那位元先生一眼。

没想到元先生恰好也看了过去，前一秒还带着笑的眼神，此刻已经毫无笑意，只与俞沛对视了一秒，他就收回了目光。可俞沛百分百接收到了来自那个眼神的威胁——那是猛兽在同类面前捍卫自己猎物时才有的眼神。

“俞小哥？”拍摄助理伸手在俞沛的面前晃了晃，“出什么神呢？马上开机了啊。”

俞沛整理了一下中山装的衣领，清了清嗓子：“嗯。”

接下来拍的是一出武打戏，准确地说，是俞沛的打戏，林沫和元萌萌的“被打”戏，英雄救美的老桥段亘古不变，区别只在于英雄帅不帅，美人美不美，动作利不利索。

室内环境狭窄，在这么逼仄的空间里，既要演绎得逼真，又要躲开武术替身的拳脚，对于几乎没有动作戏拍摄经验的林沫来说是个挑战。

台词对白轻轻松松就过了，两次 NG 都出在俞沛的身上，就连齐征都不免正色让他打起精神。

可到了对招拆招，就是林沫头疼了，尽管武术指导手把手地教了她许久，何时下腰，何时假摔，何时朝左避开直拳，何时朝右闪开棍棒……她听得也仔细，练得也认真，可真刀真枪地一比画，她就立刻变得笨拙起来。

不知道第多少次，武术演员直向林沫鞠躬赔不是，林沫却只是揉着被砸痛的肩膀摇头：“怪我，节奏掌握不好。再来。”

武替陪她练了多少次，她就被误伤了多少次，到最后，那个毛头小伙子都不好意思了，黝黑的一张脸上透着红晕：“要不，换我师妹上吧？”

一直在场边候着的女武替丢开怀里的热水袋，迎过来：“小沫姐，不然，我来吧。”

林沫看了眼姑娘暗淡的脸色和苍白的唇，猜测她大概是在生理期，于是摇了摇头：“你去歇会儿吧，我可以。”说完，林沫又打起十二分的精神与对手比画……

太过于投入的林小姐，完全忘记了站在工作人员当中的某人，她不知道每一个不小心砸在她肩头、后背的拳脚，都换来某人手掌紧攥成拳——他呵护在掌心上的女孩儿吃这样的苦，他却不能阻拦，也无法保护，何等难熬。

好在，功夫不负有心人，她一遍遍地挨打，一遍遍地摔倒，一遍遍地重来，等前一条镜头结束，轮到她和武术演员上镜的时候，她的身体已经有了躲闪的本能。

监视器前，齐征看着特写镜头里林沫冷清疏离的面孔和眼底一抹与她平日完全不同的光，不由得对身旁的元焯说："她早该好好演戏了。"

"……"元先生沉默了一下，忽然用一种与他的气质极为不符的"商量"的口吻说，"这条镜头，能让她一次性过吗？"

齐征哭笑不得地看了他一眼："那你要问林沫本人。"说完，齐征用食指擦擦鼻尖，虽然他能理解看着心上人摸爬滚打的心疼，但……演员吃的就是这口饭，吃不了这个苦，还做什么演员？

"预备——开拍！"

她闪避，下蹲，拾起手边的瓷器砸向敌方，面对敌方扑来的动作，就势从桌面滚过，带落瓷器摔碎在地。迎头而来的刀剑需要向右闪躲……最终她被"踢"中腹部，朝后连退，摔倒在墙角，昏厥过去。

"OK！"

直到齐征出声，屏息的众人才吐出一口大气来：居然一次过了！

可是，"昏厥"的林沫却没有立刻从墙角站起身，她小心翼翼地蜷起腿，伸手探进鞋底。

"怎么了？"发现她不对劲的俞沛率先走到身侧。

林沫疼得直吸气："……扎到脚了。"手心里一片濡湿，穿着绣花布鞋的脚居然被摔落在地的瓷器碎片扎进肉里，钻心地疼。

"我看看——"俞沛伸手要去替她脱下布鞋，却被一个暗红色的身影隔开了。

元焯手臂从林沫的腋下一绕，径直将她打横抱了起来。

众人这才发现情形不对，跑过来，一眼便看见林沫白皙的手上沾满了血渍，一片惊呼。

“我送她去包扎……”元先生沉着地吩咐，“你们继续。”

“我能走……”林沫在他的怀里小声地说。

“别说话。”语气不善。

她刚刚因为弄伤了脚疼得强憋回去的眼泪，顿时在眼眶里直打转。

听见怀里的人低声吸鼻子，元焯低头一看，刚刚尚在逞强的小姑娘已经红了眼眶，垂着眼不吭声了。

手臂紧了紧，他认命地服了软：“不是故意凶你，可你能不能别这么拼？”

林沫抬眼，泪花在眼眶里打转：“我又不是故意弄伤的。”

小心翼翼地将她放在后排座椅上，给她扣好安全带，他俯身抬起她的脚，见鞋底已经被血迹染成了暗红色，心一阵抽痛，恨不得伤在自己身上才好。

林沫缩了缩脚，勉强安慰他：“不疼。”可话才出口，含在眼中的泪滴就不受控制地滚落下来。

元焯轻轻地将她的脚放下，用拇指擦掉她脸颊的泪水：“我到底要拿你怎么办才好？”她佯装坚强，看得他心疼，她恢复爱哭包的本色，又让他手足无措。

在董事会舌战群雄都没退缩过的元先生，只有在他的小顺面前，才会失了节奏。

车开得极慢，元焯生怕颠簸会影响到林沫的伤口，可她像个小兔子一样红着眼睛坐在后座，一声不吭。

从后视镜里看了眼林沫，元焯清了清嗓子：“好了，刚刚是我不对，别生闷气了。”

“我没生闷气，”看向窗外的林沫疑惑地将视线收回来，指着车窗外商业 mall 顶楼的巨幅广告问，“这个……是我？”

纯白的背景隐隐透光，纱裙少女如展翅的蝶，又像扑火的飞蛾，张开双臂朝着台下的男人飞身扑去。她足底的拍摄台，被修图软件替换成了纯白的莲花，这样一来，画面中轻盈曼妙的女孩儿就真的像一只花间的精灵了。

元焯朝外看了一眼：“嗯，这两天各地陆续上画面了。”

当初在 KI 拍摄之后，样片是卉春帮忙选的，林沫并没有看过，连她自己都没想到，被抓拍的这个镜头居然如此撩人心弦。

更让她没想到的是，在医院包扎结束之后，为防止伤口感染，她又被安排去挂吊瓶，元先生则买了零食和果汁陪在她身边。没多久居然有两个年轻护士过来小心地询问能不能请两位签个名，她们是 KI 的忠实粉丝。

林沫完全还没进入“走在路上都有人找她签名”的状态，叼着吸管，看了眼身旁的元先生。后者冷静地朝小护士伸手，接过漂亮的本子和签字笔，大笔一挥留下姓名，然后递给林沫。

状况外的林沫签了名递还给小护士，没想到两个小姑娘接过本子一看，对视一眼，都笑了，圆脸的姑娘抿嘴：“这是情侣签吗？”

林沫顺着她的视线一看，果真……自己的字体跟元焯的一模一样，就连字的末笔朝右上方一勾的习惯都如出一辙。

这其实并不奇怪，当初林沫刚刚开始习字，就是跟着小元哥哥学的，她的生命里到处都是他的痕迹。

她正要否认，身侧的某人却抢先反问了一句：“你觉得呢？”

声调微扬，略带鼻音，带着一点点勾人的味道。问话的小护士刹那间红了脸，拉起同伴就跑，跑到门口，似乎是远离了元先生的气场，才说：“我觉得……是的。”

元焯难得地扬唇朝她一笑，她顿时一跺脚，跑了。

林沫看在眼里，咬着吸管嘟囔了一句：“你要是肯当暖男的话，就没俞沛什么事了。”

听见俞沛两个字，元某人淡淡的笑容顿时无影无踪，一只手将她手里的饮料瓶取了过来：“那小子花花肠子太多，烦得很。”

林沫伸手摸了一颗圣女果，无辜地说：“他挺热心的，那天咱们去警局，他还托人找了关系打点，让我们少耽搁点时间。”

“要他多事。”元先生居然孩子气地吐槽了一句，“无事献殷勤，非奸即盗。”

林沫看着他跟自己一样咬吸管的动作，和平日里稳重自持的“元先生”判若两人，不由得莞尔：“小元哥哥……你是在吃醋吗？”

元焯在她光洁的脑门上敲了一下：“少说话，多吃水果。”

林沫捂着脑门小声地叫痛：“我是病号啊。”

看了眼她裹成馒头的脚，元焯语气缓和了三分：“伤的是脚，又不是头。”

林沫甜甜地笑——好久没在他脸上看见这种少年时代的表情了。

回去的路上，元焯给齐征打电话，说林沫脚伤了，能不能把戏份朝后挪挪。

他的话才出口，就被副驾驶座的林沫抢走了手机，她急匆匆地说：“齐导，不用，不用。打斗的戏份也拍得差不多了，后面的镜头，我能行。”

眼看着林沫笑眯眯地挂断电话归还手机，元先生无可奈何地摇了摇头，他家小姑娘到底是从什么时候开始变成了一个工作狂？

她这样……害得他连“福利”都不忍心索取了。

就像林沫自己承诺的，接下来的日子里她一场不落地出席拍摄。

她行动不便的时候，有元萌萌和助理帮着，再不济，还能场外求助元先生。当然，当着众人的面，两人有礼貌极了，被他搀扶一下，她都要连声谢好几次，然后背地里被他在腰间轻轻一掐。

众人看在眼里，不是不疑心，只是元萌萌总夹在这两人中间，和元焯一副兄妹情深的模样，好像元焯留在片场就是为了陪妹妹似的，混淆视听。

这天，拍摄特写镜头的时候，林沫照常让受伤的脚微微离地，单腿站着。

虽然齐征建议她可以坐在高椅上，但她还是坚持站着，因为坐着拍的话讲话的发声方式不同，将来难免被观众看出端倪。

最后一个镜头终于拍完，齐征喊完OK之后，场外却忽然响起了敲门声。

林沫侧目，只见一个其貌不扬的中年男人正端着单反相机，见她看过来，又抓拍了一张。

一向对元萌萌以外的人冷淡无比的齐征，一反常态地笑脸相迎："冯老师，您怎么来了？！"

元萌萌也颇是激动，凑在林沫的耳边说："这是冯老啊！阿征在电影学院时候的导师，他有好些时候没拍片子了，怎么忽然出现在这儿？"

冯秦看起来不过四五十岁的年纪，却担得起一声"冯老"，可见在业界的地位之高。

林沫远远看着齐征带着冯秦去场边叙旧，下意识地在周遭寻找元焯的身影，却遍寻不着，便问："你哥呢？"

元萌萌接过助理递来的水，喝了口："说是有事，忙去了。"

齐征招呼元萌萌和林沫过去，元萌萌早些时候就认识冯秦，笑盈盈地叫了声："冯老！"

倒是林沫，规规矩矩地微微躬身："冯老好。"

"林沫？"冯秦上下打量了她一番，已在脑海中形成了一幕幕的构图，过了几秒才说，"这张脸，怎么拍都是美的。"

齐征深有同感："确实。"

有些女星美则美矣，要么需要光影配合来磨点颧骨的棱角，要么需要摄像机从固定的角度才能捕捉完美的面孔，但林沫不同，她既柔且刚，几乎没有棱角，周身都是岁月沉淀的恬静，像一株不染尘世的白梅。

"我有部片子想拍。"冯秦目光如炬，紧紧地锁着林沫的眼睛，将她所有表情看在眼底，"角色争议很大，前后的性格冲突也非常强烈，从文静内敛，到世故泼辣，说方言，骂脏话，被丈夫背叛，又被情人出卖，一辈子跨了三个时代，到最后才找回自己。"

顿了顿，冯秦严肃地问：“我找过觉得合适的两个女演员，都被拒绝了。”

以冯秦的号召力，他要复出拍片，居然被拒绝？可见这个角色不是一般有“争议”了。

“我刚看了镜头里的你，林沫……”冯秦没有从林沫的眼睛里看见半点退却，这点让他非常满意，“觉得你很适合这个角色。”

林沫受宠若惊，可自己人在《故园山河》剧组，手里还接了《庭院深几许》的试镜邀约，此刻贸然答应冯秦，实在不是她做得出的事。

见她犹豫，冯秦以为她跟那两个女艺人一样，是担心被有争议的角色影响口碑：“如果你不想——”

“不，不是。”林沫解释，“只是，我在《故园山河》的戏还要十来天才能杀青，而且约了另一处的试镜……”

冯秦淡定地说：“我能等。”

齐征亲自送走了冯老，返回片场，才长长地叹了一口气：“林沫，你居然跟冯老谈条件，你知不知道有多少人挤破头想做他的女主角？”

林沫单腿站着，疑惑地问：“冯老不是说，有两个女演员都拒绝了他吗？”

齐征扶额：“你知道是哪两个吗？是陆微和张末依！”一个是金凤奖、华仪奖双料影后，一个是早些年就已经杀入好莱坞的东方娇娃。

林沫顿感压力山大：“……我能行吗？”

“冯老还从没挑错过人……”元先生低沉的声音从身后传来，“你要相信大师的眼光。”

“你回来啦……”林沫惴惴不安地说，“可冯老到底看中我什么了？”

“也许是韧劲吧。”元焯目光沉沉地看着她始终无法用力的脚，即便裹着层层纱布，她还是敬业地找了大两码的绣鞋穿着。

元萌萌叹气：“虽说能做冯老的女主角是天大的好事，但这‘美差’我可不敢要。他对演员的要求和苛刻是出了名的，阿征顶多就他一半的功力，也足够让大伙儿叫苦不迭了。”

林沫微笑着看元大小姐朝男友撒娇——萌萌自然是不要这种机会的，因为她出名早，起点高，有的是更好更轻松的选择。但自己不一样，如果自己不算冥顽不灵的话，成功成为冯女郎无疑可以让自己少走许多的冤枉路，甚至可能一跃成名。

看着单腿着地一蹦一跳地朝休息处蹦跶的林沫，元焯松了松因为奔波而略显燥热的领口——也不枉费他托了七八层关系结识冯秦，又花了整整三个小时说服他过来亲眼一见。

元焯对此十拿九稳，因为冯秦的名言是“没有不会演戏的演员，只有不会导戏的导演”，对于演员，他最在乎的只有两点，一是美貌，二是美德。

恰好，元先生家的小顺都有。

Chapter 09

最好的人

常年处在娱乐圈食物链底层的女演员林沫，不光在新锐导演齐征的新作里戏份连连增加，还在近两年颇火的中国台湾导演丘真的新戏《庭院深几许》中力敌众多小花，战胜了同经纪公司的辛燃拿下女二号的角色，甚至还被泰斗级的国宝导演冯秦邀约饰演新片子的女主角……

接连三条新闻，刷爆了娱乐公众号的头条。

所有人都在猜测，这是万年咸鱼要翻身了吗？

有人推测她是厚积薄发，但更多的人倾向于认为这位看起来冰清玉洁的林小姐被包养了。

离开丘真工作室的路上，林沫一直拿着手机看微博。

卉春实在看不过眼，从她手里夺了手机："有啥可看的，吃瓜群众无聊猜测的，你甭往心里去。"

林沫委屈地看着被卉春夺走的手机："我没……"

"你不是在看微博？"卉春疑惑地把林小姐的手机放到眼前，又恭恭敬敬地递了回去，"我还以为——"

卉春还以为林沫是在看被刷爆了的、头头是道的"金主论"，没想到她手机界面上的居然是《庭院深几许》的电子版台本。

林沫接过手机，认真地说："卉卉，我想过了，演员嘛，吃的是观众赏的饭，就得承受得住他们审视的眼光。光想着得利，不肯付出代价，那哪儿行啊！"

听见一向讨厌被关注私生活的林沫态度一百八十度逆转，卉春纳闷地问：“对……对啊，你怎么想通的？”

“小元哥哥说的。”

看着某人嘴角甜甜的笑意，单身狗卉春感觉受到了一万点暴击，抱着包包躲到车厢一角去了。

林沫很忙。

《故园山河》刚杀青，她几乎没有休息，就立刻投入《庭院深几许》的拍摄之中。

元先生更忙，因为正值董事会改选的节骨眼上，元正航突然病倒了。

元董年迈，膝下两个儿子年岁相当，能力相当，甚至在公司掌握的实权也差不多。万一老董事长有个三长两短，哪怕只是体弱不支，元氏会落在谁的手里，是所有人关心的问题。

在这关键的时刻，元尧每日都奔走在医院和各个董事的家中，摆平父亲、搞定董事会显然是夺取元氏的不二法门。

可相比于元尧目标明确的行动，元焯的忙碌则叫人看不明白。

元焯近期离境的频率越发高，且行程信息除了许鹤，谁也不知道。中途回国，他都是脚不沾地地直接赶往林沫所在的片场，美其名曰：视察工作。

尽管当着众人的面，林沫总是与元先生保持着不远不近的距离，但到底两人身在一处，抬眼就能看见心心念念的人，多少也能缓解几分相思。

好在，林沫的拍摄安排得足够紧，才让她能稍稍遗忘牵挂。

这一次，回国来的元焯明显黑瘦了许多，林沫混迹在人群里，看着同丘真闲聊的元先生，只想上前摸一摸他下巴刚刚冒出的青色胡楂，和明显瘦削了的脸颊。

可惜，她没有机会。

同组的女艺人有直接上前同元先生套近乎的，无一例外吃了闭门羹。元先生倒是礼貌，有问必答，可惜答复的句子一律不超过五个字。

好不容易，眼见着元焯身边没人了，林沫借着喝水的空隙，端着水杯站到他的旁边，压低了声音问：“你去哪儿了？手机总是关机。”

元先生双手插在裤兜里，目光直视片场的中央，嘴唇动的幅度很小：“晚上说。”

林沫一愣，抬眼看他：“晚上？”

他低头，黑瘦了几分的脸上浮起一丝笑意，朝她眨了一下眼，迎着走过来的导演从她身侧淡定地走过。

而落在导演和其他时刻关注着元先生的人们眼中的，就是不苟言笑的元先生居然对着林沫笑了，而且，笑得如沐春风。

入夜。

林沫辗转反侧，直到手机终于响起，她才立刻蹦起身去开门。

酒店的门刚开，修长的身影就闪身进来了，她还没说话，已经被热情的吻封住了嘴。

林沫整个人被按在门背后，他的手托着她的头，以免她被门板硌着。

手是温柔的，接吻的动作却如同野兽扑向猎物，一丝一毫逃脱的余地也不留给她。

从门口，到客厅，再到卧室，等两人来到床头的时候，可怜的林沫已经跟一颗水煮蛋似的。

他一句话也没有说，只是无限留恋地在她玲珑的曲线上游走，恨不得将每一寸都镌刻进灵魂似的。

林沫的手指攀上他的肩背，情迷中依旧心疼他比从前又瘦了几分。

终于，元先生一声低吟，伏在她的身上，却还是曲着胳膊撑着，离她寸余，生怕压着她。

“这段时间……你到底去了哪儿？”林沫伸手，轻轻地抚过他的腮，“怎么黑了又瘦了？生病了吗？”

漆黑中，元先生目光柔软：“……你觉得呢？”

林沫脸一红，没病……一定没病。

元焯俯身，亲昵地在她的鼻尖一吻：“我去了西非。”

林沫一惊：“你去那里干什么？”那里病毒肆虐，所有人避之不及，他在这时候往那里跑做什么？

“我爸病了，这次疾病来势汹汹，他能不能康复还是未知数。”

“嗯，我听说了。”因为元焯的关系，林沫也时常留心财经界的新闻，对于元正航的状况略知一二。可这种时候，作为儿子不是更应该陪在他的身侧吗？为什么元焯反倒跑到遥远的西非去了？

元焯翻身，与她并肩躺着：“元尧每天都在争取董事们的选票，他想在董事会改选的时候让爸退休，取而代之。”

林沫点点头，这是元尧干得出的事。

“但终究，最大的票数握在爸手里……”元焯笃定地说，“他不准，元尧就得不了手。”

灵光一现，林沫猜测道：“你去西非跟元董有关？”

“聪明……”元先生侧过身，单手撑着头，目光灼灼地看着身边的小女人，“他年轻时去过那里，就是在那儿认识的我妈妈。”

林沫记得他母亲有欧洲血统，他爸爸怎么会和他母亲在那里相识？

“当年我爸是去那里投资盖医院，我妈是红十字在那里的护士。”元焯自嘲地笑了声，“两人一见钟情，可那会儿元尧已经出生了。”

林沫认识元焯的时候，她七岁，元焯十二岁，那时候她只知道元家家大业大，和林家关系亲近，但依旧有高低之分。

所以，尽管他们玩在一起，元家大哥却一直对她阴阳怪气，只有元焯待她如常。后来有次捉迷藏，元焯蒙眼待在远处，林沫好不容易找了个偏僻的拐角躲着，却不小心听见了里间的人说话。

“姐夫把那孩子带回来什么意思？又不是没儿子，需要个继承人。尧尧哪里不比这来路不明的小杂种好，真想不明白姐夫是什么打算。”

“我不管他什么打算，总之，当初我答应让这孩子进门，条件就是那狐狸精这辈子不许再踏入国门半步。正航这人算不上什么好男人，不过，言出必行，还算可信。何况……他对那女人本来也没什么感情，那孩子不过是他孤身在外一时冲动的产物而已。”

当时林沫年纪小，听得迷迷糊糊，忽然感觉有人在身后，刚要惊呼，就被人捂住了嘴巴，一回头发现是元焯。

也不知道他来了多久，半大少年铁青着脸，一言不发地拉着她悄悄地离开了。

直到长大，林沫回忆起当天的情形，才恍然明白为什么只有元焯愿意和自己玩——他俩从某种程度上来说真是一类人，一样不知前路，一样不被人待见。

林沫揣测着：“是还有伯母那边的亲眷在西非，还是……”

“母亲在那里建了一些福利院，收养了一些政府无力去管的孤儿，我最近就是去处理那边的事。”

林沫心疼地抚过他略显干燥的脸颊：“那是好事，可你在这个节骨眼上放任元尧到处拉帮结派，是打算放弃元氏这边了吗？”

“我不会放弃元氏。”元焯嘴角勾起，忽然伸臂将林沫揽入怀里，“早就告诉过你，我要做你的底牌、你的金手指，我怎么可能放弃元氏？它是父亲建立起的帝国，是目前最好的资源。”

“可……”林沫贴在他的胸前，听见他的心跳平稳而有力。

“当年他隐瞒已婚的情况，和我母亲在一起，有了我之后，又为了商业利益硬生生地留下我，赶走我母亲。”元焯下巴贴在她的头顶，声音比平素更冷一些，“我现在只不过是想赌一把，赌他心中还残留有哪怕一点点的忏悔。”

“对伯母？”

“嗯。”

林沫小心翼翼地试探：“那如果一点都没有呢？”

元焯将她搂紧了一些，声音嘶哑：“那无论我做什么，都不会觉得愧对他了。”

天刚亮，元焯就离开了。

卉春来叫林沫吃早点时，发现她居然已经梳妆整齐地坐在阳台发呆。

卉春走过去，顺着林沫的视线朝下看，刚好正对着酒店停车场出口的位置，就问："最近赶戏那么累，干吗不多睡一会儿？"

"睡不着。"林沫拉拢衣襟站起身，"你今天怎么来了？"卉春渐渐接手了新的艺人，给林沫挑了个得力的小姑娘做助理之后，有新片约或通告的时候她才会特意来找林沫商量，其他时候都是电话沟通为主。

"当然是有好事儿。"卉春笑着说，"冯老那边的剧本已经基本定了，昨天把你这边的剧本发过来了，我看了一下，还真是大女主的戏，许多地方都有可以发挥的余地，所需要的演技比拍十部偶像剧还要多。"

结果，林沫翻了几页剧本，落寞的表情就渐渐舒展开来，连着翻了十几页才收手，抬起头时双眼发亮："什么时候能进组？"

卉春露出一副"我就知道"的表情："冯老说就等你这边杀青。合约上写的是在年底之前开拍，明年年底前杀青。"

拿到了冯秦这边的剧本，林沫就像打了鸡血一样兴奋。

《庭院深几许》的拍摄越发顺利，杀青了当日戏份之后，导演丘真不由得问："林沫，之前为什么尽接些烂片？以你的资质，早些年就好好拍戏，现在已经红得发紫了。"

对于之前的各种糟心事，林沫自然不想说给丘真听。

可这个四十多岁、浸在偶像剧市场多年的漂亮女人却看着她的眼睛说："你啊，这是得罪小人了，不然，早该红了。"

"不过……"丘真耸肩，"听说你得了冯老的青睐，这边结束，就要进他的剧组，看来是要渐入佳境了。"

林沫诚恳地说："不，我觉得从进了《庭院深几许》的剧组，就已经开始转运了，不是吗？"

卉春见自家艺人渐渐开始懂得如何跟制片方打交道，深感欣慰。

一切看似都在向着预定的轨道行进。

可当晚，林沫接到了来自天颐高层的直接通知——公司替她接下了一档户外真人秀节目《非常婚途》，需要在云南连续拍摄近一个月时间。

“我和秦导的合同已经签了，《庭院深几许》这边结束就要去那里报到——”

林沫尚未说完，对方已经打断她：“合同法务已经看过了，约定今年年底前进组。现在才九月，来得及。真人秀合同这两天会有专人给你送去，你签个字就好，公司已经盖过章了。”

对方讲完了需要传达的内容，多一句寒暄都没有，就挂断了电话。

简直匪夷所思——冯秦那边签订年底前进组没错，但那是最晚的期限。

依照经纪公司如今的安排，她最早也只能踩着时间点进组，更别说真人秀这种东西突发状况极多，万一出点岔子……

林沫正千头万绪理不清，那边卉春的电话已经打来了：“——沫沫！你这真是犯小人啊！”

林沫收到《非常婚途》节目组的邀请，将成为节目女嘉宾的消息不胫而走。

圈内无不惊讶这位新晋小花的资源简直逆天！这上升的势头，怕是过两年就要非女主戏不接了吧。

有眼红的，有羡慕的，更多的是好奇的——林小姐背后的金主到底是谁？圈内资源之广，岂不是捧谁谁红的节奏？也难怪这么些年她默默无闻，原来是等着钓上大金主呢。

种种猜测不一而足，最夸张的是，甚至有人说林沫的金主是最先挖她出道的 KI 总设计——KIKO。

面对这样的猜测，KIKO 笑而不语，默默地向《非常婚途》节目组发去了赞助申请——仅仅赞助林沫一个人在整个节目录制期间的全部服饰。

消息一出，关于林沫是 KI 的幕后老板娘的揣测更是甚嚣尘上。

甚至有小明星慕名托人和林沫联系，希望能借她的手与 KI 合作，哪怕是一次以“品牌好朋友”的身份出镜也行。

林沫自然是婉拒了，但转头就发现网上通稿满天飞——攀上高枝，林沫死守 KIKO，拒绝雨露均沾。

看着诸如此类、不明来路的通稿，林沫是真心哭笑不得。

人人都羡慕她资源好，又有谁知道甲之熊掌，乙之砒霜？如果她能自选，哪里愿意去参加什么真人秀？天知道她有多么不喜欢将生活暴露在公众的视线里。

她真的担心《非常婚途》播出的时候，自己“林霉霉”的外号将从圈内直接被扩散到“全宇宙”。

更关键的是，在这个节骨眼上，她却联系不上身在西非的元焯。

倒是 KIKO 过来探过一次班，笑嘻嘻地安抚她：“前几天我还跟阿焯通过电话，他好着呢。就是那边条件艰苦，通信信号时有时无。我就跟他说了赞助《非常婚途》的事，十分钟电话断线了七八次。”

林沫正想对他赞助的事问个清楚，听他主动提起了，便无奈地说：“抱歉，我没想过网友会把我俩扯在一起。卉卉那边澄清过，但没有用……你知道，他们都坚信‘越描越黑’。”

“这事我乐见其成，只要阿焯回来揍我的时候，你帮忙求求情，让他刀下留人就行。”KIKO 毫不在意地摆摆手，又伸手捏过林沫的旗袍领口刺绣，“这剧组的服装也太敷衍了，比不上当初《故园山河》的大手笔，穿这种衣服拍戏，简直是辱没了我们家小沫沫。”

林沫听出他的弦外之音，可她并没听说过《故园山河》的服装跟KI有关，于是试探地问：“《故园山河》的衣服……”

“那些衣裳的原画都是阿焯亲手绘制的，设计师不过是借了他的灵感。”KIKO 朝她一挤眼，“阿焯非要保密，那次的服装他不让我公布是 KI 的作品，真是可惜极了。不过，好在他给的酬劳可观，我可从不做亏本的生意。”

居然是元焯……

她就说嘛，当初在剧组饰演那么次要的角色，哪里来的一套又一套堪称定做的服装配饰，甚至不比女主角逊色？从来没有人对她透露过那是元先生的杰作，想来又是他特意吩咐过。

他总是处处为她着想，又生怕给她负担，她不禁心头一软。

“别，别，不要露出这种表情……”KIKO 捂住胸口，心塞地说，“请照顾一下单身狗的心情。”

林沫被他逗笑，眉眼弯弯，如早春被风吹拂的柳枝，既柔且媚。

这一幕，落在潜伏在剧组的狗仔们的眼里，就是林沫与金主在花式秀恩爱！

到了晚上，又是铺天盖地的通告，这让林沫着实对自己的人气摸不着北——你说她红吧，她好像也没什么粉丝，你说她不红吧……她的名字却隔三岔五地霸占热搜词条，虽然……总是很不幸地被和其他人绑在一起。

卉春很认真地安慰她：“虽然不是你所愿，不过现状还是比以前好多了。”

林沫想了想，比起以前一直没上热搜榜的冷遇……她必须心塞地承认，现状已经好多了。

自家剧组里有女明星自带热搜体质，对于剧组而言当然是好事。

自从发现林沫频频登上热搜榜，丘真对这个不争不抢、入戏快、念白好、演技也可圈可点的女演员可谓是当成亲女儿一样疼。

就连同组的女主角都不无嫉妒地说：“从戏份上来说，林沫是女二号。可从出彩的点上来说，林沫怕是比我这个女一号还多。”

嫉妒归嫉妒，左琴那样的极品到底不多见。

《庭院深几许》顺利地在预计时间内杀青了。杀青仪式上，到场的媒体远比丘真预料的要多，不光有影视圈的媒体，甚至时尚圈的几家巨头媒体也派了小兵来捧场，这自然是看在 KIKO 的面子上。

也正因如此……林小姐又上热搜榜了。

这一次通稿的关键词，终于没再绑定别的人，而是关于她的衣品。

一个慧眼识珠的时尚编辑，发现了林沫穿衣打扮上的独特之处——除了拍戏时华服加身之外，私服都走的是极简的路线，清爽又有女人味，而且无论是服装，还是包包，几乎从没在她身上见过几大奢侈品，进而深挖，才发现林小姐一身行头下来也不过千余块。

女明星的穿着往往是粉丝们争相模仿的，然而，大多数明星一件外套动辄过万，甚至是有市无价的“高定”，令普通粉丝只能望洋兴叹，或者转投某宝高仿的怀抱。

这一次林沫穿的衣服不贵，还穿得超美，关键是，这么久以来，她还是第一次被发现私服如此平民化——可看起来很“贵气”。

这一点迅速令林沫的私服照成了各大时尚博主夺人眼球的法宝。

“林沫私服”成了林小姐在绑定其他人之后，头一次独自出现在热搜榜中的关键词。

然而，当所有人都在关心林小姐“好看不贵”的私服分别是哪家品牌、哪一季出品的时候，林小姐已经不远千里地南下，亲自找冯老请罪去了。

没想到，坐在茶室里听完了林沫的道歉之后，冯秦并不吃惊，一边煮着茶水，一边说：“虽然久不在圈里……但你的事，我早些时候就听说了。我一直在想，如果你一声不吭地去拍了那个真人秀，理所当然地拖到最后的时限来拍我的戏，那我还要不要把这个角色留给你。”

林沫听冯秦说得严肃，不由得正襟危坐。

冯秦提起茶壶，林沫连忙将自己的杯子双手托到他的面前，只听他缓缓地说：“我这人拍戏要求严苛，想必你也有所耳闻。在我组里演戏，没有舒服可言，只有精益求精，一遍一遍地磨。所以，我从来不用那些经不起磨难、玻璃心、有公主病的女演员，很可惜……如今这种女演员满地都是。”

林沫听得大气也不敢出一下，却见不苟言笑的冯老突然一笑。他说：“你别怕，我说这些只是想告诉你，敢来开诚布公地和我说明你的状况，寻求谅解，这很好，很符合我选人的眼光。选一个合适的演员不容易，我愿意等你。”

林沫悬在喉头的心，这才落进胸膛里。

林沫与冯秦在茶室里谈了许久，直到他的助理轻轻敲门，提醒已经聊了很久，担心他的身体吃不消，她才惊觉已经占用了老导演太长时间，慌忙起身告辞。

冯秦也不强留，临走时才轻声问：“林沫，你和元焯是恋人吗？”

见小姑娘红着脸不说话，冯秦点点头：“他是个好孩子，好好珍惜。”

“嗯……”在这个睿智的长辈面前，林沫没有否认，“我知道，我会的。”

“你未必全都知道。”冯秦说，“为了让我去看一看你是否合适，他到这间茶室来了不下十次。不过，也幸好有他的锲而不舍，我才能发现你。你在他心里真的非常重要，这孩子对人用心，是个不轻浮的好孩子。”

夕阳的余晖中，站在小院门口的林沫目光如水，轻声带笑地说：“嗯，他很好，从很久以前开始我就知道他很好。”

《非常婚途》的第一季促成了宇宙大博主烟波和音乐才子秦威的“威波夫妇”，这一对情侣戏里戏外撒得一手好糖，因此，观众们对第二季的关注度一直很高。

按照节目的惯例，每期节目的三男三女必然是与娱乐圈相关的行业精英，未必是演员，但一定自带话题度。

但这次，节目组对男嘉宾的名单一直讳莫如深。

相比之下，对三位女嘉宾的宣传可谓高调——

第一个公布的是上升势头强劲且因为幕后金主问题正广受关注的新晋小花林沫。她通过和KI的首度合作崭露头角，在新锐导演的文艺片《故园山河》中，被导演特别赞许演技，吸引了众多目光，又通过国民偶像剧《庭院深几许》获取大众认知，最最关键的是，她居然被导演界泰斗冯秦相中，有极大可能成为息影多年的冯导下一任冯女郎。

第二个是已在国际舞台拼搏多年的超模胡叶。当初她从国内出去时名不见经传，没想到居然在北美一众丰乳肥臀的模特中杀出了一条血路，再度出现在国内视野之中时，已是国际众多一线奢侈品走秀的宠儿，而多年之后的现在，她也不过刚满二十岁。

如果说林沫和胡叶，一个是崭露头角，一个是刚归国，都正是需要通过各种途径打开国内知名度的时候，那第三个人会参加真人秀，就让人匪夷所思了。

小天后辛燃的照片出现在官方微博，一下将节目的关注度和话题度推上了一个新的高度。

毕竟，谁也没想到，以辛燃的咖位，居然会“屈尊”参加一个并不那么高大上的真人秀。

因为辛燃的加入，粉丝们对男嘉宾的期待更甚——毕竟，女方嘉宾的阵容放在这里，男方嘉宾也要有对等的身价和关注度才是。

一时之间，关于《非常婚途》男嘉宾的猜测霸屏多日。

卉春随手翻看着新闻，心情很不愉快：“我真不懂公司为什么擅自替你接下这个真人秀节目。且不说胡叶这种从模特圈里杀出来的人精——她还好些，在国内的知名度未必比你高。可是，居然和辛燃同期……这不是摆明了要给人做绿叶吗？”

林沫并不在意：“辛燃参不参加，对我来说都一样。反正就当拍偶像剧，演了个女配。只不过……男主角未知，剧本未知，结局未知。”说完，她笑笑，“这样说起来，好像有点不安啊。”

“配对方面你倒不用担心……”卉春说，“虽然节目组那边咬死不松口，但以之前的水准看，起码也得是有几部作品在手的艺人，或者有点曝光度的商业精英。”

林沫撩开窗帘，看着车外飞驰而过的风景：“我不担心这个。”

她不担心要跟什么样的人组CP，身为演员，需要随时“入戏”这点自觉，她还是有的。只是，要去一个陌生的环境陆续拍摄那么久，而最关键的是，她在出发之前也没来得及和小元哥哥见一面，甚至没能亲口告诉他自己的行程，这让她略感不安。

卉春说："元先生那边，你也别太担心啦，KIKO 说了，前几日他们还联系过呢。"

"你怎么知道？"林沫抬眼。

卉春脸一红，清了清嗓子，佯装大大咧咧地说："你甭管我怎么知道的，总之……你好好去录节目吧，元先生方便的时候一定会主动联系你的。"

按照节目组"真实""自然"的要求，嘉宾只许一个助理随行拍摄。

原本可以让新聘的小助理跟着，可卉春不放心，硬是放下了手里的工作陪着林沫前往云南。

这让林沫安心许多，又不安许多——她的前任、前前任经纪人几乎都是在出外景之后，与她分道扬镳的。

她的这种不安，到丽江机场的时候，终于应验了。

下机之后，卉春才接到通知，说她们的行李被落在了S市，也就是说……如今她们全身上下只有手机、钱包和随身小包里的零星物件，其他一无所有。

行李要跟着下一个航班运来，而以国内航班的准点率，这个下一航班在什么时候，就真的不可知了。

与航空公司交涉未果，卉春给节目组打了通电话，没想到对方说"没办法，就等等吧"。

卉春恼火："当初行李是你们帮忙托运的，这会儿出了问题，你们怎么能不管？好，我跟林沫可以在这里等，那耽误了录制，你们自己负责。"

挂断电话，卉春刚刚的怒气却散了大半："沫沫，我在这里等，你先去跟节目组会合吧。"

林沫知道卉春是典型的刀子嘴豆腐心，嘴上不饶人，心里却非常清楚孰轻孰重。

卉春稍微叮嘱了两句，林沫就自己背着贴身小包，去接机大厅了，节目组的接机牌没见到，倒是一圈等候接机的路人见了林沫，一阵交头接耳之后一窝蜂地拥了过来。

跑在最前面的是个皮肤黝黑的当地少年，眼睛发亮，一笑满口白牙：“姐姐，给我签个名吧！”

林沫问：“签哪儿？”

少年背过身，身上的白色长袖T恤洗得干净：“这里！”

林沫忍俊不禁，接了他的笔，在T恤上签了“平安是福”，又问：“你叫什么？”

少年直起身，笑嘻嘻地说：“不用写名字。”

大部队正好赶上来，有人贴近了少年的背一看，念叨着：“……林沫？”

众人一呆，都凑到他背后去看，发现秀气的落款果真是林沫，顿时一起回头朝站在末尾的胖子嚷嚷：“胖子，你不是说这航班出来的是辛燃吗？”

被称作胖子的青年满头大汗地拨弄着手机，终于扒拉出了辛燃和林沫的照片，举起来一比对，顿时丧气地说：“我这不是认错人了吗……何况，辛燃的航班确实到了啊。”

众人嘘了一声，作鸟兽散。

“啧，辛燃的签名才值钱啊。”

“为了让女儿老实去上学，我特意在这里替她蹲守……这要搞错人，晚上她得把房顶掀翻了。”

“……胖子，你这眼神也是烂得没人能比了。”

没几秒，一窝蜂拥来的人就七嘴八舌地走掉了，唯独剩下林沫和白T恤少年站在中央。

少年仰头看向林沫，本想安慰安慰她，没想到这个漂亮姐姐的脸上却看不出一丝尴尬，淡定自若地站在那儿，跟刚刚被他索要签名的时候并没什么区别。

他忽然想起一个课本上见过的词——宠辱不惊。

见他看自己，林沫低头，目光柔和：“抱歉，你的T恤……”

少年与她对视，一张黝黑的小脸瞬间红黑交加。

先前匆匆跑来，他都没发现这个漂亮姐姐美得遗世独立，她看你的时候，温柔慈悲。但她并不是高高在上地俯视别人，那眼神充满了随遇而安的淡定，让人心跳加速，又不敢造次。

“不，不……”他直摆手，“我就是来要你的签名的。”事实上，他天天蹲在机场，就为了跟着这些狂热的粉丝，蹭几个签名卖钱补贴家用，即使他压根不认识这些明星。

林沫笑笑，继续在人群中寻找节目组的接机人。

“——辛燃！这次真的是辛燃！”远处人群里忽然爆发出一阵骚动。

刚刚一窝蜂拥向林沫的人群，再度朝着同一处奔跑。

林沫停下，轻声问：“你不过去吗？”

那少年——阿耀双臂撑着大腿，头也没抬：“不去，有姐姐的签名够了。”他要过那么多次签名，这还是第一个让他想要自己留下珍藏的。

穿着红色风衣、一片式黑色裹胸裙的辛燃，踩着细高跟走入接待大厅的第一眼，就看见了大厅中央遗世独立的两人。

穿着米白色 oversize 套头帽衫和黑色前开衩的铅笔裙，露出白皙修长双腿的林沫，站在那个黝黑的当地少年身旁，整个人白得几乎要发光，尤其是她脸上恬静的笑容，就像被一群粉丝围着的是她，放松又自信。

这一幕落在辛燃眼里让她格外不舒服，虽然她早就知道林沫会在，虽然就因为林沫在，她才特意推掉戏约，来参加这个原本看不上的真人秀。但真正狭路相逢，明明她才是万众瞩目的焦点，她却依旧对这个女孩有着莫名的敌意。

被助理和保镖护在中央的辛燃优雅地朝粉丝们挥手，戴着黑超墨镜的脸上，红唇微弯，亲和而矜持，搭在肩头的波浪卷长发随着她的走动而微微起伏，整个人散发着浓浓的女人味。

在镜头里，辛燃无疑美得惊人。

只有追在身边的粉丝才知道，想突破重围向她索要签名简直是不可能完成的任务。

一行人浩浩荡荡，终于与林沫迎面相遇。

尽管林沫身材高挑，但穿着休闲鞋的她与蹬着细高跟的辛燃身高悬殊分外明显。更何况，辛燃那边保安、助理相护，粉丝如云簇拥……相比之下，她和阿耀简直落寞得不行。

林沫将笔帽盖好，递给直起身的阿耀："好了。"

阿耀起身，看向迎面走来的辛燃，不自觉地朝后退了两步，躲在林沫身后——那个姐姐好吓人，隔着墨镜都让人感觉杀气腾腾的。

林沫歪头，轻松地一笑："辛燃姐。"

卉春如果在，一定又想敲她的额头——哪有人见着年轻女星叫"姐"的？

林沫当然明白这个道理，可是，她就是看辛燃……不爽呀。

姐？

如果没有墨镜，众人一定会发现辛燃双眼在喷火。但当着众人，她还是按捺着性子："好巧啊。怎么一个人？"

林沫微笑："经纪人去取行李了。"

"咱们行李不都是随行的吗？"辛燃佯装惊讶，偏头问助理，"还是……我记错了？"

助理答："机舱等级不同，携带行李数也不同。"

"哦……抱歉。"辛燃柔声道，"我忘了，机舱等级不同。"她们同属一家经纪公司，却有着完全不同的待遇呢。

林沫浅笑不语，并不想和她再做口舌之争。

正当辛燃得意扬扬地打算带领众人扬长而去时，簇拥在侧的人群却忽然一阵嘈杂。

"快看那个——"

"欸，那是……林沫？"

顺着众人的目光，辛燃抬首，看向机场中央最大的一块电子屏。

高清保真的屏幕上，林沫一张面孔毫无瑕疵，带着温柔而不争的笑，穿着KI这一季的主推设计礼服，站在白色的背景当中，像不染尘埃的仙子，遗世独立。

Chapter 10

乘风而来

如果说超大电子屏上林沫的 KI 广告，与犄角旮旯里广告灯箱上辛燃代言的口红广告形成的对比，还不够让辛燃怒火中烧的话，那么，下一秒画面一闪，身穿 KI 高定西装的元先生与仙气飘飘的林沫的合影几乎让辛燃咬碎银牙。

元先生西装革履，带着一股子高高在上的禁欲气质，目光却温柔地落在低头凝眸的精灵女孩身上，仿佛在诉说被禁锢在钢筋水泥世界中的精英对跳脱凡尘的渴望。

辛燃多一眼都不想再看 KI 的广告画面，心中只恨当初怎么就没发现元焯与 KIKO 的私交。以她和元家的交情，和 KIKO 搭上关系应当不是难事。心中一思量，她更觉得眼前看起来与世无争的林沫根本是打着小白花的旗号，占尽了便宜，对元焯显然是别有所图的。

林沫自然看见了大屏幕上的自己，却并没有留意辛燃的神情。画面上的元先生勾起了她的相思——自从在片场一聚，至今，他们又半个月没见了。不知道他在西非是不是又黑了、瘦了，跟元氏那群人精斗法，他一定辛苦得很……

“做过模特？”

忽然，略带沙哑的女声打破了僵局。

二十来摄氏度的天气里，说话的年轻女人只穿了包臀的短牛仔裤，露出笔直修长的双腿，肌肤是健康的小麦色，白色 T 恤极短，露出纤瘦结实的小腹，外面却穿了件宽大的黑色棒球服，更显得像纸片人般单薄高挑，夸张的几何形耳环衬托出一张极具辨识度的、巴掌大的小脸，一双狭长的东方式丹凤眼明亮热烈。

见林沫听见她说话后回眸，女人爽朗一笑，伸出手来："你好，胡叶。"

卉春曾和林沫说起过，这个叫胡叶的女孩儿年纪比她们都小，经历却比谁都丰富，是个厉害的角色。

但乍见之下，林沫对胡叶的印象很不赖。她的野心和欲望丝毫不掩藏，明晃晃地挂在眼底、嘴角，似乎一切都是理所应当。相对于辛燃这种披着端庄外衣的心机鬼，林沫还是更喜欢同她这种直来直往的人相处。

"你好，林沫。"

林沫的手与胡叶相握，一白一黑，对比显著，却同样是纤长的手指，手腕细弱。

"KI 的片子，拍得挺专业的。"胡叶松了手，继续问，"之前你做过模特？"

林沫摇头："刚出道的时候拍过一些杂志封面，算不上做过。"

"镜头感是天赋。那他呢？"胡叶信手指向广告里的元先生，"他是职业模特？"

林沫抿嘴："不，不是，他是……"

"他是元氏二公子，天颐娱乐一把手……"辛燃插话道，"看来胡小姐真的久未归国了。"

胡叶面无表情地盯着红色风衣的辛燃打量了一番，转头问林沫："她是谁？"

林沫微笑，没有答。

眼见自家老板快要被同组的女嘉宾气到吐血，辛燃的助理连忙打圆场："胡小姐，这是我们家辛燃。"

"辛燃？"胡叶甚是吃惊的模样，"我事先看过你的照片，怎么不像？"

扑哧。

人群里，不知谁没憋住，笑出了声。

节目组放出的辛燃的照片，张张清丽无瑕，气质出尘，所以，之前林沫出机场的时候，才会被按图索骥的吃瓜群众给错认了。

话说回来，辛小姐的工作室喜欢P图，且下手快狠准，这在圈内也是尽人皆知的。

辛燃优雅地取下黑超墨镜，露出妆容精致的眼睛，似笑非笑地看向胡叶："这样像了吗？"

胡叶双腿交叉，俏皮地一歪头："还是不像，姐姐。"

又是姐姐！

她刚刚被林沫惹得满肚子的火无处发，没想到又来了一个不知好歹的胡叶！如果不是有所图，辛燃简直想当场撂挑子，不拍了。

"都是同辈，叫名字就好。"辛燃保持着微笑，同时对端着手机朝这边拍照的粉丝微笑示意。

胡叶瞟了一眼辛燃背后一大堆的助理、保镖，笑了笑，没理会她，转头问林沫："你也一个人？"胡叶习惯了独来独往，别说云南，就是去欧美拍片子，也能应付得来。

"经纪人也在，这会儿去拿行李了。"林沫问，"你的行李呢？"

胡叶只背了个硕大的双肩背包，耸耸肩："提前寄给节目组了。所以，现在我们要做什么？"

"等节目组的接洽人。"林沫不由自主地喜欢上这个年轻小姑娘，尽管，一看就知道她并不乖，"去那边坐一会儿？"

胡叶顺着她的视线，看向一旁假石山水旁的椅凳，说道："走。"

林沫原本想和阿耀打声招呼再走，没想到一回头，发现那个黝黑的男孩已经不见踪影，只好作罢，末了，没忘了和被人群簇拥的辛燃挥挥手，而胡叶则干脆头也没回就走了。

被两个同组女嘉宾丢在原地的辛燃，怒不得，笑不出，心念一转，干脆拨开了助理和保镖，温和地问跟在后面不远处的粉丝："谁要签名？"

顿时，辛小姐四周就被粉丝们围了个水泄不通，虽然……他们中的一大部分，都是连她是谁也不认识的“签名黄牛”。

正当胡叶追问林沫知不知道男嘉宾是谁的时候，消失的阿耀却又忽然跑到她们面前，手里拿着几张明信片，红着脸说：“那边的叔叔给我的，说是一人选一张。”

林沫抬头，便看见不远处果然有扛着摄像机的人，心知这是录制环节开始了。

接过阿耀的明信片，林沫侧身给胡叶一同看。

三张明信片，三种风格，画的偏偏都是大草原。

一张是线条夸张而色彩斑斓的油画，绿色的草地，蓝色的天，相携的男女并肩而行，画面张扬而热烈，背面手写着英文：Fellow me（跟我走）。

第二张是写意山水画，有种静看云卷云舒的惬意，一栋白色小楼立在湖边，反面是花体英文：I’m told we would go from here（听说，我们要从这里启程）。钢笔字，蓝黑墨水，笔力遒劲，力透纸背。

还没有翻到第三张，胡叶已经将第一张油画放到自己的腿上，笑嘻嘻地说：“我要这张，可以吗？”

林沫却没有回答，因为从第二张明信片的一角滑出了后一张的一隅。

她屏住呼吸，取出第三张，是钢笔的速写：远山、草原、牛羊……这些在前两张上也有，唯独角落处，那栋红顶的牧人小屋，刻意从黑色墨水换成了红色。

小小的红屋顶，戳中了她内心的记忆。她儿时画画，每一次只要画房子，一定是红色的屋顶，仿佛那才是家。

翻过明信片的时候，林沫紧张到指尖发抖。终于看清背面的钢笔字，她几乎立刻眉眼舒展，嘴角的笑意发自肺腑。

Exclusive Memory（独家记忆）。

林沫将第三张明信片贴在胸前，笑着对阿耀说：“我要这张。”

灿烂的笑容让阿耀几乎忘记呼吸，他愣了好几秒才抓起剩下的一张：

“好，好的。”

辛燃拿到阿耀送来的明信片，一直勉强维持的笑容险些挂不住：这是什么规则？别人先选，剩下的给她？再怎么论资排辈，她俩也排不到她前头吧。

可阿耀并不是节目组的人，任辛燃怎么问，他只说：“给我卡片的叔叔只说给你们选，又没说要一起选。”被逼急了，他干脆一吐舌头，闪进人群溜了。

辛燃怒火中烧，重新戴上墨镜，轻声吩咐助理：“找导演。”然后，她也不管签名只签了一半，丢下剩余的粉丝，带着保镖拐进了 VIP 休息室。

助理慌慌张张地打了一通电话，然后回来禀告：“导演说，明信片是男嘉宾自己画的，他们也不知道哪个对应哪个。不过……我还是托内部人士打听到了元先生用的是钢笔。”

话音刚落，一直阴沉着脸的辛燃终于面色稍霁，看向手中用钢笔写的英文花体，一颗心总算落回肚里。

隔着落地玻璃，看向正在交谈的林沫和胡叶，她嘴角一弯。

终于，节目组的工作人员手持着不同的明信片，来与三位女嘉宾“对暗号”，各自带人走。

临分开时，胡叶趁镜头没对着她们，附耳对林沫说：“我和俞沛一组，下个环节……你也别跟我抢。”说完，在林沫微微惊诧的眼神里，胡叶挤眼一笑，迈着一双大长腿快步跟着工作人员走远了。

俞沛？他也来参加了？为什么胡叶会知道男嘉宾是谁？说好的保密呢？她可是连小元哥哥会参加也毫不知情啊！

林沫向工作人员提出要在原地等一等卉春，对方却说会有工作人员的车辆载卉春，让林沫先行前往：“男嘉宾已经在那边等候多时了。”

林沫又给卉春打电话，确定节目组已经和她联络过，才上了节目组安排的车。

摄像师没有跟上车，车内也没安装摄像头，这让林沫终于可以稍微松口气，忙低头与元焯联系。

她没想到离开机场之后，手机居然一格信号也没了。

林沫问前排的工作人员和司机："你们的手机有信号吗？"

"这边信号弱，时有时无的。你可以留意，有信号的时候再打电话。"

"好，嗯……我们要开多久？"

"三个小时左右吧。"工作人员抬头看看窗外的天色，"不过，刚下过雨，山路不好走，也许还得更久。"

林沫拍了拍司机的椅背："辛苦了。"

信号时有时无，她断断续续地给元焯发了好几条信息，却始终没有收到回音。

——真的是你吗？

——为什么没跟我说，是不是剧组要求保密？

——山路好颠簸，我有点晕车，想睡……

山路崎岖颠簸，林沫久久等不到回音，终于握着手机迷迷糊糊地睡着了。

梦里，她终于见到了朝思暮想的人，他远远地站在雾气缭绕的雪山下向她伸出双臂。她欣喜地跑过去，一脚深、一脚浅地踩着绵软的积雪，跌跌撞撞，眼看着要扑进他的怀抱，突然，雪山之上白雾腾起，地动山摇，整个梦境陷入一片白茫茫之中……

林沫猛地惊醒，一脊背的冷汗。

与此同时，车一个急刹，发出尖锐的声音。

她及时伸手撑住，才没有摔向前。

"路被树挡了……"司机说，"过不去。"

车绕了许久，才从泥泞的小路开到隐在深山中的小村庄。

村落古朴，甚至让林沫依稀有种进了古装剧片场的错觉——浅褐色的墙壁、黑色的瓦，矮矮的民宅错落有致。坑洼的路面残留着昨夜的积水，穿着民族服饰的男男女女好奇地远远张望着。

而路边，已经停了一辆商务车，司机正百无聊赖地靠着车门抽烟，见林沫他们下车来，狠狠抽了一口，迎上前：“这咋整？”

林沫这边的司机大叔抬头看看天：“夜里还会有雨，今晚往那边开本来就不安全，在这里歇歇脚也好。”

“关键是没信号。”跟队的工作人员晃着手机，还是一格信号也无，“那边还在等我们的消息。”

林沫看了眼自己的手机，虽然现在一格信号也无，但临睡着前发的信息现在显示都是已发出的状态。她这样中途消失不见，元焯大概会担心吧……她想了想，问：“座机的信号会不会稍微好一点？”

对方一拍脑袋：“我怎么没想到。”说着，他就上前去找当地居民沟通。

从村落深处忽然传出一阵响亮的口哨声，而后是欢呼起哄的声音。

先头的司机一吐眼圈，似笑非笑地说：“是胡叶。”

林沫跟着司机穿过窄窄的巷子，终于看见被围在一群当地少年中间的胡叶。

水泥堆砌的小舞台上，穿着热裤的胡叶被几个当地少男少女簇拥着，怀里抱着半身大小的木吉他，小麦色的肌肤在当地少年之中异常和谐。

她嘴里叼着一根不知名的草，长指一拨，一连串的音符就流泻出来。

她弹的是林沫也曾很心仪的九十年代的民谣——《寻风而来》。

胡叶身侧的少年手握着响篾，试了两个音，追上了她的调子，紧跟着，葫芦笙、三弦琴、铓锣……渐次跟上。这些乐器完全不是一种风格，却别样地汇聚在一起，热闹又疯狂。

胡叶看见了林沫，一口将草叶吐在地面，大声招呼：“来啊，一起！”

林沫许久未曾有过这种热血沸腾的激动——或许是被山林所感染，又或许只是被面前这个少女的狂野所带动，她微笑着走到台边。

台上的本地少年弯腰，向她伸出手来，却在看清她面容的瞬间红了脸，躲开她的视线。

借着少年一股蛮力，林沫跃上了小舞台，胡叶冲她一笑，用脚从地面挑起一个话筒，停下手中的弹奏，递过来："会唱吗？"

林沫飞速地回忆了一下："差不多吧。"

这么多的年年月月，你走着，笑着，

一个人流两个人的泪，

看过了人性的背离，

看过了白云和苍狗，

你始终跟着风的方向，不曾被遗忘。……

辛燃踩着高跟鞋从泥泞坑洼的小路走到小广场的时候，耳边回响的就是这首歌。林沫的嗓音带着一点点嗲、一点点柔，还有属于她个人的鼻音，将这首曾经红遍大江南北的民谣诠释出了自己的味道。

林沫和胡叶在一群土著少年的围绕下，陶醉其间，甚至未曾发觉辛燃的到来。

而辛燃此刻心情格外复杂——她最后一次听到这首歌，是在元氏的一次宴会后，年轻一辈去K歌，沉默了整晚的元焯闭着眼睛唱了这一首。当初她以为那是他的青春，所以他投入，可现在，她忽然觉得那或许是"他们"的青春。

胡叶终于看见了辛燃，却只是微微一笑，并没有招呼她。

林沫闭着眼睛，仿佛回到那个在KTV包房里抱着话筒不松手的时光，背后是他的视线，从未远离。直到点滴凉意落在脸颊，她才恍惚地睁开眼。

"下雨了。"胡叶说。

可土著少年们对于突如其来的山雨显然习以为常，弹奏的动作一下也没停顿。

林沫与胡叶对视一眼，不约而同地笑，重新跟上了节拍。

雨水从淅淅沥沥，到织成细网，地面从微微湿润，到砖面啪嗒地弹起水花。他们从《寻风而来》开始，一首接着一首，林沫会的就自己唱，不会的就把话筒给土著少女，自己接了对方的手鼓打节拍……

辛燃坐在小客栈二楼的"雅座"，隔着雨幕看向小广场上恣意的那两个人，嘴角一撇，端起桌上的白茶，轻抿一口，又吐了回去："这什么茶，这么涩！"

助理连忙说："这是山里产的，新茶，是这边最好的了。"

"穷乡僻壤。"辛燃嘀咕了一句。

天渐渐黑了，雨势越来越大。

少年们终于尽兴，将林沫和胡叶迎进广场旁的小客栈。

"你们是明星吗？"其中一个女孩儿眼睛发亮，"都这么好看。"

"她是模特，我是演员。"因为浑身被打湿，又唱又跳，弄得浑身是汗，林沫将长发束在脑后，更显得一张巴掌大的小脸只余下一双灵动的大眼。

"你都演过哪些戏？"小姑娘追问。

若是以前有人问这个问题，林沫是会尴尬的，因为演员最大的底气还是来自于作品。她温和地问："《庭院深几许》，你们这里会播吗？"她特意没有说《故园山河》，一来山里没有电影院，新影片大概是看不到的，二来，影片也不是这个年龄的小姑娘爱看的。

小姑娘与同伴一对视，眉开眼笑："会啊！预告片放了好些日子了，大家特别期待，啊……我说为什么你这么眼熟，原来是你啊！"

辛燃从楼上施施然地走下来，原以为会被围住问长问短，没想到众人只是侧头看了眼，就又转回去围着林沫她俩了，仿佛下楼来的不过是个路人甲。

"辛……"助理追在身后，都没能赶上辛小姐的步子。

入夜。

林沫和胡叶被安排在楼上的客房，小村落里鲜少有来客，总共不过五六间客房，三个女艺人一人一间，工作人员就只能根据性别拼房了。

房屋老旧，被褥有种湿漉漉的气息。

林沫辗转反侧，听着窗外雷声轰隆隆，偶尔闪电划过，天际乍亮。

她终于叹了口气，披上外套起身出门——之前她在客栈一楼看见过一台固定电话，这会儿夜深人静，应当不会还有人待在那儿吧。

她将烂熟于胸的手机号码拨出去。

果不其然……“对不起，您拨打的电话暂时不在服务区，请稍后再拨。语音留言请按 1，结束请挂机。”

她还是不死心，按下了 1，轻轻地开口：“那个……山路被倒了的树给挡住了，又下大雨，我们今夜过不去了，只好留在山里的小村庄。这里还挺好的，你别担心，明天见，我……我想你。”

林沫呼了口气，心刚刚轻松了些，忽然心头一紧，猛地回身。

辛燃穿着丝质长睡裙，站在楼梯上，居高临下地看着她，似笑非笑地问：“你在给谁打电话？”

林沫一惊，手中的听筒咔嗒掉落。

“这么惊慌？”辛燃微笑着扶着楼梯扶手慢慢地走过来，紧紧地盯着她的眼睛，“男朋友？情人？还是……金主？”

林沫转身，将听筒放好，再抬头时已经淡定了许多：“辛燃姐走路好轻盈，我一点声音也没有听见。”

辛燃见她避重就轻，走到她的身侧，手指抚上座机：“剧组里的？”辛燃分明听见她说明天见。

辛燃难得没有穿高跟鞋，和林沫并肩而站终于不能再压林沫一头。

“是谁……好像是我的私事。”林沫淡淡地裹紧外衣，打算从辛燃的身侧擦过。

“卖小白花人设，走被包养路线，现在又来参加恋爱真人秀……”辛燃一笑，“是想钓个金龟婿吗？林沫，像你这样红不起来的小姑娘，我见多了，比你漂亮有手段的一大把，不要以为……你有什么特别的。”

林沫刚刚踩上楼梯，闻言回身，目光如水：“我不知道你对我的敌意从何而来。不过，我想告诉你，你是演员，我也是。从这一点上，我们没有高低之分，所以……你为什么来参加这个节目，我也是同样的理由。工作而已，不要把人想得太龌龊。”

“没有高低之分？咱们敞开来说话。”辛燃一笑，“如果不是元焯，这个圈里有几个人认识你？你自己心里不清楚？少在我面前装白莲花，我不吃这一套。”

林沫终于笑出来，眉眼一弯，像是听见了笑话：“原来你是为了他。”

辛燃被她的笑容惹恼，细眉一挑：“我和元焯认识这么多年，就连他办公室的密码也设置的是与我相识的日子——这你又不是没有看见。”

与辛燃相识的日子？林沫微微惊诧的表情，落在辛燃的眼中。

辛燃总算扳回一局，心情好转了些：“呵，和你说了，你也不会懂。当初我发现他的密码竟是那个，也很吃惊。谁会想到，元先生会有这么细心浪漫的一面？你说……是不是？”

轰隆。

闪电伴随着雷鸣，客栈虚掩的窗被风刮开，老旧的木窗咯吱作响。

辛燃一惊，朝后退了一步，险些将身后的花瓶撞倒。

而林沫的目光却停留在紧闭的客栈门上。

“你看什么？”

林沫没说话，紧紧蹙着的眉头却一点点地舒展开来。

大门被人哐当推开，扛着摄像机的青年率先冲进室内，抱怨道：“机器要是湿了，可就亏大发了，拍不上第一个镜头，回头还得被骂——”一句话卡在喉头，他已经看见了室内的两个年轻美人。

而林沫的视线早已越过他，落在了刚刚跨入门槛的男人。

雨疏风骤，打湿了男人的头发和面孔，水珠顺着面颊从下颌滚落，被淋湿的眉眼冷峻，却反而带着不可抗拒的诱惑。与扛着摄像机的青年不同，元焯从进屋来的那一秒开始，视线从未离开过楼梯上的女孩儿，紧抿的嘴角在看清她面庞的那一刻终于软化，扬起一道优雅的弧度。

“你怎么……来了？”林沫小跑到中央，又忽然意识到旁边的摄像机已经亮起了灯，赶紧停下，在几步之外看向他，“路不是被堵住了吗？”

元先生轻轻地清了清嗓子，终于忍住将面前的人揽入怀中的冲动，语气平缓地说：“树刚刚已经被挪走了。”顿了顿，他看着她亮晶晶的眼眸，

“我是来接我的‘女朋友’的。”

摄像机上的小红灯一闪一闪。

木头窗棂吱呀吱呀地响着，外面风雨交加。

辛燃还站在一侧，摄像小哥还在屏息。

可林沫只听见对面的元先生说，他是来接他的女朋友的。

在林沫微微诧异的目光中，元焯将长柄伞放在墙角，长腿一跨，几步走到她的面前：“我听说，是你选了我的明信片。”

透过他的镜片，林沫看见他眼底若有若无的笑意，终于缓过神来——是啊，他们这是在恋爱真人秀里，无论做什么都是合情合理的。

她抬头，抿嘴笑：“原来是你……元先生。”她特意用了粉丝们对他的称呼，只是尾声微扬，带了点俏皮的味道。

元先生沉吟了一声：“嗯，是你期待的类型吗？”

他问得直接，林沫不知道怎么回答才好，只得在他的注视里红着脸一直笑。

“等一等！”出声的是辛燃，她先朝摄像小哥示意，等摄像机的工作指示灯熄灭了，才说，“是不是弄错了？元先生的明信片怎么会在林沫那里？”她的内线明明说了，元焯是用钢笔写的字！那不是在她的手上吗？

摄像小哥一愣：“我听导演吩咐的，是林沫啊。”

辛燃勉强维持着耐心：“你给导演打电话，问问清楚。”

摄像小哥为难地说：“都这个点了……”除了他这可怜的人被元大帅哥带出来拍摄，还有谁会醒着啊！

辛燃一挑眉：“出了岔子，你担得起吗？”话刚出口，她用余光瞥了眼元焯，口气又放缓了，“就说我让你打的，保证你没事。”

“不用了。”冷眼旁观的元焯终于出声，“是林沫。你们在机场的那段视频我看过了。”

“怎么可能呢！”辛燃脱口而出，“钢笔字的明信片难道不是你的？”

元焯反问：“你怎么知道是我？”

辛燃不回答，转头狠狠地看向林沫：“当初你和胡叶选剩下的才给我，这节目设置就有问题！”

林沫轻声说：“节目没有剧本，全靠发挥，阿耀会先给你还是我们，谁也没法预料，怎么就有问题了？”

“对啊……辛小姐，其他男嘉宾也各有安排，你再等等。”摄像小哥也安慰道。

他不说还好，他一说，辛燃更是怒火中烧。她就是冲着元焯才来参加这劳什子的恋爱真人秀的好吗？为了这个，她动用了多少手段才挤走了原先的女嘉宾！现在她得跟莫名其妙的男人在屏幕上谈一个月恋爱？！开什么玩笑！

辛燃又气又急，关键是有苦说不出。更让她生气的是，元焯似乎并不介意自己的明信片被一个名不见经传的小艺人挑走，甚至看起来颇为满意？这个林沫，到底有什么好，居然能将元先生攥得紧紧的？

“上楼休息吧。”元焯并没有把辛燃的脾气放在眼里，只软声对身前披着外套的林沫说，“大厅风大，小心着凉。”

林沫裹紧衣裳，看着面前被风雨打湿了大半的元先生：“那你怎么办？”客栈没有空房间了，几个司机和工作人员都是拼房睡的。

元焯四下打量了一番，无所谓地说：“就在这里眯一下好了，天亮我们就出发。”

林沫看向简单铺着垫子、放着抱枕的木质长椅，完全无法想象元先生屈尊窝在上面睡一夜会多么辛苦。

就连摄像小哥也直摇头：“要不，我回车里打发一晚吧。”

“大半夜不睡觉，是有什么好玩的吗？怎么不带上我？”胡叶大概是被他们吵醒了，穿着小吊带上衣、热裤、人字拖就从楼上走了下来。

一眼看见和林沫站在一处的元先生，胡叶哦了一声，眼珠一转：“原来是你啊，林沫，眼光不错哦。”

辛燃看见胡叶衣衫不整，冷哼了一声：“没见有男士在场吗？也不披件衣裳。”这些小门小户出来的女艺人，一个比一个轻浮。

胡叶大笑：“秀场比这夸张的多了去了，姐姐，你这是少见多怪。人家林沫和男士都没吱声，你急什么？”

摄像小哥倒还有几分羞赧，元先生看见胡叶却和瞧见辛燃是同样的神色，礼貌而冷淡，目光相接时点头示意了一下而已。

反倒是林沫关心地说：“不冷啊？”

胡叶摇头：“习惯了。”

正说着，窗外风雨交加之余忽然又多了一阵狂啸，引擎的轰鸣声由低到高，震耳欲聋。窗棂被气流推开，激烈地拍打在墙壁上。

众人皆是一惊，林沫刚刚缩了一下肩，就被身旁的元焯习惯性地揽住肩头，护在身边。

这一幕，被尽职尽责的摄像小哥捕捉到了，自然也落进了辛燃的眼里，她细长的指甲嵌入掌心——她盯了那么久的猎物，怎么就入了旁人的口？

没看见这一幕的，只有胡叶。

她早已经跑到客栈的门口，推开门，看向停在小广场中央的直升机。

螺旋桨渐渐停止旋转，先跳下来的两个男人，一个扛着摄像机，一个扛着照明设备，瞬间将黑漆漆的小广场弄得像大片片场的样子。

正主直到这时候才从机舱里走出来，西装革履，抱着花束，隔着风雨遥遥地看向他们。

林沫疑惑地说：“……俞沛？”

元焯清了下嗓子：“隔了这么远还认得出，交情不错嘛。”

林沫仰头，见他眼底带笑，忍不住眉眼一弯。

俞沛撑着伞抱着花走来。

强光下，胡叶的身段高挑，细腻的肌肤几乎反光，狭长的眼睛带着笑，倚靠在门框上。

“对不起，我来晚了。”好在俞沛够高，站在胡叶面前还算过得去。

将花束递给胡叶，他又说：“这里简陋，睡不惯吧？”

胡叶接了花，瞄了一眼，是百合，便将花束挪到一只手里，不以为意地答：“睡得惯，这儿挺好的。不然，你也来试试？”

此话一出，不光俞沛愣住了，就连围观的林沫和摄像小哥他们也愣住了。

胡叶却爽朗地笑：“干吗呀，都是标准间，没拼过房啊？”

俞沛勉强笑了笑：“总归不大好。走吧，接你回酒店住。”

胡叶想了想：“行，不过，他们呢？”

“直升机上坐不下这么多人。”俞沛的目光不由自主地飘向林沫，自《故园山河》杀青以后，他已经很久没有她的消息。这次听说她是女嘉宾之一，他才答应了这个节目的邀约。

只可惜……他看了眼始终站在林沫身后的元先生，内心叹了口气，他没这位好运啊。

胡叶上楼收拾行李，没两分钟就下来了：“林沫，你去我屋里睡，你男人睡你之前那间屋，搞定。”说完，她将双肩包递给俞沛，然后轻车熟路地挽上他的胳膊，“我们走吧。”

他们风风火火地来，风风火火地去。

目送直升机在风雨中起飞离去，林沫忽然扑哧一笑。

元焯低头，看向身前笑起来眼如新月的姑娘：“笑什么？”

林沫掩嘴：“我觉得胡叶跟俞沛很配。”他们一样不按常理出牌，一样的老司机人设，就是……胡叶能搞得定俞沛吗？

“是吗？”元先生微微低头，靠近了她一点点，“那我俩呢？”

林沫眼底映着灯光：“你觉得呢？”

“不试试……怎么知道？”

哦、哦、哦——这么快就进入状态了？摄像机后的小哥兴奋地默念，却发现镜头里的男人忽然看了过来，然后，便听见元先生礼貌地说：“你不是要去车上睡的吗？”

可怜的摄像小哥收了设备，打着伞深一脚浅一脚地出去了。

林沫看着他憋屈的背影，轻声说：“你就没想留下他跟你拼房睡？”

“不想。”元先生斩钉截铁地说道。

“为什么……”

元先生贴近她的耳朵，轻声说：“那是你睡过的房间，我怎么会让别人进去？”

在林沫面红耳赤时，元先生心情极佳地掉头离开，这才注意到被自己遗忘多时的辛燃。

“你怎么还不去睡？”元焯也没刻意与辛燃生疏。

辛燃咬唇，没有上浓妆，她的自信也弱了不少：“你晚上……睡这里？”

“嗯，不是空了间房出来吗？”虽然其实他不怎么需要就是了。

辛燃蹙眉：“传出去多不好，毕竟那是林沫刚刚住过的。”

“有什么不好？”元先生淡定地从她的身侧走过，“她是我的女朋友。”

她是我的女朋友。

这话听在辛燃的耳朵里，她几乎要炸了！好吧……这是节目拍摄期，元先生拿林沫当女友，骗得了自己，才唬得住观众，她忍。

“你是哪间房？”元焯站在楼梯上，回身看向林沫。

“哦，我带你去。”林沫小跑着跟上他的脚步。

辛燃站在楼梯下，只听见两人若隐若现的对话声。

“要我帮你收拾吗？”

“不用……我很快收好了，把房间让给你。”

“你们几点到这里的？”

“下午三四点吧。”

“你知道谁参加节目吗？”

“不知道……”

听起来都是些无关痛痒的问题，林沫的回答更是毫无情趣。辛燃撇嘴，就凭林沫这个小丫头的段位，恐怕节目结束之时，就是林沫豪门梦断之日了吧。

上楼的时候，听着虚掩的房门里毫无营养的对答，辛燃连多看他们一眼的兴趣也无，径直回了自己的房间，越发不把林沫当对手了。

然而，一门之隔处，谁又知道为什么林沫的答话那样乏善可陈——

除了开口说话的片刻，元焯的视线就未曾离开过她的脸，目光灼热得恨不得将她吞入腹中。

林沫真心诚意地表示，在元先生的猛烈攻势下，能说出合乎逻辑的答案，她已经做得非常好了。

终于，她的手指插在他湿漉漉的头发里，才猛地清醒，睁开雾气蒙蒙的眼睛，看向埋首在自己身前的某人："你头发都湿了，快洗一洗吧……"

元先生眼底闪着火，无声地比了个口型。

——一起吧。

本已无力应付的林沫顿时触了电似的从他的怀里溜出来，一边整理凌乱的衣衫，一边微微扬起声音："……收拾好了，你早点……早点休息，我去隔壁了！"

"明天见。"元焯慵懒地倚在墙边，看着眼前小白兔似的惊慌逃窜的姑娘。

这里的盥洗室老旧，他自然不舍得留她在这里亲热，逗她玩儿而已，果真，一逗一个准。

"明天见！"

林沫逃似的替他关了门，一阵风似的刮进隔壁胡叶的房间。她背靠着门，庆幸走道里没有遇见人，否则，就算她再有演技，也遮不住这满脸绯红。

雨疏风骤，隔着玻璃窗传进来的雨声却不再像片刻之前那样让她心烦意乱了。

翻了个身，林沫稍稍靠近墙壁了些，一墙之隔的对面就是他的枕边。

"晚安。"她说，尽管她的小元哥哥听不见。

林沫终于枕着雨声沉沉睡去，梦里几多温存，略过不表。

清晨，林沫是被窗外的鸟鸣声吵醒的，宁静的山间晨曦，与昨夜的风大雨狂有着天壤之别。

因为行李没能带来，林沫只好换上了客栈老板“接济”的对襟领上衣，窄窄的包臀长裙，为了配合这一身打扮，她特意绾起了发髻。

林沫从楼上下来，在楼梯上看见了正与客栈老板并肩忙碌的元先生。

元焯背对着楼梯，没有看见她下来。

“可以端下来了，火候差不多了。”老板说。

“再炖一会儿吧，她消化不好。”元焯弯下腰，揭开灶上的锅的锅盖看了看，“有冰糖吗？”

“这汤不用放糖。”

元焯淡淡地笑笑：“她怕苦。”

老板笑眯眯地找来冰糖，又问：“你们这是搞啥呢？蜜月旅行还自带摄像师？”说着，他看了眼一直假装自己是空气的摄像小哥。

元焯挑了几颗大小合适的冰糖，丢在锅里：“差不多吧。”

“现在这年头，宠女朋友的人多，宠老婆的人少。年轻人，不错啊。”老板一副过来人的姿态拍拍他的肩，“老婆就是用来疼的，你不疼她，就得小心有人替你疼。”

元焯冷冷地抬眼，一个眼神便让老板心头一紧，他赶紧弥补：“当然，你这样的，旁人没那机会，哈哈哈。”

刚好老板的余光看见了站在楼梯上的林沫，他像见了救星似的赶紧转移话题：“林小姐！这身衣裳跟量身定做似的，好看啊，好看。”

元焯慢慢直起身，回头便看见晨曦之中站在楼梯上的林沫，她素颜，穿着少数民族的花裙，完完全全是林中仙子的曼妙模样。他目光在她身上停了片刻，才说：“醒了？来喝汤。”

一时恍惚，元先生的手指竟径直碰在滚烫的锅盖上，他顿时猛地缩回手。

林沫见状，连忙跑下楼，捉住他的手指在冷水下冲，见只是有点红，并没有起泡，才放下心来。她连忙松开他的手，不由得瞥了眼角落里的摄像小哥，始终还是有点放不开。

小哥忍不住在设备后嚷了一声：“你们随意，当我是空气就行。”

客栈的老板拿了抹布裹住锅把手：“先生担心你昨夜淋雨着凉，特意起了个大早炖人参汤。林小姐，好福气哦。”元先生不仅特意起早，亲自动手……还买了他店里最好的一根人参。

元焯耳根微红，端着锅把手，边走边说：“喝喝看，如果还觉得苦，再加几颗糖。”

林沫坐在桌边，看着他细心地替自己盛汤，抿抿嘴，歪头看着晨光里他温柔的侧脸：“谢谢……元先生。”

“你比我小。”元焯将碗递给她，“叫声哥不为过。”

“什么？”她笑盈盈地明知故问，“小元哥哥吗？”

“嗯。”他坐在她对面，一边取下眼镜擦拭上面的雾气，一边问，“你的朋友怎么称呼你？既然在‘谈恋爱’，我想有必要‘亲近’一点。”

一口汤还没咽下去，林沫抬头看着他微微眯起的眼睛，那里有狡黠、有温柔，她咽下汤：“小顺，我最亲近的人管我叫小顺。”

“为什么？”

“因为他希望我一生平安，顺遂如意。”

元焯戴上眼镜，一笑：“改天介绍我认识认识，对你这么好的人，我也该好好谢谢他。”

林沫眉眼一弯：“好。”

“苦不苦？”

口中的人参汤香醇，还有淡淡的甜。

“不苦。”林沫看了眼锅，“你也喝呀。”

说完，林沫又对“隐身”的摄像小哥招招手：“小哥，你别拍了，喝汤不就这么回事吗？快来喝一点，你们都淋雨了，趁热喝了，压一压，别真折腾得感冒了。”

她的亲切浑然天成。

摄像小哥有种错觉，这个女明星明明美得毫无烟火气，却偏偏又有种平和得仿若家乡妹子的亲切，让人忍不住想要亲近。

三人围桌而坐，低头喝了好几口的小哥终于忍不住问：“我就私下问一句，你俩真是节目里才认识的？”

元焯反问：“为什么这么问？”

“不像啊！”小哥擦擦嘴角，“说句心里话，你俩就跟相识了几十年似的。”

元焯起身，拍拍他的肩：“有前途。”

小哥迷茫地目送元焯转身离开，又看向林沫，后者正双手托碗津津有味地品尝着。

发现他的目光，林沫微笑，朝他眨了眨眼。

所以……他是猜对了？

“啊，辛小姐也起来了，休息得还好吗？”客栈老板殷勤地招呼着下楼来的辛燃。

起床之后，辛燃仔细上了妆，又换了好几身搭配才选定了这套曲线玲珑的运动装，因此耽误了时间。她本以为比起连行李都没有的林沫，自己必然是压倒性的胜利，却不料，林沫居然一副素颜，还穿着少数民族的衣裳，就这么大大咧咧地暴露在镜头之下。

女明星的妆，不是最扒不得的一层皮吗？这个林沫，不化妆的模样像个没长大的孩子，到底哪里来的自信可以素颜出镜？

辛燃努力将目光从林沫的身上移开，笑着问：“这是早餐吗？是什么？”

林沫还没来得及说话，她已经婷婷袅袅地坐在对面——之前元焯坐的位子上。

等了片刻，见并没有人替她盛汤，她疑惑地看向客栈老板。后者尴尬地说：“这个不是小店提供的早餐……是元先生特意给元太太做的。”

辛燃眉头一皱，元太太？啧，真不要脸。

“燃燃，你起来了啊，”她的助理恰巧拎着塑料袋从外面回来，提高了手中的袋子邀功，“早餐我买回来了，你尝尝哪种合胃口？”

顿时，辛燃感觉无比尴尬，留也不是，走也不是，自作多情得格外难堪。

锅里还有汤，林沫本可以顺势邀请辛燃喝一碗，却偏偏没有开口。她就是不喜欢这个人，就像这个人也不喜欢她。

“小元哥哥，我喝饱了。”林沫嫣然一笑，“可以出去逛一逛吗？”

元焯靠在厨房料理台边，眼底带了隐约的笑意。

他是何等眼色，怎么看不出小丫头不待见辛燃，她连摄像小哥都不忘招呼喝一碗驱寒，却偏偏对辛燃只字不提。

他的小姑娘，不知何时开始也有了自己的坚持。这很好，他乐见其成。

“走吧。”元焯又对老板嘱咐了一声，“待会儿其他人起来了，拜托分给大家吧。”

老板连忙应下了，眼看着小美人雀跃地跟在元先生沉稳的脚步后离开客栈，又瞧着摄像小哥端着设备不远不近地跟在身后拍摄，不由得感慨了一句：“这年头小情侣度蜜月都要全程拍摄了啊，不知道要花多少钱。”

被一口豆浆烫了嘴，辛燃将纸杯往桌上一扔，口气不善地问：“我的男嘉宾呢，怎么还没出现？到底还拍不拍了？不拍就算了！”

助理小心翼翼地说：“其实，昨夜挡路的树就是他想办法找人连夜挪走的，不然，元先生也过不来。”言下之意，虽然这个人还没来，但还是尽了心的。

辛燃哼了一声，把土豆饼丢在桌上：“那还磨叽什么，还不快走？拍摄不用赶进度的吗？”

客栈老板听得一头雾水：“你们这是在拍啥戏？”

“恋爱真人秀，你以为那真是元先生、元太太？那是拍戏，节目效果，懂吗？”助理见自家艺人已然不高兴，忙出声解释。

客栈老板挠头：“……不懂。”什么真人秀？拍戏的话，怎么没见着导演？那他自己难道也是龙套演员？

助理叹了口气：“你不认识元先生，不认识林沫，总该认识我们辛燃吧？要不是录节目，我们来这儿干吗？”

老板打着哈哈：“是，您说得在理。”可事实上，他确实不认识这位辛燃啊！她是大明星吗……

这边助理还想解释什么，辛燃已经起身走到门口：“车在哪里？”

助理连忙追着她出去了。

老板摇摇头，一边收拾桌上只吃了几口的早餐，一边嘀咕：“啥明星啊，就冲这素质，也红不了几天。”

Chapter 11

听见真心

清晨的寨子里格外安静，偶尔传来一点声音，反倒更显空寂。昨夜一场大雨残留的湿气，使得整个山寨被笼罩在薄薄的雾气之中。

偶尔路过的村妇，见了并肩在小路上漫步的元先生和林沫，都忍不住多看两眼，然后笑眯眯地擦肩而过。

三番五次之后，林沫终于忍不住问："她们为什么都在笑？我是不是穿得特别奇怪？"

元焯停下脚步，低头打量她，莞尔："可能是没有见过这么养眼的姑娘。"

"噗。"林沫忍不住笑出声，"我说认真的呢。"

元焯一本正经："我也说认真的，一路走过来，我没见谁比你好看。"

林沫感觉又好气又好笑："那是因为一路上都是出来洗衣裳的阿嬷啊！"

"是吗？我没注意。"元焯眼睛都没眨一下，"我只看见你了。"

摄像小哥抖了抖胳膊上的鸡皮疙瘩。谁能料到传说中的"元冰山"说起肉麻话来这么溜啊！

"阿飞……"元焯忽然回身，远远地招呼小哥，"这部分的镜头差不多了吧，要不你先回车上歇会儿吧。"

小哥心领神会，果断地关闭电源，打了个哈欠："刚好我去补会儿觉。你们不要急着回来啊，让我多睡一会儿。"人参汤不能白喝，该有的眼力见还是得有，何况，愣愣地、胡乱地拍，他怕再过一会儿要被狗粮喂饱了！

支走了小哥，林沫的肩头终于一塌，放松了一大半。

“你不用那么紧张的……”元焯轻声说，“观众就是来看秀恩爱的，无论我们做什么，他们都会以为是为了节目效果。”

“……那实际呢？”林沫嘟起嘴。

褐墙黑瓦，四下无人，元先生揽过她的颈项，在光洁的额头一吻：“实际比他们看到的更恩爱。”

林沫一弯腰，从他怀里出来，跑了两步，笑眯眯地问：“你为什么会来？为什么什么也没有告诉我？”

“没为什么。”

“没为什么，是什么？”

——因为不想看你和别人谈恋爱，就算是假装，也不行。

元焯没有说出口，只是缓步走上前，路过的瞬间顺手牵起林沫的手。

不同于以前他总爱牵着她的手腕，这一次，他将她的手指尽数包裹在掌心。

林沫低头，用另一只手掰开他的手指，然后重新与他十指交握，抬起脸冲他一笑：“忽然觉得，参加这个节目也没那么讨厌了。”

元焯手指稍微紧了紧，看着她的笑眼，问：“原本呢？”

原本她怎么可能不讨厌呢？只不过，林沫清楚自己目前正在积攒人气，才勉为其难地说服自己，就当和陌生男演员拍一部没有剧本的爱情片，曲终人散后，就让CP过眼云烟而已，哪曾妄想会在这里遇上他？

“嗯，本来觉得这是个大拖累……”林沫抿嘴笑着看向前路，“现在倒有点感谢公司了。”

“卉春有没有告诉你，这个节目是谁替你接下来的？”

林沫摇头：“她问过，公司只肯说是高层安排的。”

元焯垂下眼睫，轻声说：“是老爷子吩咐的。”

元董？

林沫诧异地抬眼，天颐娱乐跟元氏的关系之疏远，都到了身为天颐艺人都不知道自己归属元氏的地步，元正航又怎么会跨越千山万水，来指派她一个不知名的小演员接拍真人秀？

“小顺，你说过林叔叔去世之后，是沈霆安排你北上念书的，对吗？”

“嗯，沈叔叔怕我睹物思人，所以很快就替我安排妥当了。”事实上，曾经作为林沫父亲旧部下的沈霆，只是因为孤零零的少女陷于“扫把星”的流言蜚语之中，才第一时间安排她离开。但这些都过去了，林沫不想再提起。

“那北上的事，你走之前有没有跟我家老爷子打招呼？”元先生牵着她顺着河道的石阶慢慢走到河边，并肩坐下，“还是说，你谁都没有告诉？”

看着他将自己的外套垫在她的身下，她心中一暖，但这个问题仍旧让她心里生痛。

当年她离开S市，算得上是落荒而逃。她原本想过去和元家长辈打一声招呼，走到元家门口却被元尧挡在门外。他说：“看到你就会联想起林叔，我爸不想看见你，你就不要再不知好歹了。”

最终，谁也不知道她北上念书。而她后来被首任经纪人发掘进入娱乐圈，签入天颐娱乐，回到S市发展，她都不曾去元家拜访过。

潜意识里，她觉得自己是不受元家欢迎的人。

“没有……我谁也没有说。”

元焯牵着她的手放在膝头，无奈地轻笑：“看来，当年你是打定主意和我老死不相往来了。”

林沫稍微朝他靠近了几分：“是想过。”她想过有朝一日会在媒体上“旁观”他娶妻生子，一生顺遂，却跟自己再也没半点关系。

“这么残忍的事，我真没想到，你做得出来。”元先生像是自语，又像自嘲，“我一直以为你是因为不忍心亲口说再见，才没有到机场来送别。”

林沫咬着下唇。

他出国那天，刚好是她北上的同一天——她用这种方式，才让自己能狠得下心不去见他最后一面。他说得没错，这么残忍的事，她得用尽全部力气才做得出。

“老爷子一直以为你和沈霆出国了。而且，他跟我一样，以为你跟沈霆结了婚。”他执起她的手，在白皙温润的手背上轻轻一吻，像是庆幸，又像是为曾经的误会叹息。

被他清晨刚刚冒出的胡楂一戳，林沫感觉手背酥酥麻麻的。难得见元先生露出这样缱绻的表情，她既心酸又无奈：“我不知道为什么会传我和沈叔叔有关联。北上之后，我总共也只和他见过三四次，其中一次是他醉酒后在民政局闹事，工作人员在他手机里找到我的电话号码，才让我去接他的。”

“民政局？”元焯敏锐地捕捉到关键词，“是什么时候的事？”

“大二那年的冬天。”林沫仔细回忆了一下，“我记得跟班主任请假出来的时候，积雪都快没过膝盖了，赶到那里时，工作人员都快要下班了。”

“你穿的白色羽绒服，他穿的红色冲锋衣？”元先生记得倒是分外清楚。

林沫诧异地睁圆了眼：“你怎么知道？”

他怎么可能忘记？那张被寄给他用以佐证“林沫和沈霆结婚了”的照片上，他俩就是这身打扮！当初这张照片让他消沉了那么久，无论再过多少年，他都记得清清楚楚。

“有人拍了你跟他在民政局的照片寄给我。”照片上沈霆的胳膊架在她的肩头，状似亲密，“他当时为了什么事在民政局闹事？”

林沫蹙起眉头，那时候她甚至还没有开始接戏，毫无名气可言，什么人会偷拍她的照片寄给元焯？

她犹豫片刻，说：“沈叔叔原本有个未婚妻，听说那天是去领证的，但未婚妻没去。到底发生了什么，他不肯说，我也就没问。总之，沈叔叔从清晨一直等到傍晚，坐在外面台阶上喝了许多酒，喝醉了后一个人去柜台要求登记结婚，工作人员才无可奈何地在他手机联系人里找到我，让我把他带走。”

“未婚妻为什么没去，他后来也没说过？”

“没说。”林沫无奈地说，“我爸去世之后，元氏终止了跟沈叔叔的公司的贸易往来，那段时间，他的周转很成问题，甚至……还跟我借过一笔钱，那会儿应该是他最难熬的一段时光。当然，后来钱都还给我了，而且现在他的公司做得比当年还要好。”说起沈霆的东山再起，她也与有荣焉。

元焯将她的手背放在鼻尖下，重重地一嗅，半是玩笑地说：“别人的事，你可以稍微不那么放在心上。”

林沫吐舌：“其实，我知道得也不多，毕业之后逢年过节我才给他发发短信。”

“嗯……”元先生老神在在地说，“我知道。”

“你又知道！”林沫嗔道。

“当然，如果不是因为你跟他联系太少……”元先生一笑，“怎么会不知道他也参加了这期拍摄。”

林沫猛地从台阶上站起身：“沈叔叔也来参加《非常婚途》了？！”

元先生不满地一使劲，将她重新拽过来，让她坐在身侧：“有什么好吃惊的？我都能来，他有什么不能。”当然，沈霆在男嘉宾之列，也是元先生说什么都要抽空来录这期节目的原因。他家小姑娘的姓名已经不幸地被和“沈霆”两个字放在一起过，他绝对不能让往事重演。

“可沈叔叔他……”沈霆他真的不像会接拍真人秀的那类人啊！

虽然说起来，作为兼职作曲人，沈霆也算是儒商，确实是《非常婚途》中意的男嘉宾类型。但他文艺、重感情，当初未婚妻爽约都能刺激得他失态，这样的男人，怎么会来参加情感类真人秀，和未知的女明星在镜头前谈情说爱？

元焯抬手，温暖的掌心将林沫的眼睛轻轻一覆：“行了，我来都没见你这么惊喜。”

林沫眼前一片黑，反倒听出了元先生口吻中的酸意，扑哧一笑：“沈叔叔来，我有惊，没喜。你来，我有喜，没惊。”

“没惊？”元先生声音沉沉，略带笑意。

“嗯，你的字迹，还有那幅草原上红顶小屋的画，我还能认不出是你吗？”

元焯的手慢慢地从她的眼前挪开，光明一点点地在她面前重现，随之而来的，是落在额头上的一个吻。

啪！

水花作响，惊动了岸边的两人，林沫这才发现远处河边，正将衣物丢在河水中拍打清洗的村妇笑盈盈地抬头张望，一边笑，一边洗，一边交头接耳。

她顿时红着脸，坐直了身子——她之前倒是被遮了眼睛，又背对着她们，可元先生什么都看得见啊，居然还做这么亲昵的动作！

元焯嘴角带了一丝笑，被她拉起身来，他微微弓身在她的耳边说：“节目播出之后，看到的人比她们还多。”

林沫一张小脸顿时满是委屈，换来某人不怀好意的朗声大笑。

两人信步而行，绕着河道返程的时候，洗衣的村妇从他俩身后超过他们，其中一个大婶操着一口不标准的普通话朝林沫笑着说：“新婚快乐！小丫头真美呢！”

元焯朝对方谦和地笑了笑以示感谢，林沫则一头雾水地看人走远了，才问：“为什么说新婚快乐？”

元先生侧目，云淡风轻地说：“你这身是这边新嫁娘才穿的衣裳。”

“啊？”林沫低头，看着自己花里胡哨的一身，深深感觉自己被客栈老板……坑了。

“沫沫！”

清脆的女声打破了古寨的寂静。

林沫循声望去，看见卉春正在河对岸朝他们挥手，身旁还跟着个半大少年。

四人在河面的石桥上会合，林沫才发现跟在卉春身边的居然是她在机场见过的土著少年阿耀。

看见林沫，阿耀先是喜出望外，紧接着看见她与身旁高大英俊的男人十字相扣的手，笑容又垮了大半：“姐姐，又见面了！”

“还好有阿耀带着我，不然，我还真找不着这地方。”卉春说，“听说你们拐来这里，我就来接你了。不过……”说着，她狐疑地看向元先生，又看看两人十指相扣的手，“元先生怎么也在这里？”

林沫笑盈盈地说：“他是男嘉宾之一啊。”而且，是跟她配对的那一个。

卉春捂嘴：“这么巧！”

林沫与元先生相视一笑，都没说话。

这哪里是巧合，明明是元先生步步为营好吗？

“不过，说起来，这次节目的男嘉宾可真的太给力了。”卉春啧啧叹道，“刚刚我们的车恰好是跟着另一个男嘉宾的车一起过来的，他也太有范儿了……”

“谁？沈……霆？”

卉春眉开眼笑地问：“你也认识？这期节目不火说不过去啊！还剩一个男嘉宾是谁？想来也不会差吧。”

“是俞沛。”

林沫忽然觉得额头有点痛，侧目果然看见元先生正似笑非笑地看着她，眼底有一抹戏谑。

以她贫瘠的社交关系，这一期节目居然能汇聚三个跟她有“瓜葛”的男嘉宾，也真是导演组开天眼了。

“俞小哥？”卉春拊掌，“棒极了。沫沫，没想到歪打正着地捡了宝，这次真人秀没白来。”沈霆、俞沛和元先生，要人气有人气，要吸引力有吸引力，这么华丽的阵容，还担心上线之后收视率不佳？

几人说笑着往回走，没想到在半路上遇见了辛燃。

辛燃背对着他们，毫无察觉，只远远地和面前的男人对峙。

清晨雾气森森，辛燃的长发沾了些许水汽，空气刘海微微贴在额头，一向倨傲的神色竟有些许落寞，抱肘的手指捏紧了衣袖，却将背挺得格外直。

林沫停下脚步，蹙起清秀的眉。

卉春附耳轻声说："只可惜了，居然要和辛燃组 CP，白瞎了这么个大帅哥。"在她看来，沈霆着实是元先生之外最适合她家林沫的，他儒雅、干净，像个超脱世俗的公子哥，据说还曾是兼职作曲人，简直才色兼备。

"林沫，你也在。"辛燃对面的男人开口，语声带着淡淡的笑意。

他穿着藏青色翻袖中式褂子，有一张堪称清秀的面孔，不辨年纪。他头发不长，干净清爽，站在辛燃对面比她高出半个头，不算高，却给人一种竹子般挺拔的印象。

"沈……"林沫生生地把叔叔两个字吞回肚子里。

不远处摄像机的工作指示灯频闪，显然这不是个适合认亲的地方，她只好别别扭扭地直呼其名："沈霆，原来是你啊。"

沈霆温和地看向她："好像长高了？"

林沫满脸黑线，沈叔叔果然还是一秒切换长辈模式。

她的手被元先生不轻不重地握了一下，她退后半步，将身旁的元先生朝前推了一点："这是元焯。"

沈霆伸出手："你好，久仰。"

元焯看着面前与多年前的照片上别无二致的男人，伸手与他相握："你好。"

沈霆似乎察觉到元先生若有深意的目光，却并未放在心上，松手，随意地问："你们打算何时走？"

林沫理所当然地说："听小元哥哥的。"语毕，她才发现，他们作为节目里"刚刚在一起的恋人"，自己叫这昵称叫得似乎太溜了。

果然，就连沈霆也眼含深意地重新打量了一下元焯。

林沫这才记起，因为自己无亲无故，也因为沈霆待她如亲人一般，她曾经对视为长辈的沈霆提起过小元哥哥。只是，沈霆并不认识元焯本人而己。少女的心事忽然无处可藏，她不由自主地干笑了两声，以掩饰内心的尴尬。

好在沈霆无心在镜头前揭穿她，只笑了笑：“也好，我们先走了。”

直到这时，辛燃才慢慢地回过身，林沫这才看见她不自然的面部表情，像是全身的力气都被用来控制面部肌肉，而显得格外僵硬，她说：“原来你们认识。”

沈霆微笑：“故友的女儿，认识得有二十年了。”一句话，干干脆脆地将自己和林沫划成了两代人，丝毫未曾在意这是在节目拍摄当中。

元先生看向他的眼神终于稍微温和了一些，原本对他的疑心也轻了些许。

林沫却狐疑地看着面前的沈霆和辛燃，觉得这两人的互动有种诡异的别扭。尽管沈叔叔似乎还是一如往日般淡然，却明显多了分刻意，否则，以他的性格，他不会在镜头前主动说出两家的关系。

辛燃干笑了一下：“林沫人缘可真好，我自愧不如。”

“比不上你……”沈霆语气温和，说话内容却有些尖锐，“辛小姐才是知交遍布世界，我来这之前就早有耳闻。”

辛燃猛地被他一刺，化了妆的面孔都白了几分。

沈霆并没有再追击，只是将手臂一弯：“走吧，车在外面等许久了。”

辛燃犹豫了一下，终究挽上了他的胳膊。

简单道别之后，沈霆两人并肩离开了。林沫看着辛燃的背影，隐约觉得走在沈霆身旁的辛燃少了几分妖娆，有种说不出的别扭。

“还看。”元先生的掌心落在林沫的头顶，一揉。

“啊！”林沫连忙整理自己的头发，“你知不知道这头发我编了多久啊！”

“不知道，不过……”元先生眼底带笑，“我还是觉得你披着头发最好看。”

哦、哦、哦！卉春猝不及防被狗粮塞满了嘴，低头一看，阿耀果然也是满脸尴尬。

林沫一甩头跑了——这节目就跟解开了元先生的“情话封印”似的，他转眼就成精了！

元焯不急不忙地跟在她身后，一副胸有成竹的模样。

果然，林小妞没跑出多远，就静静地站在树下等他了，等他走到身边微微俯身牵起她的手，再恬静地与他并肩而行。

她是他的，一直都是。

回到客栈时，沈霆和辛燃已经离开了。

客栈老板见元先生和林沫挽着手回来，赶紧问：“两位今晚还住在这里吗？”

“不了，我们有其他安排。”

老板一脸沮丧：“……那也好，虽然我们这里还是挺好看的。”

卉春扑哧一笑：“昨天他俩在旅馆秀恩爱的路透照一出，老板你还担心以后没生意？赶紧多建几间客房才是正经事。”

“路透照？”老板一脸蒙。

卉春拿手机在他眼前晃了晃：“节目的关注度已经赶上上一季的二分之一了，放心啦。”

林沫微微诧异：“这么高？”第一集都还没播出呢。

“就凭这个，就够了。”卉春得意扬扬地将短视频调出，“如果不是这边信号不好，如果能现场直播的话，人气会更高。”

视频里，林沫闭着眼正在陶醉地唱，身侧胡叶抱着吉他眼底笑意飞扬，身侧的少男少女个个恣意地挥洒着热情。雨水一滴一滴地打在镜头上，晕出硕大的光圈，镜头里的林沫和胡叶被雨水淋得浑身湿透，却非常投入又畅快，那是一种用“表演”无法呈现的自在和飞扬。

弹幕刷屏几乎要盖住林沫和胡叶的面孔，一条接着一条。

——真是没有想到，她俩这么合拍！我以为林沫就是一朵娇嫩的小白花！

——我说，不如她俩组个 CP 吧！

——天哪，原来我沫小宇宙这么强！棒棒的！

——虎爷，虎爷，我的最爱！

很显然，林沫被胡叶的野性所勾出来的自我，让粉丝们见到了与平日里谨言慎行的她截然不同的模样，而这样的反差萌，反而让她的吸引力倍增。

手机被元先生接了过去，他津津有味地从头到尾看了一遍。

林沫想从他手里抢过来，手机却被他举过头顶。

她连蹦带跳也够不着，只好气呼呼地站在一旁，嗔怒道："卉卉，你干吗要拿出来嘛——"

卉春看着在元先生面前活力满满的林沫，简直大为欣慰："我觉得挺好的，我想试试给你接个什么《跨界歌王》之类的节目。"

"不要！"林沫斩钉截铁地拒绝，若不是前一日被胡叶感染，让她在那么多人面前唱歌，兴许她还会走调呢。她还是更喜欢安安静静地演戏，所有喧闹都是外在的，演戏的时候只要沉浸在角色中就行了。

元先生终于看完了整段视频，顺手转发给自己，才把手机还给卉春。

笑闹完了，林沫见阿耀还站在角落，便招呼他："你怎么跟来了？"

阿耀说："卉春姐带上我的。"

卉春说："刚好需要地导，我瞧他挺机灵的，不如跟着组跑，总好过在机场倒卖签名。"

"倒卖签名？"林沫一愣。

阿耀的小黑脸瞬间红了一点。

林沫很快反应过来，这才明白为什么阿耀连她和辛燃都不认识，却跑在最前面索要签名了。

见他尴尬地低头不语，林沫伸手摸了摸他的头发："你多大了？"

"十五。"

"怎么不念书了？"

“义务教育结束了……”阿耀说，“该挣钱了。”

林沫垂下眼睫，轻声说：“跟着组跑的时候，你自己多留意留意对什么感兴趣，跟着学习学习，有门手艺傍身，日后剧组走了，你也有谋生的手段。”想了想，她对角落里一直在“隐身”拍摄的小哥说，“飞哥，你要不要助手啊？阿耀很能干的。”

阿飞从设备后探出头，爽快地应了：“成，跟着我学吧。”

阿耀喜不自禁，简直不知怎么感激是好。

林沫又说：“他的路费、食宿，我来负责。”

“谢谢姐姐……”

“是我要谢谢你……”林沫莞尔，“如果没有你，我不一定能拿到那张明信片呢。”否则，既然辛燃早就知道元焯会来，一定会先一步抢走的。

阿耀挠挠头，憨笑。

元焯静静地靠在一边，看着他的小姑娘一如从前，无论受过多少苦难，依旧心怀感恩。

她那么感激阿耀，从没想过这一切都是元焯的安排，更没有想过，就算没有阿耀，元焯也还有别的法子——无论如何，她最终只能是他的女人。

侧目见元先生嘴角带着笑意，林沫问：“所以我们接下来要去哪儿呢？”

“你有没有想去的地方？”

“有！”

宠溺地看着她的眉眼，元焯问：“哪儿？”

林沫抿嘴笑：“你画中的小屋。”

“好。”他答得毫不犹豫，“不过，在去那里之前，我还想带你去个地方。”

林沫眼睛亮晶晶的：“什么地方？”

“一个你曾经梦见过的地方。”

因为元先生说要去的地方不对公众开放，所以，卉春他们并没有跟去，而是约定了集合的地点，次日碰头。

可车在崎岖的山路上走了许久还没到，林沫看着元先生冷峻的侧脸，不由得担心："不然靠边停一停，你休息一会儿好不好？"

林沫几次提出换换手，让他歇会儿，都被拒绝了，理由是不想跟她在这西部山野里长眠。

逼着他连说几句"童言无忌"，林沫才无奈地靠回椅背，看着环着山腰一路盘上来的狭窄山路。她怎么会不知道在这种山路上开车费神，他是怕她累啊。

"你还记得小时候梦见过的水晶塔吗？"元先生一边目不斜视地看着前路，一边问。

林沫起了兴致："水晶墙壁，水晶穹顶，人躺在室内能看见漫天繁星，听见银河星语……"

见她兴奋，元先生微笑："你真是个神奇的丫头。"

"为什么？"

"你梦见这个地方的时候，它还不存在。"元先生打了方向盘，终于从山路上拐进林中，"所以，我发现这里的时候，简直怀疑你会预言。"

车窗外，是一座石头垒起的奇怪建筑，宽敞错落的墙面上既没有门也没有窗，只有砖石最原始的痕迹。

这个建筑孤零零地矗立在林间空地上，幕天席地，如同一个符号，无声地和天地对话。

林沫好奇地抚上墙壁："这是什么地方？"

"一个哲人建的。"元焯关上车门，站在她身边，"是用来寄放灵魂的地方。"

"灵魂……"

在手机地图查询了半晌，林沫疑惑地说："地图上没有这个地方，所有地图都显示这里是荒林。"

"因为不对外开放，所以地图上没有标记。"

"那你怎么找到的？"

他微笑："偶然结识这里的建造者，他给我看了照片之后，我觉得跟你梦里的一模一样，就想带你来看一看。”

“什么时候？”林沫小心地问。

元先生看着她的眼睛，说：“四五年前。”

在她杳无音信的那会儿，他还惦记着她遥远的一个梦……

“走吧……”元焯自然地牵起她的手，这一次他直接与她十指相扣，“去看看你的梦。”

绕过石墙，侧面是一处用竹子搭建的顶棚，顶棚下乱石纵横，完全没有可走的路径。

“这要怎么走？”林沫迟疑地看向杂乱无章的石林。

元焯无声地松开她的手，解开袖扣，稍稍挽起衣袖，露出结实的手臂，回头见她发呆，朝她勾勾手指：“来。”

“……这是要爬过去？”

“嗯，替我收着。”元先生将眼镜拿下折好，递给她，然后在她面前蹲下身，“上来。”

“我自己走吧。”她说。他已经开了这么久的山路，现在一定也很疲倦。

元先生瞥了眼她脚上的小靴子：“上来。”

林沫只好乖乖地伏在他的背上，双手轻扣在他的胸前，惴惴不安地说：“早知道中午少吃一点了。”

“再来一个你，我也背得动。”元先生单手托着她的大腿，见她虚靠在自己的背上，又说，“你贴紧一点，别待会儿摔下去。”

“哦……”

柔软的身子贴上了他的脊背，隔着单薄的衬衣传来一阵温热，他顿了一下，终于什么也没说，将她向上挪了挪，攀上面前的怪石。

石头高高低低，全凭天意。

好在元先生的身体过硬，无论是攀上，还是跃下，都稳稳地托住身后的小姑娘，没让她受半点惊吓。

石林不过短短十多米，出了林子便是一片开阔之地——

倚在悬崖边的一处外延的、用竹子搭建的天台，三面悬空，能看见落地玻璃外的古木参差不齐，极目远眺，青山绿水蜿蜒百里。

从刚刚狭窄窒闷的环境中脱身，忽然面对如此天然的开阔之地，林沫不由得深深呼吸，一声惊叹。

她动了动，打算从元先生的背上下来。

元焯却紧了紧手，将她托高了一点。

林沫莫名地偏头看他，却见没戴眼镜的他嘴角带着一抹坏笑，他说：“这样背着挺好。”

感觉到自己胸口贴在他结实的背上，林沫脸一红，顺手在他的肩头一捶，脱开身来：“你别闹。”

元焯任由她推搡了一下，却俯身低头，将她歪在腰上的小衫拽了拽，挡住腰身：“这边凉。”

山风带着水汽，透过玻璃的寸余间隙穿堂而过，悬挂在顶上的白纱随风轻轻摇曳。

傍晚，夕阳的余晖将天空染成一片血色，鸟鸣声在空旷的山野响起了回音。

远远地，犬吠声像隔了十万八千里而来，寂静、空旷、自然，而且充满力量。

这样的自在，让林沫忍不住走到玻璃幕墙边，张开双臂，双手在身后交握，打开胸襟，闭上眼深呼吸：“这里真是太棒了！”

“嗯，我也觉得。”

元焯站在她的身后，看着她毫不拘束的姿态，不由得微笑。从小到大，她所受到的压抑太多，她给自己的束缚太多，这种自由自在的时候太少，不过……好在，如今的她越来越多的时候是自由自在的。

林沫原地盘膝而坐，手轻轻地搁在腿上，闭上了双眼，耳边有清风阵阵，鸟鸣、山涧水流声、犬吠声……各种声音交错，让她的心越发平静。

耳边一阵窸窣声，元先生在她的身侧落了座，不远不近，一肩之隔。

她没有睁眼，只觉更加安心。

时光里的故人们，在这份静谧之中往返于脑海，所有她爱过的、怨过的、思念过的、不舍过的，一一浮现。

“小元哥哥……”她轻声开口，声音带着细微的回音，“我想我爸妈了。”

“嗯。”

“以前妈隔三岔五就到山里住一阵，静静心。”

“我记得。”

“那会儿我觉得山里太闷、无趣，很少陪她去。”

“每次那时候你就会到我家住几天。”

“对……每次都是在你那儿待着。”林沫闭着眼，记忆里养母徐烨安静的笑脸依稀可见，“现在想想，那会儿妈妈应该是觉得生活特别烦闷，才想逃出来吧。”

“徐阿姨跟林叔叔不是一类人。”元焯看着远山，轻声说，“她跟你比较像。”

当年养父林海每日应酬、奔走，恨不得一步登天，跟元正航一样叱咤商海，极少归家。自从发现林沫和元家少爷玩得来，他就千方百计地把养女朝元家送，可送了几年之后才发觉，跟林沫玩得来的居然不是元尧，而是元焯——元焯是什么人？其母不详，是不受待见的私生子而已，对于元家家业，将来他能分到几分还得打个问号。

从林海发现这一点开始，他对林沫更加冷淡了。

而养母徐烨则完全相反，在林沫的印象里，从她被带回林家的第一天起，徐烨就视她如亲生。发现她和元焯投缘之后，徐烨也只是叮嘱她小姑娘家自己要长点心眼，千万别吃了亏还不知道。

想起往日的点滴，又想起徐烨临终的那一通电话，林沫眼眶微湿，一滴泪顺着脸颊无声地滑落：“我常常梦见她，她一直跟我说，让我不要自责。可越是这样梦见她，我越是觉得……是我害死了他们。”

“你说过徐阿姨那天去学校接你之前给你批过字，还说你是命不好，可徐阿姨不信，对不对？”

“嗯，她在电话里对我只字未提，如果不是我拿起话筒还想跟她说些事，也不会听见她跟我爸说不要提算命先生的事。”

元先生侧目，看向闭着双眼的林沫，她光洁的侧脸在余晖中有种宁静和悲伤，无声滴落的泪留下一道浅浅的痕迹。

他喉头微动，忍住了将她揽入怀中的冲动：“后来，你没有再见过徐阿姨，那当时他们到底听算命先生说了些什么，你是怎么知道的？”

林沫睁开眼，便看见身侧的男人温和而关切的眼神。在她面前，锋利冷淡的元先生总会不经意间恢复成那个柔软的少年。

“爸妈的遗物里有那个算命的给我批的八字。”林沫眉眼微垂，“我还留着那张纸。”

元焯问：“是谁给你的？”

林沫一愣：“元尧……他说警方托他转交的。”

“果然是他。”

对于这份东西的真假，林沫从未怀疑过。

最初是因为沉浸在失去双亲的痛苦之中，后来是因为时过境迁，她不愿再纠缠于往事，可现在，再回想起来，却是处处透着诡异。

“小元哥哥……”林沫迟疑地蹙起眉，“我有种奇怪的感觉。”

“嗯，你说。”

“每次我倒霉，好像都和元尧有关。”林沫说，“包括我之前的经纪人。”

“哦？”元先生挑眉，他一直以为以他家小姑娘之天真，永远察觉不到这一点。

“其实……是卉春先提醒了我。她觉得我之前一直诸事不顺特别奇怪，又加上许露自己说她是受人指使的……卉春就去查了之前几个经纪人的履历和现状，结果发现他们在离开天颐娱乐之后或多或少都跟元尧还有往来，甚至有密切的商务合作。”

元先生倾过身子，将她瘦削的肩头揽入怀中，轻声说：“卉春刚来的时候，你说她是你的福将，现在看来，确实没错。她查到的信息没有被销毁，是因为元尧从没想过会有人追查。”

林沫靠在他的胸前，听着沉稳有力的心跳，猛地抬眼：“你是说——”

“当年那个算命的，除了林叔和徐阿姨，从头到尾没有第三个人接触过，而且他们出事之后，那人也跟着不见踪影，连生意都不做了。”他一边说，一边将目光投向渐渐隐没的夕阳，眼神凛冽，“所以，元尧怎么会知道林叔叔车上的遗物是给你批的字？”

太阳以肉眼可见的速度下沉，仅存霞光。

这样的天色里，林沫苍白的脸上才有了些许血色，单薄的唇被咬得渗出了一丝血迹。

她的声音格外冷：“元尧……他为什么要这么对我？”

林沫一直都知道元尧不喜欢她，嫌弃她来路不明，更生怕自己被她拖累，所以即使一群人外出，也总是他走在头，她走在末尾，素不相干。可如今将所有事连起来再看，竟都与他相关，甚至包括她的北上离家，都是他在暗中捣鬼了。

元焯说：“他从不做无利的买卖，这一点上，我和他都随老爷子。所以……你需要好好地回忆一下，当年是什么地方碍着他了。”

“我能碍着他什么？”林沫自嘲地一笑，小虎牙不自觉地嵌入唇瓣，“在他眼里，我不是一直都是不值得一提的野丫头吗？”

元焯抬手，用食指和中指轻轻分开她的唇瓣，眼看着血丝渐渐渗出来，他浓眉紧蹙，只觉得她整个人紧绷着，只要他松开手，她怕是又要咬伤自己。

他叹了口气，手指滑至她的腮旁，单手撑着身子，背朝向落地玻璃，单膝跪在她的身前，然后用双手捧住她的脸颊，朝渗着血丝的唇吻了下去。

淡淡的血腥气，混合着少女的幽香，元焯怜惜地触碰了一下柔软的唇瓣上的伤口，听见她痛得闷哼一声，他才松开些许：“……笨蛋。”

林沫微微睁开眼，背景是绚烂的霞光、青山绿水、倦鸟归巢……她心爱的男人像手捧珍宝那样既轻又稳地捧着她的脸，近在咫尺。

那些曾伤害她的、欺骗她的、盘桓不去的心结，在他如墨的眼眸里悄然退却，成了无关痛痒的前尘往事，最重要的是，无论经历几多坎坷，他仍旧守在她的身边。

林沫抬起手，轻轻地摘掉元焯的眼镜，放在一旁，然后学着他的动作，纤白的手指抚上他的面颊，与他鼻尖相对："嗯，我是笨蛋，大笨蛋，居然因为莫名其妙的人……离开你。"

她的掌心柔软、温暖，一如其人。

元焯只觉得每次面对他的小姑娘，自己那些尖锐、世故、残忍以及在海外披上的铠甲都荡然无存，像一只被拔了尖刺的刺猬，只想，也只能用最柔软的一面去包容她。

他用唇贴着林沫的唇瓣，轻声说："我带你到这里，是希望这儿能让你的心结解开，往后可以一身轻松。"

林沫稍稍离开地面，移开了唇瓣，起身，然后又贴上他的唇瓣，轻轻一咬："有你在，我会的。"

夕阳落山之后，夜色像是瞬间罩下的布景。

元焯牵起她的手站起身，走到各个角落，一根一根地将白色蜡烛点燃。

烛光辉映着夜色，被落地玻璃反射出星星点点的光，又透过单薄的白纱映出满室温馨。

淡淡的熏香，混合着山间潮湿的泥土气息，弥漫在半封闭的天台里。

元先生倚着玻璃幕墙坐着，身后是从悬崖蜿蜒而上的古树枝丫，他一条腿蜷着，一条腿伸直，将林沫轻轻地拉入怀里，让她枕在自己的腿上，大手在她眼睛上一覆："睡会儿吧，晚点我叫你。"

林沫仰面，看着他笔挺的鼻梁和投下深深阴影的睫毛，纳闷："不走吗？今夜睡在这里？"

"不，再等等。"他说，"时间还没到。"

她翻了个身，面朝着他蜷起身子，呢喃道："你开了那么久的车，不累吗？要不，我借你腿，让你睡一会儿……"结果，一句话没说完，自己先止不住地打了个哈欠。

元先生莞尔，手放在她的肩头：“快睡，养足精神。”

“那好吧，我就稍微眯一会儿……”

结果，说着只眯一会儿的林姑娘，没一会儿就睡沉了，侧脸死死地压在元先生的腿上。

元焯微微歪过头，就看见她被压得微微张开的嘴，她和小时候一模一样，毫无防备，心无城府。

接连多日奔波，本该疲倦至极的元焯却了无睡意，手指有一下没一下地拨弄着她垂落下来的发丝。

林沫无疑是美的，即使她曾远走他乡，还是被无形的手拉回了这个繁华的圈子。她的美丽不同于他结识的任何一个女人，那是种自然而纯粹的美。她美丽而不造作，安静而不乏热情，身处名利场却保留了一颗赤子之心，像误入凡尘的精灵……

而他，原本是想将这精灵护在身侧，不让她单薄的羽翼受半点风吹雨打。可他终究选择了尊重她的梦想，一手将她推上高峰，即便，这样毫无防备的尤物难免被人觊觎，他也在所不惜，只要……他辛苦一点就好了。

烛火被夜风撩拨，明明灭灭。

山上夜风凉，他扯下身旁的白纱覆在她的身上，说：“别怕……一切有我。”

林沫迷迷糊糊醒来的时候，发现自己正被打横抱着。

夜色如墨，繁星点点。

她揉着眼问：“我们这是去哪儿？”

“醒了？”他俯身放下她，理了理她的碎发，“带你去和灵魂对话。”

林沫顺着他的视线，只见月光下矗立着一座两米多高玻璃镜面的钢架金字塔。

镜面反射着月光，呈现出无数的光面，每一面都晶莹剔透。

元焯借着台阶登上高处，拉开隐藏的舱门，探身进去。

林沫听见他的声音带着隐隐的回音："小顺，来。"

林沫站上去，便看见塔里的他仰面朝自己张开双臂。

接住毫不犹豫地跃入怀中的小姑娘，元焯抬手关了舱门，整个塔内顿时变成了幽静而密闭的空间。

林沫的视线很快就适应了塔内的幽暗，而与此同时，漫天星光从塔身各个面的玻璃投射进来，漫天星斗化作万花筒中光怪陆离的光影，他们脚下每动分毫，眼前璀璨夺目的光辉就变幻一次……

林沫捂着嘴，仰面看着穹顶难以用言语形容的幻境，好像忘了呼吸，最后只能化作一声低低的惊叹。

"跟你梦里的像不像？"

几乎密闭的塔内，元焯的声音带着回音。

"像……"林沫像在呓语，"我一直以为这是万花筒里才能看见的景象。"

星光从四面八方将她围绕，他的声音也一样："都说每一颗星是一个灵魂，你想跟徐阿姨说什么，就在这里说吧，总有一颗会替你转达。"

林沫愣了愣，她想跟徐烨说的话太多了。

她曾经日夜难眠，只想徐烨地下有知能听见她说的"对不起"。她承蒙养育之恩，还没来得及报答就给养父母带来天大的灾祸。这种负罪感，让她每年在徐烨夫妻的忌日都只敢送一束花，跪坐在墓碑前静静地待一会儿就走。除了对不起，她觉得徐烨不需要听她其他的任何话。

"妈妈……"

这两个字已经多少年没有被她亲口唤出，此时刚出口，那种汹涌的情绪立刻将一切覆盖。

她仰望着闪烁不定的星辰，哽咽着，终于说出口："谢谢你，我想你，还有……我很好，你和爸爸不要担心。"

星光无言，从四面八方将她拥抱，就像徐烨温柔的目光，就像……她身后元先生温暖的胸膛。

离开钢架金字塔的时候，林沫的情绪已经恢复了许多，只是因为气不顺，一直打嗝不止。

元焯用一只手拍着她的背，引着她绕出建筑群。

“怎么跟孩子似的，一打嗝就停不下来？”

“我又不是，呃——故意的。”林沫一脸无奈，“都怪你惹我……呃！”

元焯的动作没停，轻描淡写地说：“你要不要补个妆？一会儿阿飞来了，就又要开拍了。”

“没事……”她抹了把脸，泪水都干透了，“又不是，呃，大白天。”她懊恼地捶着胸口。

“你确定公开关系后第一次露面，灰头土脸的，也没有关系？”

林沫微微诧异：“公开？”他们不是说只录节目，不肯定、不否认，顺其自然吗？

“嗯，我发了微博广而告之，林沫是我的未婚妻。”元先生停下拍她后背的动作，“省得有人天天觊觎。”

林沫顿时急了：“你明知道元董他对我有误会，你这样贸然公开，不是把元氏往元尧怀里推吗！”

元焯没有说话，静静地看着她，等到她觉得自己说错了话，他才若无其事地耸肩：“骗你的，不打嗝了，走吧。”

林沫这才意识到自己没打嗝了，两步追上他：“真的是骗我的？”

元先生抬手在她的头顶一揉：“一半一半。”

这算什么回答！林沫不满地抬头，正好撞见他若有所思的目光。

“看什么呢……”

“没什么。”他移开视线。

他一直想知道是什么让这个百依百顺的小姑娘抵死不愿同他公开关系。这一激之下，她终于吐出真话——她怕老爷子因为她而放弃他。

“傻瓜。”若不是要为她铺路，这偌大的元氏，他要来又有何用？

嘀嘀——

车喇叭的声响穿透了山林。

随着声响，从林中亮起车灯，卉春的身影从强光背后走出来："可算找到你们了！网上都说这里的主人是个怪人，达官显贵都不让进塔，元先生，你未免也太神通广大了吧！"

元焯不以为意地问："播出了吗？"

林沫一惊，这才想起昨晚是这一季《非常婚途》首播。

她之前辗转反侧，生怕自己名声不佳拖累了小元哥哥……没想到，经过钢架金字塔这一通惊喜，居然给抛到了脑后。

"还是元先生厉害，把你拐到这里，也省得你有多余的心思来担心收视率！"卉春笑嘻嘻地站在阿飞的身后。

"你是说——"林沫小心翼翼地求证。

卉春张开双臂将她抱住："……托元先生的福，开局棒极了！"

Chapter 12

你我的家

卉春将Pad递给林沫的时候，满脸与有荣焉。

“如果不是元先生名草有主，我也要拜倒在他的西装裤下。”卉春满眼冒着粉红泡泡，“我怎么都没想到，高岭之花居然能这么苏……”

林沫戴着耳机，靠在保姆车的沙发上，惴惴不安地点开这一季《非常婚途》的第一期。

第一眼，连节目的logo都没看见——弹幕默认开启，满屏幕被弹幕挡得严严实实。

卉春探身过来替她关了弹幕：“啧，都挡着元先生的脸了。”

林沫顺口笑着说：“昨天你不还是沈霆的迷妹吗？”

“不、不，我现在弃暗投明了。”

“你确定，跟沈叔叔比起来，小元哥哥是‘明’，不是‘暗’吗？”林沫刻意忽视内心的不安，一边看着片头花絮，一边和卉春打趣。

片头是一些剪辑的花絮，有些镜头连她自己都不知道是什么时候被拍到的。

比如，她在机场微微屈膝，俯身和阿耀说话、为他签名的样子。

比如，她和胡叶在寨子里，淋着大雨又唱又跳的样子。

比如，在客栈一楼，风雨交加的夜里，一阵电闪雷鸣，元先生自然而然地将她护在身后，又轻轻地拍了拍她后背的样子。

然后屏幕一闪，画面变成了苍茫的原野，如黛的远山，薄雾绵绵，三两成群的牛羊摇着尾巴在翠绿的平原上悠闲地吃草，偶尔，有苍鹰压着云朵掠过。

这一片静谧中，林间小屋的火红屋顶格外醒目。

穿着灰色针织衫、修身牛仔裤的年轻男人踩着简易的支架，手持着漆刷，一遍一遍地给屋顶上色，虽然看起来漫不经心，却有条不紊，每一处刷得都刚刚好。

“元先生，投资你会，画画你也会，就连这种粉刷的活，你都能做，还有什么你不会做的，还能不能给我们的其他男同胞留点出路。”《非常婚途》的美女主持人娇声笑道。

镜头拉近，男人神情专注，正是最容易让女人心动的模样，鼻梁高挺，薄唇紧抿，微敞的领口露出刀削般的锁骨，对于主持人的调笑，他恍若未闻，专注地完成最后一抹。

林沫不自觉地微微弯了嘴角，这人哪……冷起来，是真的冷。

“你为什么要把屋子漆成红色？”

发问的是沈霆，他穿着白色衬衣、针织开衫，负手站在一边。

“她喜欢。”

“谁？”

元焯没有说话，把手中的刷子放在一边，检查了一下整个屋顶，爬下扶梯，拍拍手，这才开口：“有个人跟我说过，她希望将来住的地方有红色的屋顶，即使站在很远的地方，也一眼就可以看见家的模样，永远都不会迷路。”

沈霆抬头，看着红色屋顶若有所思地说：“你是第二个和我说这样的话的人。”

“第一个人是谁？”

“一个小姑娘，和我说这话的时候泣不成声。”沈霆看着元焯的眼睛，缓缓地说，“那会儿她刚刚失去了父母。”

元焯静静地与他对视。

林沫心头一晃，想起她和沈霆说这句话的时候已经身在北方。收到元正航托人捎来的房款，想到自己从今往后又成了没有家的人，她不禁潸然泪下，这句话在她恍惚间脱口而出。

她倒是没有料到沈叔叔还会记得。

而元焯……她对于红顶屋子的想法，最初就来自幼年玩过家家的时候——他给她搭的乐高小屋，红色的房顶，黑白的斑点狗守在门口。他说，给她搭的屋子永远都在，只要她来，大门永远为她敞开。

那时候的玩具小屋，居然会成为他给她的暗号……

卉春笑嘻嘻地探头过来，看了看画面上交谈的元先生和沈霆，啧啧叹息："既生瑜何生亮，这么好的两个男人放在同一期节目，真是白瞎了。节目组不懂事，这两人分明可以各自单独撑一期节目的。"

林沫不禁莞尔："节目组也是无奈的，小元哥哥……本来不在嘉宾名单里。"

卉春只愣了两秒，立刻会意过来，惋惜地说："真是可怜了俞小哥，夹在这两个成熟男人中间，跟个毛没长齐的小萌物似的。"

林沫笑着睇她："俞沛是多少少女的梦中情人，你这话要是传出去了，得被他的粉丝追出三条街。"

"我喜欢成熟的男人。"卉春哼了一声，"俞小哥那种小弟弟，不是我的菜。"

"那 KIKO 呢？"林沫挑眉看着她笑。

卉春顿时眼珠骨碌碌地转着，转移话题："我是说真的，跟元先生、沈先生比起来，俞小哥简直被虎爷逗得团团转。"

"虎爷？"

"粉丝送给胡叶的昵称。"卉春神秘兮兮地说，"你也有，粉丝们管你叫'小沫沫'……哈哈，还有一群人叫着要你跟虎爷组 CP。"

林沫满脸黑线，正走神，忽然被视频里元焯与沈霆的对话吸引了注意力。

沈霆慵懒地倚在小屋外的藤椅上，问：“你知道谁会做你的恋人吗？”

“三选一，没什么好猜的。”元焯给自己倒了杯茶，捋起袖口，露出结实的胳膊，遥遥地看向远处的山脉，看似漫不经心地说，“缘分这东西，都是天注定。”

“是吗？”沈霆儒雅温和地一笑。

“不是吗？”元焯目光沉静地反问。

两个人心照不宣，相视一笑。

显然，节目组的后期人员没能读出这一笑的含义，否则，一定会把这段剪了。

林沫却看懂了，元焯分明是使用了手段才进组，又偷偷地以红屋顶作为暗号给她传递信息……这样还说是上天注定，哼，真是无商不奸。

但，沈叔叔为什么是一副心照不宣的模样？她倒是有点想不明白了。

沈霆问：“林沫、辛燃，还有胡叶，这三个人，你都认识吗？”

“胡叶不认识，其他两个，认识。你呢？”

“都认识。”沈霆一笑，“但我只为了其中一个人来。”

镜头里的元先生不动声色地听完，慢慢地抿了一口茶水，气定神闲地说：“可惜，选择权并不在你我的手里。”

节目组后期啪地做了段动画，两个男人的视线相接产生火花，打出一行歪歪扭扭的字：情敌相见分外眼红。

林沫再度无语，什么嘛……

沈霆微笑：“你确定？”

元焯挑眉：“天知地知。”

沈霆一笑，拍拍衣衫的尘土：“走了，我那处应该也布置得差不多了，回头聊。”

元焯无声地挥挥手。

人走了，镜头跟着元先生进了小屋，阳光透过薄薄的窗帘落入室内，浅色系的装饰完全跟元先生冷硬的理工男做派格格不入。

字幕：这是为谁准备的？

画面下方分别弹出辛燃、胡叶和林沫三个人的照片。

辛燃喜欢红色，胡叶喜欢蓝紫深色，唯独林沫……一看就与这小屋分外相配。

元焯在铺着柔软的垫子和放着笨拙靠垫的沙发上落了座，弯腰拾起茶几上的钢笔。

笔走游龙，他在空白的明信片上用寥寥几笔画出草原图，末了，换了只红色墨水的钢笔，给小屋勾出红色的屋顶。

跟随他进屋来的主持人问："你猜三个女嘉宾里，谁会选择你？"

元先生淡定地甩了甩手中未干的明信片："林沫吧。"

画外音一声响亮的口哨声响起。

主持人又追问："为什么不是辛燃或者胡叶？我们都听说你跟辛燃的关系也挺好的。"

元先生看向镜头，眼镜后的眼眸里目光深邃认真："不要乱说，女朋友听了会不高兴。"

"女……朋友？"主持人不确定地重复。谁会选中他、和他组成CP还未可知，他口中的女朋友难道是真的女友？

元焯忽然嘴角一弯，笑容温柔宠溺，完完全全颠覆了众人的认知，元先生难道不该是个不解风情的工作狂吗？

"嗯，谁能住进来，就是我的女友。"他的上半句话充满柔情蜜意，可转眼又恢复了常见的画风，"有什么问题吗？"他的声音又冷又硬，不解风情。

"感觉，你特别期待是林沫啊！"大概是为了节目效果，明明碰了一鼻子灰，主持人还是坏笑着继续挖坑，"为什么？难道你们原本就……"

元先生看起来心情极佳，嘴角的弧度瞬间扩大："因为……我是她的粉丝啊。"

"哈哈——"

卉春的大笑声盖过了主持人的回话。

林沫正被元先生的“我是她的粉丝”雷得满脸黑线，只见卉春伸出手来点Pad：“你等等，我把弹幕打开，你就懂了。”

随着她的动作，画面突然就被满满当当的粉红色弹幕给挡得不见天日，连元先生的一根头发丝都看不到了。

——我们家“元高冷”居然是小沫沫的迷弟？！

——别闹，狗粮还没吞下去，我给噎着了……

——哦，不，我本来支持虎爷和小沫沫组CP，现在我有点儿支持元先生了，毕竟人设坍塌、反差萌什么的……超级有爱啊！

——啊，为什么我以前不知道元先生这么苏？我以为，他是不会谈恋爱的！

——我还以为元先生只知道金融、投行、大数据！没想到，他脑子里居然还能装得下明星！

——我就想知道，要是跟他组CP的最终不是林沫，怎么办？

——回复前面的，万一不是林沫，元先生肯定会退出节目组吧？既然咱们能看到节目，应该就是林沫了。

——还有人记得以前林沫跟元先生的“红盖头”合影吗？这是蛛丝马迹啊！

——不对啦，他们应该是拍KI的那个广告才认识的！那应该是第一次同框吧。

……

一条接一条，密密麻麻的弹幕，让林沫连节目在放什么都搞不清，只知道她跟元先生在此之前的所有同框都被粉丝们翻了出来，回味了一遍。

与林沫的预料完全不同，第一期节目播出后，几乎完全没有看到质疑声。只不过，偶尔有人惋惜，没有办法看小天后辛燃征服高岭之花了，但更多的人因为看到清冷孤高的金融小王子放下身段承认自己是个十八线小明星的迷弟而八卦之魂爆棚。

“沫沫，我说……这节目一播出，你的情敌估计有成百上千个了……”卉春调笑说，“你做好心理准备了吗？”

林沫看向车窗外，元先生的车走在他们前方，他说保姆车里睡起来比较舒服，硬是把她赶到这辆车来，自己则独自开车在前方带路。

“不用……”林沫看着弹幕之后隐约可见的元先生的轮廓，“是我的，谁也抢不走。”

卉春渐渐收了玩笑的神情，歪过头微笑着看着她家一直缺乏自信的小白花：“沫沫，你有没有觉得，你慢慢地变了？”

林沫抚着面颊，问：“怎么了？”

“我刚刚做你的经纪人的时候，你没这么自信。如果还是那样的你，你一定会患得患失地问我‘万一粉丝觉得我配不上元先生怎么办，万一以后有很多人跟我竞争怎么办’……”卉春模仿着林沫软软的声调，笑着说，“可你现在居然会说是你的，谁也抢不走。能说出这么霸气的话，不愧是我卉春带的艺人，好样的！”

林沫笑笑，没有反驳她。

卉春说得没错，比起以前，如今的她对未来有信心得多，无论是被导演肯定，还是被粉丝喜爱，都让她坚信自己有那个能力做个好演员……更重要的是，对于小元哥哥，她有百分之百的信心。

她从余光里看见镜头已经拍摄到了沈霆，他给恋人准备的住所是一栋临湖而立的欧式别墅。

“怎么会……”林沫迟疑地说。

卉春看了一眼，问：“什么怎么会？”

林沫说：“这种房子不是沈叔叔喜欢的风格。”沈霆是个淡泊名利的人，无论风光，还是落魄，林沫从来没有见他奢侈品加身，住的一直是普通的住宅区，开的也一直是低调的国产轿车，这种别墅洋楼一向不在他的审美范围内。

这种夸张的欧式别墅，若说是俞沛的选择，林沫都信。可说是沈霆的选择，她就觉得一定是哪里弄错了。

画面里，沈霆怡然自得地坐在别墅的露台，悉心整理着烛台和红酒杯。

“沈叔叔明明不喝红酒，只爱喝白茶。”林沫疑惑地问卉春，“他这是不是按剧组给的剧本来的？”

卉春耸肩：“都说剧组只提要求，不给解决方案。所以，他们做什么选择，完全是自由的吧。”

那就真的奇怪了！

她和沈叔叔相识多年，自认为对他的偏好还算是了解的……这么浮夸的风格，反倒让她想起了另一个人——辛燃。

第三个男嘉宾出现在画面里，林沫瞬间笑出声。

旅游度假区的星级酒店。

画面上的俞沛头上编了个小辫子，正穿着紧身背心在健身房的跑步机上挥汗如雨，主持人在一旁问：“俞小哥，女朋友就要来了，你这会儿拼命健身是什么打算啊？”

俞沛脸色微微泛红，笑容灿烂地冲着镜头露出八颗白牙：“过几天不是要进山里吗？我得做好准备啊。”

“准备什么？”

“万一她走不动了……”俞沛倒有三分腼腆，“好背她。”

主持人故意问：“你说的‘她’是……”

“林……”刚说出一个字，俞沛赶紧停住，眉眼一弯，“三个女嘉宾都是非常棒的女孩儿，哪一个我都OK，我会努力去试着相处的。”

主持人试图进一步挖掘：“那你个人更倾向于哪个呢？”

俞沛扶着跑步机的把手，像是认真思索了一下：“辛燃很漂亮，又端庄大方，是大家闺秀风范，相处起来一定非常愉快。林沫，我们合作过很多次，她是特别有灵气的女孩儿，做事总是特别替别人着想，如果能有机会在一起，我……嗯，会很高兴。”

主持人乐乐追问：“还有一位，胡叶呢？”

俞沛难得地微蹙眉头："接触得比较少，胡小姐应该是很有味道的那种女孩儿吧，挺好的，也挺好的……"

画面在此刻切换成三个男嘉宾各占三分之一屏。

有人来告诉三人，因为风雨交加，山路被倒下的大树阻隔，他们的"恋人"被困在一个寨子里，今晚赶不过来了，他们可以自行选择是否赶去接应。

紧接着，就看见三人各自做出了不同的选择。

小少爷俞沛很快联系到了附近停机坪的直升机。

沈霆则打了几个电话，联系到了当地救援局的头头，对方承诺立刻派人解决路堵问题……

而与此同时，镜头里的元先生已经开车行驶在风雨交加的山路上。

窗外电闪雷鸣，元先生刚硬的线条被勾勒得轮廓分明。

节目组特意将元焯的镜头放大了，后期加了一行字：为了爱情，行走的荷尔蒙。

直到这时候，跟随各男嘉宾的摄像小哥才依照导演的要求，将一封信交给嘉宾。

下一秒，三位男士面色各异。

第一屏里的俞小哥，坐在轰鸣作响的直升机里，怀中抱着娇嫩的花束，满心期待地翻开了卡片，却在看见照片上小麦色肌肤、笑容如向日葵般绚烂的胡叶时，眉头不经意地一蹙。

中间屏，坐在落地窗前、膝上盖着毛毯的沈霆只是淡淡地笑了一下，便将卡片合上了。

而正在开车的元先生，接过后排的阿飞递来的信封，眼睛看着前路。撕开信封之后，看着照片上正飞身向他扑来的林沫，在KI的广告片中飘逸如精灵的模样，他嘴角一弯，特意靠在路边停了车，然后细致地将照片夹在挡风玻璃后的便签夹上。

节目组做后期的时候，特意给画面上加了一枚粉色的爱心。

……

身为当事人，林沫本没感觉到小元哥哥为她所做的一切居然这么“偶像剧”，直到以旁观者的目光来审视，看着他在风雨交加的深夜里推门而入，当电闪雷鸣时理所当然地将她护在身边，用“来到她身边”来让她不再害怕……

如果说俞沛的从天而降是童话里的做法，那么，元先生则更贴近女孩们对恋人的要求：当我需要你的时候，希望你在我抬手可以触碰、抬眼可以看见的地方。

也许正是这个缘故，当第一期的节目以次日清晨元先生系起围裙向客栈老板请教做汤秘籍作为预告结尾的时候，弹幕再一次满屏了。

关上Pad，林沫托着腮看向窗外。

卉春兴奋地说：“所以，我跟你说，托元先生的福，这一期节目的反馈简直棒极了。支持你跟元先生，和支持沈先生、辛燃的粉丝数不相上下……噗，当然，还有支持你跟胡叶的。不过，大多数人都不太看好俞小哥和虎爷呢！”

“胡叶和俞小哥……”林沫沉吟了一声，“其实也许没那么糟呢。”

卉春大笑：“你是说俞小哥订了烛光晚餐，结果虎爷打包了牛排、鸡翅，丢下红酒，拖着俞小哥去酒店外面的大排档，拿炭火重新烤鸡翅，喝啤酒，结果把俞小哥吃得腹泻了……这种事吗？”

林沫被卉春的总结逗乐了，笑着说：“不，我是说他俩的心性挺像的。”虽然他们看起来一个是娇生惯养的星二代，一个是在海外独自拼杀的小野猫，但林沫能在这两人身上感觉到相同的气息，这种气息让她乐意和他们接近，甚至成为朋友。

卉春托腮：“我是管不了他们好不好了……我只希望，你跟元先生之后的人气能一路保持，最好能压过辛燃和沈先生。”

“你这变节变得也太快了。”林沫打趣。

卉春一哼：“虽然沈叔叔又帅又儒雅，但归根到底，你才是我的心头肉啊，沫沫。”

“啊呀，我的鸡皮疙瘩掉满车了——”

“沫沫！”

当那栋坐落在旷野当中的红顶小屋出现在车窗外的时候，天色早已经大亮。

开了大半宿车的阿飞早已疲惫不堪，林沫问：“今天可以不拍摄吗？你们开了这么久的车，去补觉，好好休息一下吧。”

阿飞说：“今天没拍摄任务，这两天你们都可以随意，有想入镜的镜头提前告诉我跟拍就行。其他时候……我也不想一直跟着，放心，放心。”他打着哈欠上了车，“走了，明天见。”

“你不住这里？”

阿飞说：“这里是给你们‘培养感情’的，我得去节目组，明天再来。”

卉春拽着副驾驶的门把手一拉，跳上车：“我要跟导演组确认点儿事，也先走了。沫沫，明天见！”说完，她朝林沫挤了挤眼，“哦，对了，听说沈叔叔和辛燃就在不远处的湖边别墅，俞小哥和虎爷的酒店离这边大概半个小时车程……所以，你俩不算独处，OK？”

车走了。

偌大的草原，突然间一片寂静，只剩下风吹草动，苍鹰翱翔。

清晨的山风带着逼人的寒气，林沫不由得抱紧胳膊。

“还不进去？”元焯将外套顺手披在她的肩头。

她却在挂着竹帘的门口踟蹰。

“怎么了？”

她伸手，抚摸着竹节：“这个是……”

“嗯，以前老宅对街那间铺子的。老板已经退休了，现在是他儿子在经营。”元焯撩开帘子，推她进去，“你还能认得出？”

“嗯，以前你的房间门口挂的就是这个……”林沫说，“每次在家里跑急了，撞上去额头还挺疼的……”话说了一半，她一愣，看见沙发上并排放置的几个方形抱枕，顿时眼眶一红。

与整个屋子的素雅相比，这一组梅兰竹菊的绣花抱枕简直算得上儿戏。但林沫认出了它们。那还是她上初中那会儿的杰作，一年一个，亲手一针一线绣出来的。那时候流行这种所谓的十字绣，尽管她手艺不佳，最简单的绣法也能因为数错针数，而时不时全部推翻重来。

所以，这几个抱枕的绣花，从松紧不齐，到针脚细密不均……肉眼可见其手法欠佳。

“你居然还都留着？”她上前抱起绣得最差的一个，“这么丑的梅花，我以为你早就扔了。”当初，她也只在他房间里看见过最后的菊花枕而已，她一直以为前面绣得差的梅花枕早就被扔了，毕竟他那么嫌弃地嘲笑她“这种绣法跟苏绣比就是小孩把戏”。

谁知道一晃十多年，他居然一个不落地保留得如此好。

“都留着……”元焯走到她的身侧，“你送的每一个东西，我都留着，包括你当初给我的‘交换日记’。”

林沫一听“交换日记”，脑海中顿时一炸。那是中二时期的产物，她确实曾经要求过跟小元哥哥交换日记，最终留在她手上的那本，在她北上离开的时候跟着其他纪念品一起被托付给沈霆收藏了。

没想到元焯居然留着，想起自己当时的中二劲，林沫急匆匆地叮嘱：“那东西可千万不能拿到镜头前来……”

要是那些心事都被公之于众，她恐怕这辈子都没脸出门见人了。

看着小丫头瞬间急红了脸，元先生嘴角一弯：“那个是我的独家记忆，怎么可能和别人分享。”说着，他坐在她身旁的沙发上，顺手将她连抱枕一起揽入怀中，然后朝后一仰，枕着另一个抱枕睡下了，让她的头枕在自己的臂弯里，“累了，陪我睡一会儿。”

林沫将被压在身下的长发挪出来，顺着沙发边缘披散开来，然后寻了个舒服的姿势，窝在他的怀中，闻着他身上特有的气息，乖乖地说：“你睡吧。”

“你呢？”他的声音带着若有若无的鼻音。

“我就看着你睡。”她长长的睫毛微微颤抖，近在咫尺的距离，刚好能感觉到他的气息落在她的睫毛上，“每次都是你忙，我睡，这次换我来守着你。”

元先生目光更加柔和，取下眼镜搁在一旁，一双桃花眼带着笑意。他在她额头一吻：“好，让我养精蓄锐。”

林沫原本没听出他话中深意，脑海中却忽然灵光一闪，某人刀削般的锁骨，鲜明的肌肉线条……甚至耸起的肩胛骨的弧度，和因为激情而从额角滴落的汗水，历历在目。

她嘿嘿干笑了两声，不动声色地朝外挪挪，却立刻被元先生拉了回去，紧紧地箍在身前。

“别乱动……”他声音低沉地警告，然后半睁开眼，目光如水，“不然，我现在也可以的。”

“你睡，你睡！”林沫连忙服软，生怕他真的不顾倦怠地就地执行。

元焯拿下巴在她的头顶轻轻地蹭了蹭，这才安安稳稳地闭上了眼，没多久，伴随着窗外突然而至的风雨，他的呼吸声渐渐沉稳。

林沫不敢乱动，生怕惊动了他，侧身压在他的臂弯。

她听见两个人心跳混合在一起的声音，先是一前一后，然后渐渐地变成了同一个频率，节奏一致得让她怀疑那也许只是他俩中一个人的心跳。

因为是在旷野之中，风雨乍起时，带着呼啸的回音。

如果是平日里，林沫是会怕的。可身旁的人沉稳的呼吸和心跳，却让她浑然忘了恐惧，仿佛处在风和日丽的安乐园，什么也不担心，什么也不在意，只希望雷声小一点，不要吵醒了她疲倦的小元哥哥。

久久地保持同一个姿势没有动，林沫终于也渐渐地陷入了梦乡。

当她的意识处于将醒未醒时，感觉有什么东西轻轻地抵在腿上，下意识地避了避，却没能躲得开，又抬手去推，刚碰到，就听见元先生低沉地吸了口气。

她半梦半醒地睁开眼，恰好撞进他装满欲望的眼睛。

元先生已经醒了许久，窗外雨疏风骤，怀里的人却兀自睡得安逸，让他不忍心惊扰她的美梦，也不知道她究竟梦见了些什么，娇软的身躯不住地朝他贴近，小手不安分地在他身前摩挲，最终居然碰到了他的焦灼之处。

他忍了许久，本想让他的小姑娘多睡一会儿，这会儿却没办法再忍了。

在梦境和现实间分辨不清的林沫，只觉得又热又冷，热的是某人滚烫的身子，冷的是带着身体热度的衣衫不知不觉地无影无踪，等她终于清清楚楚地意识到眼前的不是梦境时，元先生温热的汗水已经落在她的肩头。

“小顺……”元焯的声音带着压抑的沙哑。

“嗯？”她攀着他的肩，声音如猫的低吟。

“如果这次真人秀来的不是我……”元先生咬了一下她的鼻尖，“如果其他人用尽方法来追求你，你会怎么办？”

“演戏……”林沫说，“当成一出爱情剧，仅此而已。”

“如果是沈霆，如果是俞沛，或者其他人呢？”他勉力克制着。

林沫不自觉地笑了一下：“没有如果，小元哥哥，我的世界里从头到尾都没有如果，只有你……”

说话间，一直被动接受的小姑娘双臂用力一撑，身子朝上一顶，元先生终于缴械投降，再没法逼问了。

屋外雷声隆隆，可林沫只听见耳边他的一声低叹。

门被敲响的时候，林沫才从梦中幽幽转醒，只觉得肩胛、胯骨隐隐作痛，低头一看，自己居然套着白色睡裙，安然地躺在单人的小床上。

风从窗缝中钻进来，拂动着白色的纱帘。

她一边换衣，一边侧耳倾听外间的动静。

“听说你的屋子在这里，我想着过来拜访一下。”是辛燃的声音。

林沫匆匆扎好头发，推开门。

站在玄关的辛燃被声音惊动，抬头看见竟是披着外套、裹着睡裙的林沫，尽管头发已经扎起，却明显是一副“在自己家”的放松状态。她生生将目光从林沫的身上挪开，重新看向似乎刚刚沐浴过的元先生，将手中的餐盒递过去：“这是我手工做的点心，有点多，给你……们送一些。”

元焯没有接，擦着头发问：“沈霆人呢，怎么没跟你一起？”

听见沈霆的名字，辛燃僵了一下，然后笑道：“他去山里散步，我闲着也无聊，才做了些点心。”

元焯侧头看了眼站在卧室门口的林沫，朝她招了招手，见她走近了，才问：“你吃吗？”

林沫看了眼辛燃手中精致的餐盒，中式风格，精致小巧，福至心灵地问：“这是沈叔……沈霆准备的吗？”这是沈霆给你准备的，你却拿来送给别的男人？

林沫的话一针见血，辛燃感觉如芒在背，悻悻地收回餐盒，勉强笑了一下：“做得多了，拿给你们尝尝而已。”

元焯顺手擦了一下镜片上的水渍：“让沈霆先吃吧，兴许他胃口好，一个人就能吃光呢。”

“说曹操，曹操到。”林沫微笑着看向屋外的小道。

从山道延伸向这里的小径上，穿着宽松布衣的沈霆正独自缓步而来。

“你也在这里。怎么，出来找我的吗？”沈霆温和地问辛燃，又看了一眼她略显暴露的衣衫，问，“怎么穿这么少就出来了？当心受凉。”

辛燃不自然地伸手撩过耳边的鬓发，顺手将手中的餐盒递给他：“刚出炉的，你尝一尝合不合口味？”

林沫不经意间瞥见了她白皙的手腕上的镯子，那是C家新款，因为价高量少而被众多女星趋之若鹜。

如果不是曾在剧组里听女星们提起，林沫也未必会认得。

这么昂贵的镯子，辛燃居然会在这荒山野岭且没有拍摄计划的日子里佩戴，真是奇怪呢……而且，林沫下意识地看了眼辛小姐的其他配饰和身上的衣裳，竟都是些有市无价的奢侈品，比起她从前的奢华有增无减。

沈霆尝了几口糕点，笑道：“手艺进步很大，林沫、阿焯，你们也可以尝一尝。”

林沫笑着摆手：“不了，辛燃特意做给你的，我们吃了多浪费。”

辛燃垂下浓密的睫毛，没有接林沫的话，倒是沈霆似乎分外受用：“她说这里荒山野岭的，着实无聊，我才给她弄了烘焙的东西过来，没想到倒是给自己造福了。”

他说得轻描淡写，可在这深山老林里搞一套烘焙的东西，不知得费多大劲。他不说，林沫也猜得到，不由得深深地看了他一眼。她并不认为辛燃这爱慕虚荣的性子会是他喜欢的，若说是为了节目效果，这会儿摄像组的人也不在，他又何必逢场作戏呢？

“改天录节目的时候，要不要去我们那边？”沈霆问，“我准备了酒会招待。”

林沫下意识想拒绝，元焯却先一步答应了下来。

等辛燃挽着沈霆的胳膊走远了，林沫才小声问：“为什么答应过去？阿飞不是说，导演组有新指示之前，我们可以自由活动，自选镜头吗？”她觉得沈叔叔简直像是被下了降头，对辛燃百依百顺得可怕不说，甚至有些丢失自我。

“我只是觉得有意思而已，沈霆很反常，不是吗？”

林沫无语地看着玩性大发的某人：“所以呢？”

“刚好你对沈先生也挺有兴趣，就带你过去看看呗。”

“就这样？”她狐疑地问。

“就这样。”元先生答得坦荡荡。他才不会傻到告诉他家小姑娘，自己只不过是想让她亲眼看看沈霆是怎么宠自己女人的，顺便让小姑娘认识到“还是小元哥哥对她最好”。

在去别墅参加酒会之前，阿飞按照元先生的计划，跟着他们进了山林，拍了白天的素材。

当然，与其说是拍摄，不如说是元先生带着整个节目小组游山玩水。

谁也没料到，一直在商场打拼的元先生，居然还是野外露营的一把好手，在山间玩得不亦乐乎，看得跟在身后的林沫连连惊呼。最后，元焯见她当真害怕，干脆拿登山扣将她跟自己扣在一处。

“这下放心了吧？为了不让你受伤，我是绝对不会让自己受伤的。”

这句话林沫信，她总算是稍稍放下心来。

他们翻山越岭，再回到湖畔别墅的时候，小楼里已经灯火通明。

七八辆大大小小的车停在别墅外的空地上，显然，整个节目组的人都收到了邀请。

林沫还没来得及更衣，穿着牛仔衣裤，刚刚走进别墅，就看见众人都已经换上了酒宴的礼服，不禁想回去换身衣裳再来，刚转身，就被人拉住了胳膊。

拉住林沫的是胡叶，她也穿着日常的T恤和破洞牛仔裤，夸张的大耳环晃来晃去。

胡叶一眨眼：“别学他们。在这种大自然里，穿西装、晚礼服，不觉得暴殄天物吗？”

果然，离他们不远处，被节目组的成员包围着的俞小哥也一样格格不入地穿着套头卫衣和休闲裤、板鞋，尽管他一脸不情不愿，一边和人交谈，一边将委屈的目光投向她们。

“好。”林沫答应得很爽快。

胡叶一把揽住她的肩，一边带着她朝里走，一边吐槽：“其实我觉得这个酒会就挺莫名其妙的，这么好的环境，把人都关在这么狭小的屋子里跳舞喝酒？什么鬼！”

林沫深有同感地咳了一声。

二楼扶梯上忽然传来高跟鞋清脆的响声，众人抬头一看，便看见穿着香槟色抹胸礼服的辛燃宛如天人，精致的妆容，璀璨的钻饰，像童话里即将与王子携手的骄傲公主，瞬间将在场的一众女宾比下去了。

胡叶一笑："真别扭。"

而接下来出现的沈霆，则让林沫忍不住低声说："确实别扭。"

一向只爱穿舒适衣衫的沈霆出人意料地换上了一身丝绒礼服，平素自然的短发也被打理过，根根竖起。这种时尚圈人士热衷的打扮，帅还是帅的，但落在沈先生身上有种说不出的诡异。

才子佳人，辛燃挽着沈霆的臂弯，缓缓走了下来。

闪光灯和所有摄像机都对着他俩，辛燃毫无疑问是此刻的焦点和独一无二的女主角。

当音乐响起，从未在林沫面前展露过社交天赋的沈霆，舞步娴熟地领着辛燃旋转，不光让林沫吃惊，就连辛燃显然也备感意外，自始至终，一双美丽的眼睛都未曾离开过沈霆的脸。

因为林沫的刻意退让，胡叶的不以为然，这一场所谓的联谊酒会，完全成了辛燃的主场。

而且，很显然，她对此非常满意。

送别客人的时候，辛燃已经俨然是女主人的派头。

"改天见，林沫。"胡叶朝林沫挥挥手，"下次在山林里见。"

林沫问："你们的车呢？"

"不用车。"胡叶说。

"你们的酒店离这里不是有半个小时车程吗？"

胡叶将身后硕大的登山背包一提，顺便捅了下一旁的俞沛："我俩打算露营，对吧？"

俞小哥哭笑不得："……大概是吧。"

眼看着俞沛不情不愿，但还是寸步不离地跟着胡叶走远，林沫笑着摸了摸鼻尖，还没来得及转身，就被某人揽住肩膀拉入怀里："走吧，看了一晚上的戏，还没看够吗？"

林沫乖乖地朝他胸前一靠："都不如我们家小元哥哥好看。"

"嗯哼。"某人觉得格外受用。

离开的时候，林沫用余光看见站在别墅门口台阶上的沈霆，他似乎蹲下身正在替辛燃整理裙摆，又或者是高跟鞋……总之，他的姿态卑微。

“别看了……”元先生将她的脑袋扶正，“人各有命。”

林沫嗯了一声，收回视线，夜风清凉，她却被元先生的外套罩得一丝风也吹不着。

如果这是她的命，那真是她毕生修来的福气。

自从出道以来，林沫从没有像近来这么惬意自在。

除了拍摄期间偶尔能接到导演组的“指示”之外，其他时间她觉得自己根本就是跟小元哥哥一起被放养了。

山里没有娱乐，睡得早，醒得也早，常常太阳刚露头，林沫就已经挽着元先生的手臂，在泥土小道上漫步。他们溜达一圈回到小屋时，高压锅里的小米粥刚刚煮好，然后元先生便端着热气腾腾的小米粥到屋外享用。

尽管林沫感觉自己拿了酬劳，住在山里吃喝玩乐受之有愧，栏目组导演却说，从粉丝反馈来看，他们就想看俞小哥和胡叶相爱相杀的贵公子改造计划，沈公子和小天后世外桃源的炫富生活，以及高冷的元先生把偶像当成小姑娘宠爱的反差萌……

“一切以观众的需求为导向。”导演说得一本正经。

林沫也就安安心心地在元先生搭建的小窝里休养生息。

用卉春的话说：“就你看书、打瞌睡，元先生拿笔照着你素描，开个直播，粉丝都能看一下午。你别多虑，就当来度假好了。”

趁着没人，林沫偷偷问元焯：“你这么跟我在山里闲逛，元氏那边怎么办？”

元先生用围裙擦擦手上的面粉，在她鼻尖上一刮：“丢了也就丢了，如果我不能继承元氏，你会离开我吗？”

林沫朝前一倒，环住他的腰：“我能养你，我有积蓄，还有片酬……”

她话还没说完，就被元先生双手搂着腰，抱上了料理台，四目相对。

“你说，你要养我？”元焯似笑非笑地看着面前发窘的姑娘。

林沫看着左右的食材，眨巴眨巴眼睛：“我是说……如果……”

“没有如果……”他贴近了她的面孔，将唇轻轻贴在她的唇上方，“即使没有元氏，我也能再给你造一座城池。你不用不安，有我在，什么都不用怕。”

林沫垂着眼睫，看着他的唇：“我知道你的本事，只是，我不想你一个人辛苦。我听见你和许助理的通话了，元尧那边动静很大……可你什么都没有跟我说。”

“烦心事交给我就好。”元焯说得轻松自在，“我只想你在这里调整好状态，等节目结束，回去好好投入冯老的新片里，那才是对你最重要的事。”

林沫听出他在转移话题，更加确信元尧那边的事情棘手。

但他不愿说，她也只有暂时不去问，退一万步说，就算元氏真的落入元尧的手里，最多她离开天颐娱乐另寻东家好了！怕什么，她有金手指。

“冯老的助手前些天还给我打电话了，说是剧本为我做了进一步修改，其他人已经陆续进组，就等我这边杀青之后开拍。”林沫惴惴不安，“冯老厚爱，我真有点怕让他失望。”

“谁的眼光我都可以不信，唯独冯老，他选人从没有出过错。你要相信……”

林沫疑惑：“相信什么？”

元焯嘴角一弯：“相信我的眼光——毕竟，你也是我的选择。”

她眉眼一弯，就势抬手搂住他的脖颈：“你说得对。”

看着她带笑的眉眼，元焯俯身贴近，刚要吻上，却听见厨房的窗外有人刻意地清了清嗓子。

林沫一慌，险些从料理台上跌下去，还好被元焯扶住了腰身。

林沫站稳了，才看清来人居然是辛燃，这些日子，她和沈霆就没停下过炫富、秀恩爱。

辛燃穿着绸缎碎花的露肩衫，露出璀璨的钻饰，唇色艳丽，春风得意。

“虽说摄制组不在，但这里到底还有我和霆在，好歹也收敛一点嘛。”

这一次，辛燃的语气里居然没有多少酸味。

林沫自然听出了这种转变，元焯却毫不在意：“男女朋友，什么样不都正常？”

辛燃想起以前与元先生出席商务宴会，他非但从不替她挡酒，甚至有时因故提前离场，将她丢在一群老狐狸中间。她一直以为，他是不懂怜香惜玉、不解风情的人……所以作为唯一一个能近他身的女人，她一直觉得自己有望正名。

但现在，眼看着他在林沫面前与以前判若两人，辛燃终于确定，他不是不会爱人，而是不会爱她。

两相比较，她终于意识到沈霆的好——无论她曾经对他做过什么，他仍旧心甘情愿为她而来。

辛燃对林沫说：“我来是想告诉你一件事。”

“嗯？”

“霆打算在节目里求婚。”辛燃微笑，眼神带着满满的骄傲，“听说，你曾经和他传过绯闻，我希望那天的拍摄现场，你不要过去。”

说完，辛燃抱歉地笑了笑：“避嫌而已，希望你不要在意。不过，事实上，你也能理解，就算你去了，这一集的热点也会在我跟霆的身上……所以，你不去，也不算有什么损失。”

元焯等她说完，才开口：“雪山？”

辛燃微笑：“山顶。你们可以稍微慢两步，避过那个时段。”

说完了想说的，辛燃几乎没多寒暄就施施然地离开了。

“她说这么失礼的话，你怎么一点都不惊讶？”林沫对于元焯的淡定表示不能理解。

元焯云淡风轻地说：“她就是这么个女人。沈霆肯求婚，她当然就不必再记挂着我，说话也就无所顾忌了。”

他说得太直接，以至于林沫瞠目结舌，她说：“你早就知道她对你心怀鬼胎！”

“在你眼里，我是睁眼瞎吗？”元焯挑眉，“辛燃是什么样的人品，我了解得应该比你还早。”

“那你还——”那你还放任她在周围绕来绕去，还用她做锦元天地的代言人！

元焯揉了揉她蓬松柔软的长发：“傻瓜，商场上就是互相利用。她有人气，锦元要人气，所以，我才用她，这跟她好不好没有关系，只跟她有没有用有关。”

林沫心思简单，爱恨分明，这种妥协，她不懂。

元焯看她被自己的话打击到了，顺手将她揽入怀里，软声安抚：“好了……这些你不懂也没关系。”有他在，他希望她的眼睛不用看见丝毫污秽的东西。

“我想不明白……”林沫温顺地贴在他的胸口，“为什么沈叔叔会选辛燃。原本我以为是为了节目效果，可是，走到求婚这一步，也太过了！”

元焯挑眉：“你在心疼沈叔叔？”

林沫抬头，撇嘴看他：“你别乱吃醋。”

见她回嘴，元先生反倒心情好转：“哦，那是什么？”

林沫说：“我有个奇怪的想法……”

“你说。”

他家小姑娘从来没有“奇怪”的想法，每次她这么说，就是第六感又生效了。

元焯心里清楚，却故意没有纠正她。

“我在想辛燃会不会……是沈叔叔那个逃婚的未婚妻？”

Chapter 13

你愿意吗

真相没让林沫等太久。

雪山拍摄的那一天，辛燃果真盛装出席，带头与沈霆带着摄制组先行拍摄去了。

尽管是雪山，积雪也只在山巅，山脚下的气温依旧有二十多摄氏度。

姗姗来迟的胡叶是万年不变的清凉打扮，因为经常在外面晒太阳，看起来比刚来的时候肤色更深。

但更让林沫惊讶的是，俞小哥比节目镜头里看到的更黑……曾经韩式的鬈发不知道何时剃成了平头，奶油的肤色也依稀有了小麦色的影子。

“你到底是怎么把俞小哥变成现在这副样子的？他曾经对黑眼圈都耿耿于怀的。”林沫笑着问。

胡叶遥遥看了眼俞沛，反问：“他现在的样子，不好吗？”

“还成。”元先生在旁边，林沫最多也只能评价这两个字了。

胡叶说：“他原先身上覆了一层壳，过得多累，我就是扒了他的壳，让他活得更自在而已。”

正说着，一顶太阳帽横空飞来，被胡叶单手接住。

俞沛远远地喊了声：“你倒是做点防晒，再晒黑一点，等你回北美，得给人家当非洲模特用了！”

胡叶咧嘴一笑，毫不在意地把帽子反扣在头顶，回敬说：“你还是操心自己回头怎么演奶油小生吧！我看你，以后大概只能演越南帅哥了。”

俞沛走过来，没好气地说：“还不都是拜你所赐。”说着，他把手中的防晒霜递过来，“涂！”

胡叶背过身：“后背够不到，帮个忙。”

林沫抿嘴偷笑，看着俞小哥嘴硬心软地被胡叶支使得团团转，忽然听胡叶问：“我们是来晚了，你跟元焯来这么早，干吗不跟沈霆他们一起上去？”

“嗯，我想等你来着。”林沫不打算提沈霆求婚的事。

俞沛替胡叶的后背涂了防晒霜，见她低头又去给大腿涂，顿时一把夺过防晒霜，顺手从一边扯过丑陋的滑雪棉裤：“光腿上雪山？你自己想生病，也别挑现在，等会儿感冒了，还得传染给我。”

胡叶却一点也没生气，难得顺从地套上宽松的滑雪棉裤。

林沫与元先生对视一眼，使了个眼色——当初温文儒雅的俞小哥啊，都被虎爷给带坏了！

“今天的录制是直播……”胡叶没发现林沫的小眼神，低头问，“这一耽搁，这一集你们也只能露脸几分钟了。”

“无所谓啊！”林沫笑，“你不也不着急吗？”

胡叶朗声笑：“我本来就不是冲着出镜来的。”

“对，你是冲着折磨我来的。”俞小哥捂着晒伤的脖子嘀咕了一句。

尽管故意磨蹭了一会儿，但毕竟拍摄任务在身，两对情侣还是各自与工作人员搭乘缆车上雪山了。

索道很长，一路从繁花似锦，到寸草不生，又到白雪皑皑，十多分钟时间直接穿越四季。

林沫预先给自己和元先生都准备了防寒的羽绒服，但从缆车玻璃窗向外，她远远地看见了观景平台上穿着水红色小礼服、光着一双细腿的辛燃，不由自主地打了个寒战。

林沫喃喃地说：“我觉得，沈叔叔不会真的求婚的……”

“嗯？为什么？”元焯替她将羽绒衣拉链拉到最上面，把她裹得严严实实。

“如果爱她，怎么舍得让她穿成这样站在雪地里？”

观景平台海拔接近四千五百米，白雪皑皑，一眼望过去，只有零星的、嶙峋的山石裸露在外。

在场的游客、工作人员，大多裹着从山下店铺里租来的军大衣，也有些讲究点的，自带了冲锋衣、羽绒服……所以，穿着裸肩小礼服的辛燃简直亮得扎眼。

虽然不是节假日，但观景平台上的人比平日还要多。

小卖部的老板忙得脚不沾地，一边隔着玻璃看向外面被一群粉丝和摄像机围绕的女明星，一边问店员：“这小姑娘什么来头？这么多人跟着她拍摄。大明星吗？”

店员是个二十岁出头的女孩子，一边翻着烤肠，一边心不在焉地说：“是个女演员，演过几部偶像剧，老板你不看偶像剧，当然不认识她。”

老板不以为然：“不就是演了些偶像剧吗，靠脸吃饭，我当什么大人物呢。这些记者也是闲得慌，大老远地跑这雪山上来拍副臭皮囊，啧啧。”

店员嗤笑了一声：“你当他们爱来啊？”

“这话怎么说？”

“刚刚有几个大老远赶来的记者过来买咖啡，他们说话的时候，我听见了……”店员压低了嗓门八卦，“说是这个女明星自己花钱请人家来拍的呢。”

“这是要干吗？”老板听着都心疼钱。

店员利索地戳了一根烤肠递给外面的顾客：“听说是要订婚了，打算博个头条。”

然而，此刻，据说即将订婚的辛燃却冻得牙关直打战，这种冷，不光来自身体，更来自心里。

为了上镜好看，她甚至没有披外套，光着胳膊和腿就带着摄影团队在冰天雪地里摆 pose。小助理担心她被冻伤，特意拿了姜汤过来，她也没喝——担心唇彩沾在杯子上，影响路透照的美观。

可照片拍完了，导演组安排的“路人互动”也结束了，按照她和沈霆的约定，现在应当是她打着一把红色小伞，独自漫步在通往雪山的路上，被他跪地求婚，然后“意外地”被媒体捕捉，从而成为当日头条新闻。

裹挟着雪花的风冰寒刺骨，辛燃感觉膝盖都僵直得迈不动步子了，还要勉强挺直脊梁保持优雅的姿态，走得慢到不能再慢，终于……远远地，看见西装革履的沈霆出现在道路的前方。

辛燃一喜，手劲松了些许，红伞居然就被山风吹飞了，打了几个滚落向山崖下，将树顶厚重的积雪震了几下，终于消失不见。

这下她整个人彻底暴露在风雪之中，下意识地双臂环抱，语气不由自主地带了点责问的意思：“你去哪儿了？这鬼地方……快要冻死人了。”

沈霆站在离她一米开外，没有打伞，雪花飘落在他长长的睫毛上，凝结成霜。

“等很久了？”

“早拍完了，一直在等你。”辛燃压抑着不快，催促说，“赶紧开始吧，结束后我要回去泡个热水澡……”

沈霆微笑：“那天，也是这样的风雪天。”

“你……什么意思？”辛燃察觉到他的异常。

这些日子以来，沈霆对她有求必应，饭菜是空运来的新鲜果蔬，临时配搭的服饰缺什么衣裳配件，沈霆一个电话就让人连夜采购，甚至从欧美当地直接购买，由专人送来……这一切，完美得宛如天赐，让她几乎忘了，自己对眼前的男人曾有过的辜负。

“没什么意思。”

沈霆一笑，从衣服口袋里取出红色丝绒的小首饰盒，轻轻打开，精致奢华的钻戒在雪光的照射下更显夺目。他将盒子托在手心，单膝跪在雪地中，抬头看向面露疑惑之色的辛燃。

原本围在四周的记者，几乎在一瞬间扛着长枪短炮围了上来，谁都想捕捉最正的求婚镜头。

辛燃下意识地想赶走这些人。

然而，助理远远地躲在人群里——因为辛小姐吩咐过，要装成路透照，工作人员不要出面。

记者们像见了血的蚂蟥，激动地瞄准辛燃和沈公子，谁也不肯退半步，谁也没在意女主角脸上进退两难的神情。

沈霆用余光瞟了眼四周的记者，温文尔雅的脸上浮现一丝嘲讽的笑，看着辛燃的眼睛：“这么多人，你请来的？”

辛燃没有说话，他嘴角的那丝笑，令她的心也跟身体一样瞬间冰冷。

记者们面面相觑，终于也觉得有哪儿不对——这是柔情蜜意的求婚现场吗？

用拇指和食指捏住盒子里的钻戒，沈霆缓缓地直起身，在众人瞩目之中走向辛燃，低头，看着她在风中瑟瑟发抖，缓缓地说：“这枚戒指，是四年前定做的。”

他语声未毕，辛燃已经变了脸色，一张脸上除了艳丽的红唇，再无半点血色，她不由自主地朝后退了两步。

如果不是重逢之后沈霆表现得就像对待失而复得的珍宝，恨不得把天上的星辰都摘给她，她确信自己无论如何也不会吃这棵回头草！

可她怎么也没料到，温和如沈霆，会在这么多镜头前，往事重提。然而，开弓没有回头箭，她别无选择，生怕他再多说一句，落了口实。

心念一动，辛燃伸出冻得发白的手，开口才发现因为紧张而声音沙哑：“我……”她想说她愿意。

可是，沈霆的手从她指尖飞快地挪开，那枚戒指被捏在掌心，他说：“当初你没有要，如今我也没打算给。当时我倾家荡产想为你博得一份安稳，你视而不见。现在不过是些破烂衣裳、珠宝首饰，你就甘愿下嫁。辛燃，你爱慕虚荣，甘愿为了蝇头小利出卖人格，这样的你……”

他一笑："我高攀不起。"

语毕，他扬手，钻戒自高空划出一道抛物线，坠入树顶的积雪之中。

"那人给了你什么？出道的机会？名气？挥金如土的生活？你不就是想要这些吗？当初的我给不了，辛燃，现在我给得了，可我不想给。从一开始，我来参加这个节目，就是冲着你来的。我为你做的所有，等的就是今天。"

温柔的嘴说起伤人的话往往句句剜心，比如沈霆。

他一直淡薄谦逊，从第一次出镜起就扮演着公主身边忠实的骑士，对公主有求必应，寸步不离。

他之前有多温柔，现在就有多冷漠，字字诛心。

"我本想，也就那么两三家媒体和路人，没想到，你居然自作主张招来这么多记者。"沈霆嘲弄地看着她惊惶的神色，"你这样虚荣，还能怪谁呢？"

四周耳语嗡嗡，辛燃感到如芒在背，整个人颤抖着，接连朝后退。

人群随着她的动作一点点地朝后退，谁也没有去接住她，谁也没给她哪怕一丁点的温暖。

也许是在冰天雪地冻了太久，也许是因为连早餐也没有吃，辛燃目光涣散，周遭记者们半生不熟的面孔交错闪现，她怀疑每个人的脸上都挂着看好戏的神色，每个人都在肚子里编纂"小天后辛燃爱慕虚荣，求婚现场惨遭前男友戏弄"的段子，每个曾经被她踩在脚底下的竞争对手都在暗地里嘲笑她……

辛燃一直在往后退，一张白得不见血色的脸孔上，只剩下嘴唇红得触目惊心。

突然，脚边的积雪一松，随着雪块砸落树顶的声响，衣着单薄的年轻女明星在众目睽睽之下脚底发软，眼看就要朝着山崖下倒去。

沈霆原本冷笑地看着她，神情复杂，说不出是复仇的爽快，还是鄙夷，猛地发现她状态有异，想上前拉住她的时候，却发现离得太远，根本够不着她。

眼看着失去平衡的辛燃身处险境，忽然一只白皙的小手拽住了她的胳膊，猛力一拉，让她软软地倒向了另一边。

镜头纷纷追随，这才看见穿着黑色羽绒服的林沫，一只手抓着辛燃，被她压倒在地。

元焯几乎在一秒后就来到林沫的身边，双手扶住她的肩，将她从辛燃身下挪出来，抬头冷眼看向还忙着拍摄的众人："救人啊！"

这才有人回过神来，放下摄像器材过来施以援手。

远远隐匿在人群中的助理惊慌失措地跑上前来，一边打急救电话，一边将自己的大衣脱下裹住自家的艺人。

人群熙熙攘攘地簇拥着昏厥的辛燃进了内室，一如片刻之前簇拥着她出来。

一场闹剧就此结束。

顷刻间，雪地之中，只余下林沫、元焯和面无表情的沈霆。

"你傻吗？如果被她带落悬崖，你要怎么办？！"想到一分钟前，林沫从缆车上跳下来，突然拔足奔进人群，毫不犹豫地拉住摇摇欲坠的辛燃，元焯不寒而栗！这小妮子，永远不懂得明哲保身的道理。

"不是有你在后面吗，你一定会拉住我的。"林沫一边说，一边从元先生的怀里挣脱出来，"沈叔叔……"

她是当年的目击者，明白沈霆深埋在心里多年的愤懑和发现曾爱过的女人只要金钱的不甘。他想让辛燃也体会到那种感受，可是……何必把自己的名声也赔进去！

以辛燃的名气，这事一出，前尘往事必定会被扒得一干二净。沈霆原本因为才情和淡薄而颇有路人缘，如今却掺和进这些破烂事里，难免再无清净。

沈霆张了张口，没出声。元焯将林沫肩膀一带，转过身去："让他静一静吧。"

林沫不放心，又回头看沈霆。

以雪山为背景，身后一片广阔，见她回望，沈霆冷静的面孔终于慢慢露出一抹笑，似安慰，更像释然。

因为辛燃又是花钱，又是动用人脉，找了多家有分量的媒体来曝光这场“雪山之巅的求婚”，所以，数年前辛小姐曾因爱慕虚荣，抛弃濒临破产的未婚夫，另攀高枝的新闻当晚就从西部雪山纷纷扬扬地传到了整个圈中。

辛燃在粉丝眼里素来是白富美人设，可这新闻曝光之后，陆续有故人、旧友、老同学蹦出来，把她的过去抖得干干净净——她工薪家庭出身，与沈霆恋爱之后，接受沈公子的资助出国镀金，学成归国之后已经到了谈婚论嫁的阶段，却因为沈霆投资失败濒临破产而狠心提出分手。

然而，最关键的是，辛小姐跟沈公子分手不足两个月就高调出道，首次出演偶像剧就是女一号，一炮而红。力捧她上位的富商多少年来一直隐在幕后，甚至曾有粉丝怀疑那人就是沈霆，结果，这一次，终于被“知情人士”抖出——金主竟是元氏的少东家元尧。

嫌贫爱富，攀龙附凤，爱慕虚荣……种种的恶评就像当年的好评一般如潮水般涌来。

导演组在沉默两天之后，终于通知后续的节目录制将由林沫、元焯、胡叶和俞沛四人完成，沈霆和辛燃就此退出本季的录制。

卉春叹息：“辛辛苦苦打拼了这么多年才累积的一点人气，散得比烟还快。”

“那是因为她的人气都是假的……”林沫趴在窗台，抬头看向远山，“粉丝喜欢的是她捏造出来的那个大小姐，而不是她，这种名气没什么意思……”

“还有更没意思的呢，她才出事，元大公子就避之不及……”卉春冷笑了一下，“也真是世态炎凉。听说她的经纪人回天颐娱乐求过情，想争取一下，兴许过阵子她还能借剧重新火起来。结果，董事会下来的意见是，让天颐娱乐直接弃用她，等合约期限到了自动解约，真是……凉薄啊。”

“董事会？”林沫敏锐地捕捉到了重点。

“对啊，说是董事会。如今元董几乎不管事，元先生在这里……那还不就是元尧说了算？到底还曾是他的女人，他却见死不救。”

眼前闪过元尧那双阴冷的眼睛，林沫不由得蹙起了眉。

突然，元先生丢在桌上的手机嗡嗡作响，林沫扬声说：“你的电话——”

正在屋外给林沫的花花草草松土的元焯头也没抬：“谁的？”

林沫起身，拿起手机一看，来电显示——辛燃。

元焯翻土的动作没停，哦了一声，随意地说：“你接，看她有什么事。”

林沫把手机朝外一推：“人家找你的。”

元焯摊手给她看自己沾了泥巴的手指，她只好勉勉强强地答应：“给你开免提模式。”

电话刚接通，对面就传来隐约的啜泣声。

林沫和卉春对视一眼，元焯倒是小心地扶着林沫种的一株小花，头也没抬。

对面的人小声地哭了一会儿，见这一边没动静，才抽噎着问：“阿焯，你在听吗？”

“在，有什么事？”

听见元先生的声音，辛燃的哭腔更甚：“你可不可以跟元董说说，不要封杀我？我手头还有三部戏约，明年就要投拍。粉丝都是健忘的，到时候片子上映了，这些事都会过去的。”

元焯慢条斯理地拿起抹布擦拭着叶片上的泥土：“你凭什么觉得我会替你求情？”

“……当初锦元天地的代言那么多女明星来竞争，你却力挺我，这些我一直都铭记在心。如果不是沈霆他……”话说得急了，辛燃又觉得不妥，顿了一下，“如果这次是我和你一起组 CP，就不会是现在的光景了。我知道，你对我——”

林沫撇撇嘴，卉春皱皱鼻子。

元先生将手中的抹布放下，就着一旁的水龙头仔细地清理手指上的泥土：“我对你？我对你怎样？”

辛燃声音哽咽：“我知道你办公室门的锁的密码，是我跟你初次见面的日子，四月十一日，你的心意，我……都知道。”

一直面色冷淡的元焯，直到这时候才勾出一抹笑：“初次见面，你还记得是在哪里？”

辛燃稍微振奋，顺着他的话说：“在南郊农场，那天下雨……你没有带伞。”

南郊农场？

林沫一愣，那不就是被元氏改造成游乐场的那片空地？当初那是厂区农田的混合区，也是她跟小元哥哥的童年基地。四月十一日，她生日的那天，元焯在那里和辛燃初次相逢？

元焯擦干了手上的水，接过手机，顺便对发愣的林沫笑了一下，靠在窗边，问：“我一直很想知道，那天你去农场，原本是为了做什么？”

辛燃明显愣了一下：“只是路过而已。”

“那边当时正在整体拆迁，附近的高架桥尚未修好，车开过去要绕将近两个小时。”元先生明知故问，“你是去哪里要路过那里？”

辛燃支吾了一下，语焉不详：“过去那么久，我不记得了……”

“那你还记不记得，当时是谁叫你‘路过’的？如果还记得，现在你还是去求他，或许更有用。”

“你——”

“辛小姐，既然你对我们的关系有所误会，我想有必要澄清一下。第一，当初锦元天地选择代言人的时候，你的网络投票数比其他几个候选人都多，所以，我选择你。如果放在今时今日，你没有一丝一毫的胜算。第二，因为那天是四月十一日，我去农场是为了纪念对我重要的人，所以，我办公室门的锁的密码才是 0411，而不是因为……那天遇见了你。”

对面一片寂静。

连卉春都可以想象，把元先生当作最后的救命稻草而打电话来的辛燃，此刻已经被刺得遍体鳞伤。然而，不知道为什么，她只觉得爽极了！

“明白了？我挂了。”说完，元焯毫不犹豫地挂断了电话。

林沫眨巴眨巴眼：“是元尧让她去农场‘邂逅’你的？”

“你说呢？”元焯把手机递给她，重新蹲下身，认真地打理花草，对待这些青葱的小生命时温和又细致，与方才不留情面的模样判若两人。

“为什么？”不是说，辛燃曾是元尧的女人吗？

卉春轻声讪笑：“还能为什么？套近乎，拉人情，放在元先生旁边做个奸细，必要的时候拿出来用一用，搞不好还能让人身败名裂。毕竟……你看辛燃这种人，为了名利，什么做不出来？”

“卉春。”元先生淡淡地叫了一声。这些龌龊的事，他不想污了他家小姑娘的耳朵。

卉春捂住嘴，摆摆手：“算了，算了，那种人不值得我们费心，她自己就够作死自己了。”

林沫站在阳台上，看着蹲在窗台下忙碌的元先生。

高原的阳光懒洋洋地照在他的身上，勾勒出金色的轮廓。

眼前的这个男人啊……爱与不爱，还真是分得一清二楚，完全没有灰色地带。

随着网络上层出不穷的爆料，小天后辛燃渐渐成了爱慕虚荣、忘恩负义的代名词，再加上天颐娱乐的无所作为，任由黑料漫天，既不做公关，又不正面挺自家的艺人，更造成了墙倒众人推的势头。

终于，在《非常婚途》临近收官的一期节目播出的那天，有狗仔爆料说辛燃办理了离境手续，出国“疗伤”去了。然而，这条爆料下面除了寥寥无几的几声讽刺，再也没有引起更大的水花。

人走茶凉。

反倒是许多人对沈公子的下落颇为好奇，有人怪他分手之后没有绅士风度，但更多的人则说何必委曲求全，对辛燃这种趋炎附势、毫无节操的女人，最好的办法就是用美元撒她一脸，然后踩着脸潇洒地离开。

可惜，吃瓜群众没有等来沈公子觅得真爱、潇洒生活的消息。

准确地说，他从此消失在公众的视野，就连经营得风生水起的公司也交由副手管理，一个人背着行囊浪迹天涯去了，没有发微博，没有发Facebook，没有一丝一毫的消息传回国内。

就连林沫也只在夜深人静的时候，收到过他发来的一条短信。

沈霆说：珍惜元焯，那孩子为你付出良多。

她回复：我会的，也祝你幸福，沈叔叔。

对方再也没有回应，从此以后，那个手机号也停用了，再也没消息。

尽管少了一对CP，但沈霆、辛燃的事意外地给节目炒热了话题，收视率一路飙升，俞小哥和虎爷，元先生与小沫沫，一对吵吵闹闹日渐钟情，一对甜甜蜜蜜恩爱无比，在世外桃源与世无争地过着小日子，各自获得真爱。

是夜。

刚刚结束拍摄，摄制组浩浩荡荡地离开了，林沫和元先生并肩坐在小屋外的藤椅上，他手臂扶着椅背，让她的背和椅背的凉气隔开。

“明天就可以回去了。”林沫枕在他的手臂上，仰面看着如在眼前的星辰，“明明没有多久，我却觉得恍如隔世。小元哥哥，你说我是不是根本不应该进娱乐圈？如果就在这里住着，种花、牧羊，也挺好的。”

“后悔了？”他笑，“当初是谁说，要飞黄腾达，还要养我的？”

林沫一笑，眼里星辰闪烁：“我只是觉得这里真好，没有闪光灯，没有狗仔队，一到夜晚就只有天上的星星、地上的牛羊，我每天都觉得特别安心。你知道吗？我很久没有过那种不安的感觉了。”

元先生弯起手臂，漫不经心地玩着她垂落的发丝：“你确定你的安心是因为星星和牛羊，而不是因为……我？”

林沫狡黠地笑：“你猜。”

“我倒是挺想回去的。”

“哦……也是，元氏那边那么多烦心事，你却陪我在这里浪费时间。”林沫笑着掩饰失落，“是我考虑得不周到。”

她的话音未落，元先生的手掌已经不轻不重地落在她的头顶。

他侧过脸，认真地看着她：“小顺，你不用在我面前学着怎么圆滑。喜欢就是喜欢，讨厌就是讨厌，我爱你，是因为你是你。无论你做什么，都不会让我的爱少一点。而且，陪你在这里不是在浪费我的时间，我期待回去，也不是为了元氏的股权……”

“我来这里，是为了把我的女孩追到手，想回去，是想让所有人知道，我追到了。”一向沉稳的元先生像个骄傲的少年，“你也看到了，我们在一起，粉丝乐见其成，完全没有你所担心的负面消息，所以……不如回去就正式订婚吧。”

她又被求婚了。

林沫站起身，叉着腰，半是玩笑地说：“你觉得我是因为担心别人的眼光，才不肯公开我俩的关系？小元哥哥，我有那么肤浅吗？”

元先生悠闲地看着奓毛的小姑娘，说：“你是担心老爷子，怕因为我跟你在一起，他迁怒于我。”

他都知道……

林沫放下手：“我不想元董也觉得你是在泡小明星。”

“我知道。”

“我想有一天，他看到我们在一起的时候，觉得我是个有本事的演员，我对你的事业有帮助，而不是你一直在帮我。”

“我知道。”

“不会太久的，你相信我，冯老的戏我有信心，《故园山河》和《庭院深几许》的反响也都不错……就算这些都不行，我还可以拍新的，总有一天，我会拿到金凤奖的。”

“我知道。”

林沫被他接连的“我知道”闹得没了脾气：“你怎么什么都知道……”

“有一件事，我不知道。”

“什么？”

元先生抬手一拉，将她拉入怀里，双臂一收将她箍住了，贴着她白皙小巧的耳垂，轻声问：“我不知道，排除所有外在因素，你到底愿不愿意——”你到底愿不愿意，嫁我为妻？

旷野之中，夜风徐徐，他的嗓音带着蓄意而为的引诱，像一双手轻轻地将她的心捧起。

林沫抬起他圈在身前的手臂，放在唇边，轻轻地亲了一下。

她想说：我愿意，当然愿意。

可是，她才说了一个“我”字，就听见远处传来了轰鸣。

那声轰鸣从深山之中传来，沉闷，压抑。

与此同时，山林之中飞禽受到惊吓，黑压压的一片扑棱着翅膀冲上云霄。

远处牛栏和羊栏里的牛羊一阵骚动，高高低低的叫声错落。

啪！

栅栏竟被牛羊冲破了。

成群的牛羊，背对着群山，朝出山的方向一路狂奔，顷刻间地动山摇。

这种震颤，让人难以分辨来自何方。

加上夜色昏沉，山林之中鸟啼兽吼，层层叠叠的回音来回荡漾。

这个曾经静谧优雅的地方，在刹那间如同被打开了地狱之门。

从元焯膝上起身的林沫，惊慌地拉着他的手，眼看着牛群和羊群身后尘土飞扬，而地面的震颤却并没有因为牲畜的远去而缓和。

"地震？"

林沫回过头，身后的男人正神情凝重地看着她。

"应该是。"元焯的声音在大自然的轰鸣中低不可闻，他拉住林沫的手，将她从小屋旁边带离。

屋子建在山脚下，面朝一片开阔的草原，他们就站在一片旷野中。

四周空无一物，这看起来是当下最安全的地方。

脚下的震颤令他们依靠相互支撑才能站稳，而从远山之中传来越来越沉的轰隆声，像逐渐逼近的、危险的巨兽。

"震级还不算大……"元焯将她紧紧护在怀里，"怕只怕——"

一句话还未说完，由远及近的折断声甚至隐约盖过了地底的轰鸣。

山体滑坡！

不知是山石还是泥土，或者两者都有，在前些时日的暴雨冲刷之下松动了，又在这场突如其来的地震中，从半山腰倾泻而下，裹挟着断枝、山石的泥土势如破竹，转眼间汹涌而来，一路之上，摧枯拉朽。

崩塌，以肉眼可见的速度，从山腰处开始。

从缓慢的塌陷，到滚雪球般的汹涌滚落，也不过是转眼间的事。

元焯和林沫连一句话也顾不上说，手牵着手追着方才牛羊奔去的方向，沿出山的小路狂奔。

出山的路，只有这么一条。

两侧是高耸的峭壁——这是人工开凿的一条路。路顺着山体一路盘桓向上，刚好与泥石流的方向垂直，看起来似乎是逃离的唯一出路。

牲畜们凭着直觉，一路狂奔向上，抢占了制高点，乱成一团，四足交替奔走，焦躁不安。

元焯拽着林沫，也朝着那边奔跑。

呼啸的泥石流，似乎距离还远，又似乎下一秒就要将一切吞没。

眼看他们离羊群很近了，林沫却忽然猛地一顿，双手拉住元焯的左臂。

元焯回头，只见黑暗中她的双眼晶亮，像丛林中穿行的精灵。

林沫什么也来不及说，反手拉住元焯，朝着另一处石壁奔去。

那里与泥石流的侵袭方向相差无几，而且没有牲畜们占据的那块地势高，虽说石壁看起来平稳结实，可相较而言，似乎并不是避难首选。

可元焯毫不犹豫地信任她的判断，在明白了她的意图之后，转而跑在她的前方，拼尽全力地拉着她奔跑。

突然，毫无预兆的一阵坍塌发生了。

牛羊的惨叫声瞬间响彻山谷。

出山的那条唯一的路，夹在崖壁之间的那一段，被一侧坍塌的山石，混杂着折断的古木，瞬间淹没。那群避难的牛羊一头也没有幸免，转眼间丧命在从天而降的土石之下。

林沫与元焯对视一眼，她不自觉地咽了一口唾沫，手指在发抖，心脏的搏动已经达到了极限。

可他们没有时间害怕，元先生将她的手攥得死紧，他从没有对她这样用力过。

终于，元焯停在那一面石壁前，自然形成的石壁凹凸不平，青苔斑驳，大约两米多高。他双手撑在石壁上，背对着林沫。

她一愣，没有动。

“上来。”命令的口吻。

过去那么多年，他从未对林沫用过这样的口气。

林沫知道一秒也耽搁不得，咬着唇一言不发地攀上他的肩。

她身子轻盈，踩着他的背，手指抠住石块，借着他的托力，攀上石壁。

没等坐稳，她就立刻俯下身，向元焯伸出手，全然没有顾及岩面湿滑，没有可以借力的地方，凭她的力气很可能非但无法拉人上来，反而有被他扯下去的可能。

“快啊！”林沫尖声叫道。

黑暗中，元焯看见她向来温和的双眼闪着歇斯底里的疯狂，就像如果他这一秒拒绝上去，她下一秒就会跳下来，和他共存亡。

这样的小姑娘，他怎么舍得就这样留她一个人独活？仿佛是在生死攸关的一瞬被激发了潜能，当身后的轰隆声几乎近在耳畔时，当为了稳住身体，手指几乎要抠进岩缝里时，元焯终于在那双纤细手臂的拼命拉扯之下，攀了上去。

林沫的手臂脱力，一下摔倒在地，还未及爬起来，只见面前人影一晃，元焯已经单膝跪在她的面前，反手将她按得埋下头，双臂支起，把她整个护在自己的怀中。

与此同时，林沫只听见轰隆声由远及近，裹挟着泥土的腥气铺天盖地席卷而来。

她什么也看不见，半点也动不了。

在快要失去意识的最后一秒，她抬手，紧紧地攥住了他的衣襟，恍然想起，她还没告诉小元哥哥，她是愿意的——一百万个愿意。

世界陷入黑暗。

那种让人胆战心惊的震颤也渐行渐远，终于，四周渐渐平静下来。

面前有光。

是个冬天，因为她面前的小孩子们都穿着厚厚的棉袄。

林沫看见了还是十来岁的元焯。

他在同龄人里看起来苍白羸弱，穿着厚重的棉服，蓬松的帽子衬得那张清秀苍白的面孔格外小，少年单薄的身材和深凹的眼窝令他看起来与其他人格格不入。

“小元哥哥！”

林沫回头，便看见一个穿着红色中式小袄的丫头片子，顶着羊角辫屁颠屁颠地跑过来，红着小脸，眼中闪着泪花告状：“小元哥哥，他们欺负我，你一定要帮我！”

那是当年的林沫，年幼的她哭得一把鼻涕一把泪。

元焯毫不在乎地拿自己的衣袖在她的脸上一抹：“他们怎么你了？”

“他们玩过家家，让我演尧哥哥的新娘，我不干，他们就把丽丽的胳膊给拽掉了……”小林沫哭哭啼啼地把身后少了条胳膊的玩具娃娃拿出来，“小元哥哥，能不能帮我把丽丽的胳膊要回来？我是真的不想演尧哥哥的新娘子。”

白茫茫、空荡荡的背景里，林沫眼看着竹竿似的少年义无反顾地奔进人群，又被推搡出来，再进去，与他们争执，推搡，打作一团……

当他灰头土脸地回到小林沫面前时，衣服也不知在哪儿被划破了，里面白色的棉花钻了出来。

他把手中的玩偶的胳膊递给她，又把眼镜取下来检查——镜片碎了。

小林沫接过玩偶的胳膊，指着地上搭起的乐高积木：“这是给我的吗？”

“嗯。”少年将开裂的眼镜重新戴上，“喜欢吗？”

小林沫从旁边拾起几块红色积木，换掉小屋的房顶：“红色房顶的家，这样不管走到哪里，我都能找到你啦！”

林沫蹲下身，站在少年少女的中间，仔细端详那间红顶小屋——原来，她对红房子的执念，是从这里开始的。

原来，她都忘了的起源，元焯都还记得。

“元焯！”男人威严的声音穿透了空荡荡的场景。

那是年轻时的元正航，还有同样年轻的养父林海。

元正航怒不可遏地呵斥：“又打架，你跟你妈到底都学了些什么？打架，逞凶，还有什么？！”

“元叔叔，不关小元哥哥的事，他是想替我要回丽丽的胳膊，是尧哥哥他们欺负他……”小林沫着急解释，却被林海一把夺过手里的玩偶，摔在地上，她顿时吓得一言不发。

林海说：“还不给元尧道歉？”

元正航说：“算了。”

林海却上前，推搡着林沫的背：“……没有带耳朵吗？”

“算了，这孩子太……”元正航欲言又止，最终铁青着脸，走了。

林海恨铁不成钢地瞪了小林沫一眼，也走了。

她撇着嘴，想哭又不敢哭。

元焯拾起地上的玩偶，拍了拍灰，递给她，她的眼泪才吧嗒吧嗒地掉下来。

“别哭……”少年轻声说，“将来我带你走，不会让你再受委屈。”

林沫看着曾经的他们，却突然脊背发凉，回过头，才发现远处的一角站着的高大少年。他衣着光鲜，相貌俊朗，只一双眼睛阴沉沉的，泛着厌恶的光。

那是少年时候的元尧。

他手里拿着一个崭新的玩偶，脚边是精巧华丽的乐高城堡。

可是，小林沫完全没有注意到他，只顾对着她的小元哥哥抹眼泪。

少年元尧一脚踹飞了旁边的城堡，用手扯掉玩偶的脑袋，甩在地面，一言不发地离开。

小林沫对此一无所知。

林沫却被少年元尧眼里的厌恶与戾气吓得一激灵。

“沫沫，你终于醒了！”

眼前的白，与刚刚苍茫的白重叠，林沫眼皮开了合，合了开，几番之后终于完全清醒过来。

她的手臂上还打着吊瓶，手和脚似乎动弹起来还算轻便。

“卉卉，小元哥哥呢？”她开口，声音沙哑，鼻腔、咽喉一阵钝痛。

卉春慌忙扶住她的肩，让她平躺：“你呼吸道受了损伤，还没消炎，这两天少讲话，养一养。”

“小元哥哥呢？”林沫疼得捂住胸口，然而那里依旧钝痛。

不安、恐惧，失去意识前的一幕反复浮现在她的眼前，他替她挡住了第一次的冲击，然后，他们似乎一起被黑暗吞没。

“幸好，你们在的地方地势高，掩埋得浅……救援队过去，第一时间就发现你们了。”卉春在病床前守了十几个小时，早已一脸憔悴。

林沫追问：“他人呢？”

“沫沫，你放轻松，听我说……”卉春试图让她紧绷的神经稍微放松一点，“元先生跟你一起得救了。”

“他现在在哪儿？”林沫抚着胸口，翻身从病床上下来。

“他在手术室，脊柱受了些伤……”卉春一把拉住林沫，“你不要去，元董也在！”

Chapter 14

她的勇气

逸安医院。

作为最靠近震源地区的三甲医院，这里接收了大部分从受灾地区送出的伤员。

此刻位于住院楼三层的手术室，清一色地亮着红色的工作灯。

时不时往来进出的家属，无不忧心忡忡。

而最里间的手术室门口，坐在轮椅上的老人显然与旁人不同，他刻着岁月痕迹的脸上看不见一丝一毫的情绪波动，金属边框的老花镜后一双苍老的眼古井无波，唯独拿着折断了的眼镜架的右手，几不可察地微微颤抖，泄露了老人内心的情绪。

“元董，医生说应该问题不大，您放宽心……”

元正航的唇抖动了几下，终于发出声音：“我当初，为什么要叫你把林家那丫头给弄到这个鬼地方来……”

助理沉默，不知该如何安慰这个听闻小儿子出事、不顾病体连夜乘飞机赶来的老人。

人人都说元正航冷血，不苟言笑，对两个儿子就像对待下属一样毫不留情，只有他知道，血浓于水，在血缘面前，这个老人依旧是个护犊子的父亲。

“这是天灾，谁也料不到，您也不要多想，别阿焯康复，您却病倒了……”

元正航摇头："这不是天灾，这是人祸。这是林家丫头带来的灾，她克父克母克亲眷，这是命。"

身后楼梯道口沉重的防火门忽然发出一声闷响，助理回头去看的时候，门正缓缓地合上。

楼道里，穿着病号服、戴着口罩的林沫苍白着一张脸，靠在楼梯扶手上。

跟在她身后的卉春也听见了元正航说的"林家丫头带来的灾""这是命"，说不惊讶是假的。这些流言蜚语，作为她的经纪人，卉春自然是早有耳闻，但卉春没料到站在商界顶端的元家老爷子居然也相信这种流言。

"沫沫，元董那是着急上火说的气话。"卉春担心地看着林沫越发惨白的脸色。

林沫摆摆手，呼吸急促，胸口的钝痛夹杂着心疼，她都分不清是身体更疼，还是心里更疼。

突然，防火门被推开了，两个护士抱着病历本边说话，边走出来。

"……病人痛苦，对外面的家属也真是折磨。"

"对啊，我看那老爷子身体也不大好，在外面坐了有好几个小时了吧？"

"哪个家属不操心呢！"

话说了一半，小护士终于看见站在楼梯上戴着口罩的病人，噤了声。

"……林沫？"

林沫经常素颜出现在镜头面前，所以，此刻的她与电视上差别并不大，即便戴着硕大的口罩，那双精灵似的眼睛，依旧特征鲜明。

往日里，林沫对待粉丝算是极亲近的，但此刻她只能无力地避开对方探究的眼神。

小护士看着她苍白的脸色，不由得追问："你是不是哪里不舒服？"

林沫别过脸，攥着病服的衣襟，转身就要下楼，没想到眼前一花，一脚踏空，连着滑了几级台阶，跌坐在楼梯上。

小护士惊呼了一声，卉春慌忙上前扶住她。

沉重的防火门再度被拉开，林沫被扶起身，抬头便看见楼梯最上方坐在轮椅上的元正航。

老人脸色蜡黄，一贯整齐的发型略显凌乱，紧紧地抿着唇，居高临下地冷眼看着她。

元正航没有说话，林沫昏花的眼中，却清清楚楚地看见他的沉默里只有一个字——

滚。

小护士慌忙搀扶着林沫，才发现这个在镜头上轻盈优雅的女演员竟如此单薄。眼看着林沫的呼吸越来越急促，渐渐有喘不上气来的势头，她慌忙吩咐同伴："联系呼吸科，马上请主任到病房！"说完，她二话不说，架着林沫朝楼上走。

林沫被护士架着从身边经过的时候，元老爷子的眼皮也没有抬一下，只是额角青筋暴起，将手中的镜架捏得变了形。

三人走到电梯前，刚好电梯门开，里面站着一个西装革履的年轻男人，笔挺的西装与这兵荒马乱的医院格格不入。

林沫呼吸困难，自顾不暇，扶着她的卉春却与来人的视线对个正着，那双阴鸷的眼睛让卉春瞬间惶惶不安到了极致。

电梯门关了，卉春的呼吸才勉强续上，可是，看着虚弱的林沫，她终究没有说出"元尧来了"这句话。

主任医师做了检查，重新给林沫挂上点滴："我知道你们演员搞特殊已成习惯了，但是，在疾病面前众生平等，你不好好休养，如果落下病根，后悔的日子在后头！"

床上漂亮的女演员却像一个没有生命的布偶一样平躺着，双目无神，只胸脯起伏显示她还活着。

又吩咐了卉春几句，主任医师才离开病房，前脚刚走，后脚就钻进来一个陌生人。

卉春本以为是护士，没想到一回头，差点被闪光灯闪瞎眼。

来人没头没脑地一通拍，直到差点被卉春打掉手中的相机，那贼眉鼠眼的记者才讪笑着退了两步：“我就拍几张，拍得不好的，我到时候给删了。”

卉春气不打一处来：“病人能拍得好看吗？你躺下，我拍你试试？”

那记者赔着笑脸，试探地问：“元先生人呢？怎么不见他人？”

卉春怒极反笑：“你还采访上了？我告诉你，你刚刚拍的照片，没有得到林沫的授权，但凡让我在网上看见一张，保证让你在这行混不下去，信不信由你。”

“别生气啊！”记者护着自己的相机，“都说林沫跟元先生假戏真做，正在恋爱中。林沫出了这么大的事，元先生怎么能不来看望呢？莫非，镜头前面那些恩爱的样子，都是为了节目效果，两个人私底下压根没感情？”

“这次地震那么多人受灾，你身为新闻记者，不去采访救援人员，不去关心受灾百姓，反而在这里浪费时间做这些乱七八糟的猜测，你就不觉得问心有愧吗？”卉春一通话，说得对方一个字也不敢回。

直到卉春转过脸不说话了，那记者才鬼鬼祟祟地凑近林沫的病床，快而短促地问：“你和元焯到底是不是男女朋友？”

他的话才出口，就被卉春拎着后衣领拖走了，临转身时，他看见了那个仿佛并没有正眼看过他的女演员眼角滑落的一滴眼泪。

地震的消息，在事发不到二十分钟的时间里就传遍了网络。

粉丝们早早就为元先生和林沫的安危操起了心，直到三四个小时后，陆续有消息传来说两人都获救了，两人的微博下都布满了祝福。

然而，当日傍晚的时候，在一片为灾区祈福、为林沫和元先生祝福的声音里，突然出现一条不和谐的声音——林沫和元焯根本只是荧幕CP，做戏而已，元焯也压根不是众人意淫的痴情男主、富二代忠犬，一切都是剧本，一切都是假象……证据就是，林沫奄奄一息地躺在病床上，哭得梨花带雨，元先生却不知去向。

事发之后，除了获得救援之外，关于元先生的消息全都被元氏封锁了。

于是，这条由某娱乐周刊发出的微博，很快就被盖成了话题高楼。

在众多粉丝的质疑声中，博主终于放了大招——一张元焯在意大利期间，与金发碧眼熟女的贴面旧照被贴了出来。

博主声称，这才是元焯的地下情人，并且号称这不是元焯在国外时唯一的“伴侣”。

他用了伴侣这词，而不是女友，耐人寻味。

顿时，评论里炸开了锅。

一面是粉丝坚持不信，一面是水军叫嚣：如果不是真相，元焯为什么不出来辟谣？

双方僵持不下，越吵越凶，终于闹到了卉春这里。

趴在病床边的卉春接到了线人的消息，让她救火。

挂断电话，卉春匆匆翻看微博，这才发现已经闹得沸沸扬扬的关于“元焯伴侣”的话题。

她正蹙眉翻看，手机却忽然被一只苍白的手拿走了。

“沫沫……”看着一直昏昏沉沉的林沫一言不发地看着手机，卉春感到不安，想说些什么，却不知道如何开口。

林沫翻看了许久，嘶哑着嗓子开口：“这个博主，你认识吗？”

卉春摇头：“营销号，拿钱就发消息，不是我们的合作渠道。怪就怪元氏封锁了元先生手术的消息，才让谣言四起。”

“谁让封锁的？”

“我这边收到的消息说的是元尧的指示……”说到这里，卉春迟疑地说，“说起来，元尧刚刚也来了——沫沫！你要干吗？”

眼看着林沫撑着坐起身来，抬手要去拔插在手背上输液的针头，卉春急忙阻拦：“你要做什么？医生说了，你必须静养！”

林沫按住卉春的手，毫无商量余地地说：“去找元董，我要见他。”

卉春看着她毫无血色的唇，焦急地开口：“他——”他不想见你。

在林沫诊治期间，卉春也曾数次去手术室门口打听消息，却都被元正航的助理软硬兼施地赶了回来。

“卉春……”林沫难得地叫了她的全名，“我必须去，否则，我怕等不到小元哥哥手术出来，元尧就要得逞了。”

因为伤患太多，深夜的医院里连走廊上都加了床位，家属们搬了椅子在一旁陪护，偶尔有端着相机穿梭在人群中的记者和医生在匆匆交谈。

卉春扶着林沫，一直小心翼翼地观察她的脸色，可她除了唇色惨白之外，一点也看不出其他异样。

因为是晚上，林沫连口罩也没有戴。

然而，手术室门口已经空无一人，卉春连忙找人打听，说是这台手术在大概半个小时前已经结束，病人还在麻醉恢复室留观。

两人又匆匆赶过去，没想到刚走到留观室门口，就看见元董的助理许金正怒不可遏地斥责着一个畏畏缩缩的中年男人。

“我不知道你怀的什么心思，在这个节骨眼上来跟元董说这些有的没的，这下好了，把他激得发病，你满意了？！”跟了元正航几十年的特别助理许金也早已是两鬓花白，此刻气得嘴唇发抖，“带着你那些小道消息走，不要让我再看到你出现在元董身边！”

中年男人唯唯诺诺地道歉，说自己也是刚刚才知道实情，怕元董被蒙在鼓里，才急匆匆地来通风报信。他方言口音颇重，林沫和卉春听得半懂不懂，但最后一句听明白了——

“毕竟躺在那里的如果不是元家的骨血，就算真出事了，元董也不用太过伤心。”

一句话惊得卉春慌忙去看林沫，可她出人意料的镇静，白皙的脸上毫无表情。

玻璃自动门开了，元尧从里面走了出来。

许金忙问：“元董的情况稳定了？”

元尧说：“暂时睡着了。”

许金这才松了一口气，疲倦地朝中年男人挥挥手：“走，快走！”

中年男人连声道歉，弓着背走了，却刚好与林沫迎面相遇。他似乎是对她眼熟，明显愣了一下，又疑惑地摇摇头，与她擦身而过。

但元尧顺着他的方向，发现了林沫。

“你来干什么？”元尧衣衫齐整，丝毫没有刚刚经历过兄弟受难、父亲病发的狼狈。

林沫冷冷地看着他：“这话应该我问你，你来做什么？”

元尧闻言，轻笑了一声，声音被寂静的楼道扩大，出现轻微的回音。

“我确实不想来，奈何老爷子固执，做儿子的，总不能看着老爷子被蒙在鼓里还袖手旁观。”元尧低头，再抬眼，收敛了笑意，“老爷子一直说你是扫把星，我本来还将信将疑，现在倒是彻底信了。我们全家都不想跟你有瓜葛，唯独元焯例外。以前我还觉得挺奇怪的……现在想想，也不足为奇，一丘之貉、臭味相投而已。”

卉春愤怒地挺身而出：“元尧，你不要欺人太甚！”

“你算哪根葱？这里有你说话的地方吗？”元尧双手插在西装裤兜，冷眼看着她，“如果还想保住饭碗，我劝你马上申请调离你旁边的扫把星，否则……我保证，你跟她一个也不要想留在天颐。”

“留个狗屁！”卉春一急，伪装的淑女形象立刻坍塌，“要是天颐落在你手里，给我一亿美金，也别想我在这里留一天！”

元尧朝身旁一扬唇：“我早说了，元焯用的都是些扶不上墙的烂泥，老爷子还不信。”

许金沉默地站在一边。

林沫无视趾高气扬的元尧，对许助理说：“许叔，我想见元董，有些话，我想当面跟他说。”

许金没有说话，但肢体语言是拒绝的。

元尧嗤笑：“怎么？元焯还没死呢，你就想换条大腿抱？”

林沫一眼斜瞪过去，竟是杀气满满。

元尧一愣，但很快就不以为意地笑了一下：“……死了这条心吧。你在老爷子眼里，连扫把星都不如，他就算醒着，也不会想见你。”

“许叔，我不知道元尧都说了些什么，是不是把网络上那些关于小元哥哥……关于元焯的丑闻都说给元董听了？”林沫尽可能气息平稳地说出口，然后如她所料，从许助理的眼中得到了肯定的答案，“我还想知道，刚刚走的那个人跟元董说了什么，才把老人家气到发病？”

很多年前，在许金还只是无足轻重的小职员时曾见过林沫，对这个一贯怯生生地躲在小少爷身后的女孩并没有恶意，尤其这些年来，她塑造了一个又一个颇受好评的荧幕角色，他甚至为她感到高兴——这孩子无父无母，能闯出一片天地着实不易。

如今元焯前途未卜，老董事长被接二连三的噩耗气得旧病复发，他现在也心乱如麻。

林沫咬唇，试探地问：“刚刚的那个人难道是跟元董说，元焯不是他的亲生儿子……”

许助理头疼欲裂：“胡说八道而已。”

“谁又知道？”元尧不冷不热地说，“毕竟那女人来历不明，去向不知，谁知道是什么货色……有其母必有其子，元焯在意大利留学的时候，和他有不正当关系的人成堆，他妈——”

啪。

一个清脆的巴掌甩在元大少爷的脸上。

可惜，林沫病体未愈，这一掌后劲不足，手臂被元尧攥在掌心，他森然地瞪着她的眼睛：“别以为我不打女人！”

“这一巴掌，我是代小元哥哥打的。如果他听见你侮辱丽莎阿姨，一定也会这么做。”林沫倔强地仰着头，曾经温柔如水的眼眸闪着火苗，“我知道你会打女人，而且，你还能做出比打女人更卑劣的事情来。”

元尧眯起眼，终于，慢慢地放开了她的手，转而一笑：“算了，我不想跟丧家之犬计较。”说完，他对许金说，“走吧，老爷子醒了，找不到人要着急。”

许助理看着小姑娘既虚弱又固执的模样，欲言又止，终于还是转身离开了。

“许叔！”林沫在身后喊他，“元董醒了以后，你可不可以帮我转告他？”

“什么？”许助理停下脚步。

林沫一字一句地说：“请他相信小元哥哥的人品。当年，是元董生生地把小元哥哥和丽莎阿姨分开，也是他自己辜负了丽莎阿姨……如果这些往事元董还记得的话，应该足以让他答应等我。”

“等你？等你什么？”

“等我找到办法证明那些所谓的丑闻都是子虚乌有，证明小元哥哥是个值得去爱的人，无论对元董来说，还是对我来说。”

“我劝你最好不要插手。”元尧冷眼看着她，“元家的事，跟你无关。”

“可小元哥哥的事，跟我有关。”林沫终于虚弱地露出笑脸，“他是我的未婚夫。”

元尧一愣，然后狂笑，声音被楼道放大，显得格外瘆人：“林沫！元焯自己在元家的身份都存疑，你该不是以为他就算死了，你还能拿到一份遗产——”

“够了……”许金头一次以长辈的姿态开口，“话说得太过了。阿焯的身份、安危都还没有定论，这是你对自己弟弟该说的话吗？”

元尧冷笑，不再说话，转身离开了。

“可以答应我吗？等等我，我会带着证据回来的。”林沫恳求。

“我会的……”许金承诺，“等元董醒了以后。还有，注意照顾好自己。”

“谢谢……”

手头上的偶像剧、大荧幕作品都刚刚面世，崭露头角的新生代小花林沫在录制婚恋类真人秀节目的过程中遭遇天灾受伤，这消息说大不大，说小不小，却突然在事发第三天，登上了微博热搜头条。

原因是，一向极少主动跟媒体打交道的林沫，居然主动召开新闻发布会，广邀媒体出席，在众人的揣测之中，单方面宣布了与元氏集团二公子元焯的婚约。

然而，现场没有元先生本尊。

联想起网络上传得沸沸扬扬的性丑闻，到场的媒体记者无不交头接耳，各种揣测层出不穷，毕竟在这节骨眼上明哲保身、撇清关系才是圈里的常见法则。

何况，元焯本人身在何处？地震时，他应该也在震区吧，是受伤了，还是另有隐情？

女艺人单方面宣布婚约，现场却一个元家的人也没出现，着实让人摸不着头脑。

就在现场议论纷纷之时，突然来了意外访客。

坐在发言席上的林沫，不无惊讶地看着穿着灰色西装的KIKO大步流星地从门口穿过记者的镜头向她走来。

走到林沫的旁边，KIKO拾起挂在椅背上的外套，轻轻地披在她的肩头："注意身体，如果生病了，阿焯又要担心。"

林沫眼眶一热，泪盈于睫。

镜头如实地记录下了这一幕——世人皆知，KI的老板兼首席设计师KIKO，是元焯自上学期间结交的铁哥们，也曾被怀疑是林沫背后的金主。

如今他的出现，似乎让女艺人所宣布的婚讯多了一点可信度。

"多的话我也不想说，那都是人家的隐私。"KIKO拿过话筒，看着台下一双双探究的眼睛，"我只想说一件事——大学四年，我跟元焯住同一间寝室，有一个女人的照片从来没有离开过他的床头，所以，我尚未回国就已经认识她了。"

KIKO一顿，慎重地说："是的，照片里的女人，哦，那会儿还是小姑娘，就是林小姐。我只想问，一个四年里日夜牵挂着心上人的男人，怎么可能做出夜夜笙歌的事来？这是拙劣恶意的中伤，我希望能借各位之口截断谣言，谢谢！”

台下一片哗然，元先生说过自己是林沫的粉丝，但林沫出道才几年，怎么会在他留学期间就成为他心头的白月光？

林沫取过话筒，轻声说：“我跟元先生，认识已经快二十年了，认识他的时候，我刚满七岁……”

女艺人的讲述很平淡，没有半点刻意的煽情，可台下的众人渐渐地安静下来了。

林沫眼底的泪光和唇边的微笑，在娓娓道来的一件件往事中定格在一个又一个镜头里。

“我有个问题，林小姐……”终于，有个记者忍不住在短暂的沉默里发问，“当初粉丝们都热烈期待你跟元先生能因戏生情，成为真正的情侣的时候，你们为什么不公开？而现在元先生下落不明，你为什么又独自出来宣布婚讯？”

林沫微笑，略显苍白的脸色在强光之下近乎透明：“因为，在他还没有办法为自己解释的时候，我不希望他蒙受不白之冤。我只想让大家知道，他很好，很专情，很温柔……很值得去爱。”

泪光闪烁，可她一直在微笑。

这条新闻，这个场景，被微博转发得热火朝天。

且不说相信的人占几成，起码胡叶和俞沛率先转发，并且第一时间表示祝福。

尤其是胡叶，她发的是一张自己在节目录制时偷拍到的照片。

照片里，林沫和胡叶正在笑闹着自拍，而胡叶背后的元先生则费尽力气想让手中的遮阳伞能多为林沫遮盖一点点。也正因如此，元焯毫无平素人前的金贵模样，只余对自己女人的深切爱怜。

胡叶说：他爱你，我知道。你爱他，我也知道。祝福你们！

俞沛转发了胡叶的这条微博。

而后，这条微博被转发、点赞无数，然而，当事人并没有给予任何回应。

事实上，在那天的新闻发布会之后，林沫再也没有对任何新闻回应过，谁也不知道她去了哪里，包括天颐娱乐在内。

他们只知道，旗下的女艺人林沫跟她的经纪人卉春一起失踪了。

地震事发一周后，公众的视线终于从震灾救援上逐渐转移，开始陆续有人深究为什么事故之后元先生就再也没有在公众场合露过面。

无论是网络性丑闻的爆料，还是荧幕CP林沫公开了两人的未婚夫妻关系……他始终都不曾公开表态。

只有元氏集团的发言人架不住媒体的追问，说了一句“元先生正在养伤”。

元焯的恢复情况是个谜，但元正航的病情急转直下在整个金融行业无人不知——因为这牵涉到元氏集团日后将花落谁家，而这兄弟俩截然不同的投资取向和处事风格，让利益相关的人群不得不密切关注，这也使得元正航的决定牵动人心。

知名律师庄衡在一个雷雨交加的日子，被元正航单独请到豪宅。

元正航赶走了所有亲眷下属，只留自己一个人和律师在室内。

庄衡将文件递给坐在轮椅上、膝上盖着薄毯的老人：“元董，这是十五年前您立的遗嘱。”

元正航点点头，接过来放在面前，老眼昏花看不清字迹，但每一页上他自己的亲笔签字他是认识的。他将文件合上，放在膝头，声音虽低却稳：“你办事，我是放心的。”

“谢谢。”庄衡说，“您电话里说打算修改遗嘱，是整个推翻，还是部分修订？”

元正航目光暗淡：“推翻。”

庄衡愣了一下，但还是将笔记本电脑打开，双手搭在键盘上，并打开了录音笔：“您说。”

元正航看着房间一角，面无表情：“本人元正航，百年之后，所持全部元氏股份转让给助理陈金，由陈金依照双方约定，将每年分红的九成汇入元氏慈善公益基金会名下，其余一成归陈金自由使用。”

几乎在他话音落下的同时，庄衡就打完了字，目不斜视地看着电脑，却没有等到元正航的下文。

“其他的呢？”固定资产、银行存款等等。

元正航说：“没了，我已经全部转出去了。”

出于职业素养，庄衡没有问为什么，而是关了笔记本电脑，站起身：“元董，我下午再来找您签字。”

元正航沉默，点了点头。

轻轻关了卧室的门，庄衡拎着公文包离开，刚刚走到楼梯口，便被人轻声喊住了。

“元总。”庄衡停下脚步。

“借一步说话。”元尧退了半步，打开身后更衣室的门。

庄衡略作犹豫，终于还是低头进了门。

门被元尧反锁了。

“这是更衣室，没有监控设备。”元尧直入主题，“明人不说暗话，庄律师是明白人，跟元氏也合作这么多年了，想必很清楚老爷子手头的股份价值几何。”

庄衡说：“大陆富商排行榜前十，元董的身价不言自明。”

“百分之十。”元尧说，“帮我拿到股权，我转让给你其中的百分之十。”

庄衡笑了一下：“听起来，元总认定了老董事长的遗嘱里，没有把股权留给你。”

元尧哼笑了一声，没否认刚刚自己偷听了卧室里的谈话：“我知道他不会留给我，但起码……他也没留给元焯。”

“确实没有。”

见庄律师不抵触，元尧乘胜追击：“他的眼睛已经基本看不清东西了，签字的时候把文件动一点手脚，他发现不了。”

他……元尧对于自己病危的父亲，用了毫无感情的代指——他。

庄衡迟疑：“再怎么眼花，关键的人名总还是会确认一下的。”

“你明天下午再来找他签字。”元尧说。

“为什么？”

“……那时候他应该什么也看不见了。”毫无感情的表述，元尧说，“你只要在遗嘱里写上股份留给我，百分之十的股份年底之前必定到你的名下。不能转得太快，免得股东怀疑。”

“你怎么知道明天下午元董就完全看不见了？我看他今天还能勉强视物，到时候我拿着篡改过的文件过去，被发现了怎么办？”

元尧见庄衡胆怯，目光一沉：“我自有安排，你明天下午早点过来……免得迟了，他就再也签不了了。”

更衣室狭窄，没有窗户，空调出风口呼呼的冷风钻进了庄衡的衬衣领口，做了这么多年律师，这是他感觉最心寒的一次。

面前年轻英俊的男人像一条冰冷的蛇，每一块鳞片下都藏着贪婪的毒液。

“好……”庄衡说，“明天下午，我三点到。”

元尧点头：“年底之前，你会拿到你应得的那部分。”

庄衡开门，客厅里空空荡荡。

庄衡走在前面，元尧没有送他，转身上楼。

对那个年老昏聩的男人，元尧还有话想说。走到二楼的楼梯口，他无意中朝下一看，却发现庄律师正站在敞开的别墅大门前打电话。

庄衡也发现了二楼投来的视线，抬起头，与他对视。

“进来吧，可以了。”庄律师说。

元尧皱起眉头，手紧紧地握住楼梯扶手。

室外风雨交加，一柄黑伞出现在屋檐下，雨水顺着伞骨滚落，砸在大理石的地面上，溅起一朵又一朵水花。

黑伞被缓缓挪开，坐在轮椅上的男人穿着白色衬衣、黑色西裤，系着领带，不见一丝一毫的萎靡之色。他将伞递给身后的许鹤，朝庄律师微微颔首，又缓缓地抬起头来，眉眼冷峻，目光如炬，看向二楼的元尧。

元尧脸色煞白：“你不是——”

“不是脊柱重伤，昏迷不醒吗？”元焯转动轮椅来到客厅中央，吊顶的水晶灯光华四射，照得他如沐金光，“你得到的消息，是这样吗？”

元尧黑沉着一张脸，不说话。

“很抱歉……”元焯勾起嘴角，“让你失望了，大哥。”

元尧阴沉地说：“我不知道你在耍什么花样，不过……我奉劝你不要瞎折腾，老爷子的精神状态经不起折腾，你不要再刺激他。”

“是谁在刺激老爷子？是谁把网络黑料和莫须有的传闻通过不同的嘴巴灌输给他？又是谁暗地里偷换吊瓶，大剂量地给老爷子注入糖分？还有，是谁在确认遗嘱要把股份全部捐作慈善，居然动了篡改遗嘱的念头？”

元焯咄咄逼人，一句接着一句。

他每指控一点，元尧的脸色就沉一分。

“胡说！”元尧怒斥，“要不是你那些龌龊事把老爷子气倒，老爷子何至于立遗嘱？更何况，谁要篡改遗嘱？你不要以为收买了个狗屁律师就能随意反咬一口！”

庄衡默不作声，从西装衣袋里取出录音笔，按下播放。

先是老爷子和他的对话，而后是漫长的忙音，再然后……是元尧的声音。

——“帮我拿到股权，我转让给你其中的百分之十。”

——“他的眼睛已经基本看不清东西了，签字的时候把文件动一点手脚，他发现不了。”

——“我自有安排，你明天下午早点过来……免得迟了，他就再也签不了了。”

元尧本就阴沉的嗓音，在录音设备里像阴冷的钩子，带着冷酷。

“元总，你忘了……”庄衡说，“我是律师，最擅长的，就是保留证据。”

元尧握紧了扶手，手背青筋凸起：“你以为抓住了我的把柄，就能继承遗产？别忘了，在法律上，你根本不是元家的人！你，还有你那下三烂的妈妈，没有一个配进元家的门。”

“配不配，轮不到你说了算。”苍老的声音，突然从元尧的身后传来。

元正航坐着轮椅，被许助理推了出来。

看着元尧掩饰不住的惊讶，元正航说：“你想问我不是赶走了所有人，只留下了律师，许金怎么会在，是吗？因为他昨夜就没有离开这间屋子。如果没有他，我恐怕早就耳聋眼瞎，任人摆布了吧。”

“爸爸！”元尧失措地上前，扑倒在元正航的膝前，“你不要被这些外人蒙骗了，我才是你的亲生儿子，我怎么会害你！”

元正航摊开手心，掌中赫然躺着一个小型窃听器：“这是什么时候装在我房间里的？这次，还是很久以前？如果不是林家丫头……我本来也不信你做得出这么有悖人伦的事。”

元尧一怔，林沫？

“我问你……”尽管强打精神，元正航依旧因为情绪起伏而剧烈地咳了一阵，勉强压制住了，才继续说，“你说当年房款没给林家丫头，因为联系不上她。那她收到的房款，是谁给的？”

没想到元正航忽然旧事重提，元尧捏紧了拳头，垂着头：“钱在我账户里，我一分钱也没动过，当年我确实找不到她，才代为保管。”

“很好，代为保管……”元正航如今当然知道，当年元尧不但把钱给了林沫，甚至口出伤人撵她远走，但当下元正航只是冷眼看着儿子撒谎，“如果当年你压根不知道林家丫头的下落，那我问你，她跟沈霆当年在民政局的那出闹剧的照片是谁拍的，又是谁‘不小心’拿给我的？”

元尧脊背一僵，梗着脖子：“爸爸，我不懂你的意思，难道我还能收买沈霆来诬陷林沫？做这种事，对我有什么好处？”

“你收买的不是沈霆……”一直沉默的元焯冷声开口，“而是沈霆当年的未婚妻，辛燃。你以捧她出道为饵，诱她和沈霆约定领证再不告而别。你知道小顺是沈霆当时唯一的朋友，她必定会去安慰他。只是，没有想到她居然会去民政局……所以你顺势拍了照片，再散布谣言说他们两人秘密相恋。”

元尧回头，怒瞪着他：“你不要含血喷人！”

“如果我有辛燃做证呢？”元焯笑了一下，眼底平静无波，“毕竟，你和她是一类人，应该最了解什么叫唯利是图。”

“不可能。”

元焯说：“如果沈霆愿意破镜重圆，你觉得辛燃会拿什么作为回报？”

“……不可能。”

“沈霆不可能愿意破镜重圆？”元焯这次是真的笑了，“当然不可能，但兵不厌诈。我以为这道理，你应该也懂。”

元尧眯起眼，看着这个他曾经以为除了会读书之外一无是处的弟弟，他从没想过有一天会被这个弟弟以其人之道还治其人之身。

元正航听着兄弟俩争执，额头青筋直跳：“我再问你，林家丫头在元氏旗下做艺人，你是从什么时候发现的？”

“没多久……”元尧说，“锦元天地开业，他找林沫去做特邀嘉宾，我偶遇——才发现的。”

元正航怒极反笑：“你派去的那些经纪人，难道都是吃饱了撑着，被随便派给天颐艺人的？”

元尧慢慢地从父亲的膝头退开，用阴冷的目光审视着他垂垂老矣的面孔。

“你跟林家丫头过去那些经纪人的账务往来……”元正航边咳边说，“如果不是许金拿到我面前来，我真不敢相信，我的儿子居然能对世交的孩子做出这么多恶毒中伤的事情！她一个孤苦伶仃的小姑娘，是哪里得罪了你，让你处心积虑地害她落得灾星的骂名？”

“爸爸，你不也讨厌她吗？”事情败露，元尧反倒冷静下来，冷笑着说，“当年林叔叔和阿姨去世，你不也说过，都是林沫命中带克，才害死了养父母吗？你不是也很讨厌林沫吗？”

元正航气得眉头发抖：“我为什么觉得林沫命中带克？一桩桩一件件，不都是你描述的吗？就算是通过别人的嘴，只怕……也是托你的福。”

“爸爸，墙倒众人推，如今我是因为被欲望冲昏了头，想过篡改遗嘱，但不能因为这个，就把所有的坏事往我一个人身上推！林沫就是扫把星，从小她身边发生的糟糕事还少吗！”

“是，不少。”元焯说，“但是，但凡如今还能想起来的，每一件你都牵涉其中。而她真正远离元家、远离你、北上念书的那几年风平浪静，什么厄运也没有。你敢说，她的坏名声跟你没有半点关系？或许我们可以一件件地回溯，看看究竟问题出在小顺的身上，还是……你的身上？”

“元焯，你给我闭嘴！你这种来历不明的杂种，跟你那便宜妈一样，在国外鬼混了几年，回来就想装正经人？你就是贱人贱种——”

话没说完，元尧被不明物件砸中了眉心。

监听器掉落在地，碎成几瓣。元正航掷出了东西，气得浑身发抖：“他是你弟弟！他是贱种，你算什么？”

“他不是我弟弟！我妈就我一个儿子！”元尧从地上站起身来，眉心一片通红，指着楼下的元焯，终于卸下最后的伪装，“那个女人的孩子，你怎么知道就是你亲生的？她当年走了以后，有回来过一次吗？没有！谁知道她把这野种丢在元家之后，又上哪儿钓凯子去了——”

“丽莎阿姨没有失踪……”清冷的女声从室外传来，透明的雨伞下穿着白色连衣裙的女孩儿满身风雨地跨进室内，一双漂亮的眼睛晶亮，目光坚定，“她一直在西非，以小元哥哥的名义在做慈善，一辈子没有离开过。”

林沫退开半步，让出了身后的人。

跟着她进来的是个金发碧眼的女人，看起来已经是三十岁出头的年纪。

“林家丫头旁边的是谁？”元正航问。

许金说：“是网络上传的跟阿焯有不正当关系的那个美国姑娘。”

Chapter 15

预见未来

一周多未曾出现在公众面前的林沫，相较于曾经白得发亮的模样，此时明显被晒黑了些，原本清瘦的面孔如今更是瘦得下巴尖尖的，更显得那双眼睛又大又亮。

与身边金发碧眼的女子比起来，林沫堪称世人眼中东方女人的经典模样，素净、安然、纤巧、灵活，神采奕奕却不咄咄逼人。

“元董。”向元正航打招呼的时候，林沫明显不如之前对元尧说话那么自信。

元正航闭上眼，脑海里光阴如白驹过隙，依稀可见眼前这个亭亭玉立的女孩还是缺了颗门牙的小女孩的模样。

若不是存有偏见，他本该在林海夫妇离世之后将小姑娘庇护在元氏的羽翼之下，可他没有。他甚至一次次将林氏夫妇的意外归咎于她，或许，是因为这样会让自己的良心好受一些。

“许多年不见，你成大姑娘了。”元正航若有若无地叹息一声，日月如梭，小女孩成了大姑娘，而他也已垂老。他终于承认，即使是他，也有失误的时候。

林沫站在玄关处，并没有继续朝里面走：“我一直在电视上看见元董，您一直还是老样子，没有变。”

她已经习惯了和元氏保持一定的距离。

“嘁！”元尧一声冷哼，不轻不重，“你把这女人带到元家来做什么？

想让她来澄清她跟元焯没有不正当男女关系，以为这样就能让他的声名狼藉因此而逆转？未免太天真了吧……他在国外的时候，可不止和这一个有不正当关系，留学圈子里能做证的人多了去了。”

“就算我是不肖子，他也好不到哪里去。”元尧的嘴角挂着冷笑，面向元正航，“如果你以为，在我跟他之间，我是更坏的那个，那我只能说，你真的老了，爸爸。”

元正航像没有听见长子的抢白，问站在林沫身边的年轻女人：“你叫什么？”

“我叫莲安，顺便说一句，我不是美国姑娘，如果硬要说国籍，我是塞拉利昂人。”金发女子一口标准的普通话，字正腔圆，她的皮肤是健康的小麦色，笑起来有种金色麦田的绚烂，“我的普通话是妈妈教的。她对我提起过您，元老先生。”

目光一直停在站在玄关处的林沫脸上的元焯，直到此刻才缓缓开口：“莲安是妈离开国内之后收养的义女，她一直跟着妈在塞拉利昂工作。妈去世的那年，是她将妈的遗愿带给我，我们是那时候认识的。”

“莲安……”元正航喃喃，仿佛蛰伏在记忆中的什么在蠢蠢欲动。

“妈妈说这是元老先生曾经赠予她的中文名……”莲安不无遗憾地笑了一下，“但分别以后，大家都称呼她丽莎女士，谁也不记得这个名字了。所以她把这个名字转送给了我，希望您不要介意。”

“莲安她……我是说，丽莎，她后来过得好吗？”元正航苍老的面孔居然有了一丝动容。

而这动容落在元尧的眼里，就像刺在脊梁骨的针，使他眼神越发阴鸷。

莲安说：“她说‘心所安处即吾乡’，我想，她把YUAN当成了自己的家，从没有一日离开。”

“YUAN是在你们相识的医院遗址上重建的福利院，原先的医院在内战中毁于一旦。当年你给的‘分手费’，全部被用作YUAN的筹建。”元焯说，“在那里，有无数孩子叫她妈妈。”

莲安点点头，说：“这次林沫来找我，我才知道网络上竟有人拿我，还有姐妹们的照片来诋毁他。我真的不明白，世上有那么多人等待帮助，有那么多美好值得被纪念，为什么会有人愿意耗费生命去做这些卑劣阴暗的事。”

林沫轻轻地接话道：“在丽莎阿姨的旧宅里，我看到了你们一家三口当年在塞拉利昂的合影，她没有一天忘记过小元哥哥，也没有一天忘记过您。”

偌大的豪宅，安静得只能听见窗外的风雨声。

“是我——”元正航声音暗哑地说了一半，终于还是将后半句话吞回了肚里——是我负了她。在情有独钟和身不由己之间，他选择了身不由己。

突然，伴随着一道惊雷，元尧爆发出一阵狂笑，笑得前仰后合，狂态毕露。

末了，他眼底闪着泪花，也不知是笑出了眼泪，还是气急败坏。

“你们到底还有没有哪一个人脑子正常？搞清楚，从他们相识的那一天起，元正航就是人夫、人父！丽莎偷了人家的丈夫在先，她儿子偷了人家的父亲在后……这样的人有什么值得同情的地方？她不过是个窃贼，而他不过是窃贼的儿子，死有余辜！”

元正航发出一阵激烈的咳嗽，佝偻的背低垂着几乎贴近膝盖。许金连忙俯身替他顺气，同时愤怒地反驳：“元董当初是提过离婚的，是你的母亲不同意！”

她非但不同意，甚至还以一半股权作为威胁，在元氏摇摇欲坠的初期，年轻的元正航最终选择了屈服。他唯独留下了元焯，他太了解西非的状况，无论如何也不能放任幼子在那里成长。但作为同意他留下元焯的交换条件，元太太逼迫丽莎承诺这辈子再不入国门一步。

“那个女人对你是爱，我妈对你就不是爱吗？！”元尧眼白发红，逼问着父亲，“你有没有想过，突然有一天，元家多了个儿子，圈子里的人怎么看她？你有没有想过，突然多了一个弟弟，别人是怎么看我的？当你暗地里对林海许诺，要送林沫跟元焯出国留学，条件是等他们学成归国之后，让林海死心塌地留在元氏辅佐元焯的时候，我是什么感觉？我才是你法律上唯一的儿子！”

一言既出，众人皆惊，包括林沫和元焯。

元正航送林沫和元焯出国，以换取林海的誓死效忠？

林沫看向元焯，他果然也正目光沉沉地看过来，尽管他西装革履，胡须也刮得干净，但眼睛下面的一片青灰还是泄露了这几日的难熬。

他闭了闭眼，回应她眼里的忧心。

元正航终于勉强顺过气来：“你总算说出来了，阿尧。”

元尧双眼通红：“我早该说出来了，在你多少年前第一次立遗嘱，把百分之八十的股份留给元焯的时候，我就该说出来。我还以为，总有一天你会明白，我才是那个对的人。”

“你不是。”元正航的脸色青灰，“你急躁、冲动、目光狭隘，你看中的东西，得不到的就要毁灭。你跟你妈妈一样，将所有东西分为两类——你的和不是你的。我可以容忍你，因为你是我的儿子。但元氏不需要这样的人做决策者，你懂吗？”

“他就比我好吗？”元尧指着坐在轮椅上的弟弟，“从小他孤僻内向，唯一的同伴就是来路不明的林沫。这种人，就比我适合坐你的位子？”

“我原本是不确定的……”元正航疲惫地说，“但现在我确定了，他确实比你适合。起码，他知道什么是亲情、什么是感恩、什么是不忘本。”

“他懂什么？！”元尧从怀中摸出手机，打开一张电子表格，“你要不要让许助理给你念念？这是你生病以来，你口中知道亲情、感恩、不忘本的好儿子，偷偷从元氏转走的资金账目。你以为，当我四处奔走争取董事会支持的时候，他就乖乖地守在你的病床前照顾你，而没有半点其他心思吗？”

“那是元董让阿焯转的。”许金叹了口气，“如果这些资金没有转移，现在应该已经被你挪到自己的名下了吧。”

“三十二家卫生所将在塞拉利昂建立，以元正航与丽莎之名。”庄衡从文件夹内抽出一沓文书，扬起，“元尧先生，你要不要看一看？每一家卫生所的资金使用明细，都在。”

“他跟你的区别……”元正航问，“现在你明白了吗？”

自从元正航身体一日不如一日，人人都知道元家两个儿子都疲于奔走。元尧一直以为，元焯跟自己一样，正在四处拉拢人心，他无论如何也没料到元焯“私自”转移的资金竟是用来做这些，尤其是，居然是以元正航的名义。

他输得一败涂地，从金钱，到人心。

元尧走了，在风雨交加的午后，空手扎入连成线的雨幕之中。

与林沫擦身而过的时候，他似乎停了一瞬，又似乎没有，那双泛红的眼里死气沉沉。

林沫挺直了脊梁，目光里丝毫不见往日的怯懦。

剑拔弩张的气息随着元尧的离开而得以缓解。

敞开的大门终于被关上了，元正航也被许金推着，从室内的电梯下到了大厅。

所有人，在宽敞温暖的客厅里，相顾无言。

最终，作为外人的庄衡率先打破寂静：“抱歉，有些事我还是不太明白。”

“庄律师，有什么问题，你问吧。”许金给所有人都沏了热茶，“今天的事，还多亏了您。”

“如果今天元尧不找我，或者说没有监听我和元董的对话，无所作为的话……”庄衡说，“那我就录不到‘关键证据’，那该如何是好？你们到底是怎么料到他今天的所作所为，才能让我步步踩在点子上？”

之前，在元正航的房间，庄衡和元正航都非常清楚自己的一言一行都被元尧看在眼里，所以，他的每一字每一句都无懈可击，更不用提特意不曾关闭录音笔。

“是林小姐……”许金微笑着将视线投向林沫，“如果我说，是她猜到的，您会不会觉得不可置信？”

庄衡闻言，忽然眉眼舒展，笑了：“不会，我反倒觉得正常了。”

林沫和莲安不无拘束地并肩坐在一边的沙发上，闻言，不禁莞尔：“为什么？”

“因为阿焯跟我说起过你……”庄衡说，“他说你是‘第六感女神’。”

林沫脸一红，莲安倒是爽朗地大笑出声：“这是焯的话吗？我从不知道，他居然还会夸人？”

“阿焯说得在理……”许金笑了一声，“如果不是林小姐机灵，托KIKO在中间传话，我们怕是也没办法在元尧的眼皮下把这么多事一一落实，更不用提让他亲口认罪了。”

林沫连连摆手：“我心里也没什么底的……只不过是有奇怪的预感而已。”

“林沫。”沉默的元正航坐在一旁，忽然开口。

“是，元董。”林沫正襟危坐。

元正航眉眼一松：“还是叫元叔叔吧，像小时候那样。”

林沫眉眼一松：“……元叔叔。”

“这些年，委屈你了。”元正航老了，但眉眼之间与元焯依旧有相似之处，比如，不笑的时候脸部格外冷冽的曲线，会因为一个微笑而软化。

“不……我一直不知道天颐娱乐是元氏旗下的公司。这些年，还承蒙元家庇护呢。”

元正航没有说话。这个从小安静温顺的姑娘，一如他记忆中那般谦逊礼貌，这曾被他视为“懦弱”的品质，如今他才觉得弥足珍贵。如果说，元氏的掌门人身边需要一个女人，他相信林沫会比他的前妻、元尧的母亲好得多。

“这次去云南拍摄，是我让许金安排的。”元正航主动开口致歉，“你跟小焯的遭遇，有我的过失。”

林沫的视线飘向元焯身下的轮椅，心头钝痛，却不得不安慰这个满心愧疚的老人：“如果不是去云南拍摄，我还不知道什么时候才有勇气和小元哥哥公开恋情，而且……也有意外惊喜。”

惊喜？

元焯闻言看向她，可她只是巧笑嫣然地注视着老人家，像是完全没有发现他的目光。

“为什么没有勇气公开？”元正航问，“因为我这个老家伙吗？”

林沫忙摆手：“不、不、不，是我……是我还不够好，怕拖累他。”

许金笑笑：“林小姐谦虚了，电视台同时在播你的两部戏，连我家老太婆都在问我你的近况。比知名度，阿焯恐怕都要甘拜下风。”

元正航不疾不徐地说：“做了元家儿媳妇，还用愁没知名度？”

众人一愣，片刻之后，终于都明白老人的意思，许金率先道贺：“恭喜，打算什么时候发喜糖？”

庄衡则直接翻看手机日历：“下个月八号是好日子。”

莲安也跟着打趣：“不如在我回去之前办婚礼吧。否则，我总飞来飞去，也怪辛苦的。”

林沫闹了个大红脸，不说话了。

元焯微笑，看着端坐在老爷子身边的小姑娘绯红着脸，心里的一块大石总算落了地。

元正航捏着鼻梁，沉声说：“小焯，你好好考虑一下婚礼的时间。我这身体状况，你也看见了，不要让我等太久。”

……

漫长的午后。

直到所有人走的走，上楼的上楼，空荡荡的客厅里只剩下林沫和元焯两人，隔着玻璃茶几相对坐着。

他们不过十天不见，恍若隔世。

重逢在“战场上”，她甚至一直没有机会问一句：疼不疼？

在泥石流袭来的那一瞬，他弓身护在她的身前，为她阻拦下最初的冲击。他的肩背、他的呼吸、他在耳边的喃喃低语……从没有一夜离开过她的梦境。

尽管最初音信全无，可林沫从没怀疑过他是没有生命危险的——因为每一夜的梦境里，总会以团圆收尾，她从没有像如今这么感恩过自己超强的直觉。

“过来……”元焯轻声说，“坐那么远干什么？”

林沫垂下眼睫，依言挪到他身侧的沙发上。

元焯终于看清她抖动的睫毛和瘦得变尖了的下巴，不由得抬手伸向她的脸：“去找莲安的时候吃了不少苦吧，晒黑了，还瘦了。”

林沫目光如水，温柔地回视他：“费了点工夫，但还好……YUAN 有许多连锁机构，找着门道之后还是很容易的。不过，那边风大、太阳毒，我是不是变丑了？”

“不丑……”元焯的拇指摩挲着她的脸颊，“看起来比以前成熟了。”

“就是老了呗。”

“在我面前说老？”

林沫狡黠地眨眨眼：“忘了，你总是比我老一些的。”

她插科打诨，避重就轻，顾左右而言他。

元焯不知道他家小姑娘是什么时候培养出这么好的定力的。终于，他先开了口：“你不想问一问我康复得怎么样吗？万一，我从今往后都要坐轮椅，你还愿意做我的太太吗？”

林沫理所当然地说：“如果我的后半辈子都要在轮椅上度过，你会抛弃我吗？”

“不会。”他扬唇，答得毫不犹豫。

“那不就行了……”她侧身，在他明显瘦削了的面颊上轻轻地落下一吻，“我也一样。”她才不会傻到告诉他，自己不问也不担心，是因为在她那向来准确的预知梦里，他们还有几十年没羞没臊的日子呢！

眼见着她轻啄一口就要离开，元焯伸手一揽，把她留在自己的面前，俯身贴近她的耳朵：“虽然没大碍，但是这几个月怕是都行动不便，虽然，我很想你。”

很想你。

这三个字带着喘气声和一点点若有若无的诱惑。

林沫耳根微微泛红，朝前一口轻轻咬住他的下唇，然后在他的唇边，同样用低不可闻的声音说：“没关系，本来你就必须放十个月的假，凑一块儿了而已。”

在元先生微微惊愕的神情里，林沫轻笑着点点头：“嗯，你要做爸爸了。”

近期的娱乐圈不太平。

先是《非常婚途》剧组在云南遭遇地震意外，元先生下落不明的同时爆出在海外留学期间的丑闻，一时间骂声与质疑声几乎盖过了真正的娱乐圈明星。而刚刚因为与他组成CP而好评倍增的小花林沫单方面公开恋爱关系，在收到祝福的同时，也迎来了一片质疑——炒作吗？攀高枝吗？

毕竟一开始林沫的名声并不算好，人人都说她不光自己倒霉，还连累别人，出道这些年也没个水花，要不是搭上了元焯，还不知道什么时候能红……反正，元焯或许再也回不来了，她万一能被元家认作半个儿媳妇当个念想，也算是在娱乐圈里有了一席之地。

诸如此类的恶意揣测没多久就遍布在林沫的微博之下，而当事人自始至终一言不发，任由其发酵。

那个时候，林沫和卉春正奔走在西非火热的太阳下，谁也没那工夫去理这些流言蜚语。

真真假假的传闻络绎不绝，捧的，踩的，什么声音都有。

直到事发大半个月之后，元氏集团董事长元正航忽然召开记者招待会，赶到现场的记者们赫然发现，坐在元老先生身边的，正是传闻里在地震中下落不明的元焯。

家丑不可外扬，元正航对于元尧的所作所为，半个字都没有提，只是说自己年事已高，元氏事务繁杂，往后元氏在大陆的业务将逐渐转手给元焯负责。

记者追问：“那长子元尧呢？”

元正航轻描淡写地说：“以前元焯在海外读书，元尧替我操持企业，现在轮到他去充一充电了。”

话说得冠冕堂皇，记者们又怎么不明白元尧这是输掉了元氏的主要继承权。

可元焯是怎么以私生子的身份办到这一点的，谁也猜不到。

有人偷偷向庄衡打听内幕，庄律师只在电话里笑了一声：“元正航老先生叱咤商场这么多年，自然知道什么样的继承者更合适。”

由元尧引发的这一段不光彩的往事就这样被掩盖了过去，人们的注意力顺利地被元氏所吸引，尤其是即将接手元氏的青年才俊——元焯。

从没有哪个商人有他这样的粉丝号召力，也从没有哪个偶像男星，有他这种兵不血刃的金融头脑和雷霆手段。

尽管，元焯是坐在轮椅上出席的元氏新闻发布会，依旧没能阻拦住粉丝们的围追堵截，在离开酒店去停车坪的过道里，甚至有一群狂热的迷妹突破重围追了上来。

尖叫声和高跟鞋踩在瓷砖上发出的尖锐声响充斥着整个走道。

许鹤推着元先生进退两难，终于怒了：“没看见元先生病着吗？小小年纪的，多读书，少追星！”

“没事……”元焯摆了一下手，示意许鹤少安毋躁，“停一下。”

见他狭长的桃花眼看过来，小女生们捂着嘴既激动又紧张，你推我，我推她，总算是推了一个姑娘出来。

“元……元先生。”姑娘涨红了脸，将手中的礼物盒子递过去。

元焯没有接，一贯不苟言笑的面孔沉静如水。

姑娘回头看看同伴，众人用星星眼继续鼓励，她只好硬着头皮说：“这是我亲手做的饼干，甘梅味的，就……就想送给你尝一尝。”

没想到，元焯眉头一动，居然伸手接了过来。

姑娘看着自己的手掌心激动得想哭。

“还有其他事吗？”

元焯的声音很平淡，并没有不耐烦的语气。

姑娘忽然想起圈子里流传的一句话——小沫沫融化了元先生的棱角。

“还有……”在同伴的鼓励下，姑娘终于问出口，“你和小沫沫真的是男女朋友吗？”

众人屏息。

许鹤正打算替老板解围，却看见元焯朝他伸出手。

欸？

“票。”

许鹤愣了一下，取了一张电影票放在元先生的掌心，却听见他问那小姑娘：“你有男朋友吗？”

小姑娘老老实实地摇头。

元焯朝许鹤又要了一张票，递给小姑娘：“带你喜欢的人去，兴许结束就有男朋友了。”

小姑娘懵懂地接过票，目送元先生一行人离开。等人走远了，一群人围上来一看，居然是林沫的影迷见面会入场券。

几个小姑娘面面相觑，终于有一个试探地说：“元先生拿林沫的见面会入场券作为回礼……意思是……”

“他们真的在交往？！”

元宅，许鹤扶着老板坐上轮椅，本打算推他进去，却被摆摆手制止了。

元焯自己转了轮椅顺坡而上，家门虚掩，玄关的茶几上一簇山茶花开得正盛。

客厅的窗帘全部都拉开了，沙发的抱枕整齐地排列着，阳光温柔，满室馨香。元焯从没有像如今这样喜欢回到家的感觉——从小他一直觉得家只不过是个歇脚的地方，而现在，他终于明白，那是因为以前家里没有她。

他刚刚坐在沙发上，细碎的脚步声就从厨房方向靠近，林沫惊喜的声音响起："这么早就结束了吗？"

元焯回头，看见他家小顺穿着浅蓝色的连衣裙，系着白色木耳边的围裙，头发用蓝白条纹的发带扎着，一只手拿着平底锅，正笑看着他。

"这个时间为什么不午睡一会儿？"元焯侧身，将她拉到身前。

"睡不着……"林沫盯着他的眉眼，问，"发布会还顺利吗？"

"你问哪方面？"

林沫见他眉眼舒展，心知自己预感没出错，就笑嘻嘻地说："比如元叔叔说了你要接受元氏之后，有没有小姑娘立刻上前表白真心什么的？"

元焯这才想起来，从包里取了包装精美的小盒子，递给她。

林沫把玩了一下，又晃了晃："这是什么？"

"甘梅味的手工饼干……"元焯不自在地擦了一下鼻尖，"你的影迷送的。"

她的影迷？

林沫狐疑地上下打量着元先生，然后嘿嘿一笑："怕是你的小迷妹送的吧，你怕我不开心，所以才说是我的影迷，对不对？"

元焯笑笑，没说话。

她自从怀孕以来，口味越发奇怪，近两日开始喜欢吃甘梅，任何甘梅味的东西都能叫她垂涎三尺。因为看他忙，她也没跟他提过这事，只是默默地买来吃，没想到居然还是入了他的眼，他还替她把零食带了回来。

小饼干做得极其细致，上面居然还绘着小小的元和焯字，林沫捏着饼干冲他狡黠地一笑，刚想送入嘴里，却突然被他给夺走了。

眼看到嘴的鸭子又飞了，林小沫噘起嘴："干吗呀？"

"别吃了。"元焯将那块饼干丢回盒子里，顺手封盖，"嘴馋，我带你出去吃。"

"为什么？"林沫一头雾水地问。

元先生先是不答，最后被她追着问了许久，才含糊地说了句：“万一里面放了什么不好的东西怎么办？”

林沫一愣，然后捧着小腹笑得停不下来，笑得眼里泪盈盈的，好不容易才挤出一句完整的话：“人家是你的迷妹啊，你怕她在里面放什么？一见钟情药？”

元焯不自在地理了理领口：“去换衣裳，我们出去吃。”

林沫走到他的身后，双手轻轻地捂着他的双耳，俯身在他的头顶一吻——这姿势，平素以她的身高完全办不到，这些日子，他坐轮椅倒是让她养成了这个习惯。

“不出去，我做了饭菜。”林沫凑在他的耳畔轻声说，“不好吃的话，你也不许说。”

元焯顺手拿了她放在肩头的手，在她的唇边一吻：“试试再说。”

岁月静好，现世安稳，这八个字说来容易，身处其中才感觉来之不易。

看着厨房里姿态轻盈的女孩儿，元焯几乎无法想象这个纤弱的身体里正在孕育着一个幼小的生命。他们两个没有体会过完整的父母亲情的人，将要一起养育一个小小的新生命，想到这里，他微笑着举起手机。

林沫正端着白色的陶瓷盘子从厨房里走出来，柴米油盐的画面到了她身上反倒有种享受生活的惬意。光影柔和，她微笑的模样被原原本本地收进了他的手机里。

时光悠然，随着元焯终于可以摆脱轮椅，传来了《庭院深几许》收视率破 2.5 的喜讯，与此同时，《故园山河》的票房口碑双丰收之后，又获得国际电影节的提名。

林沫的微博突然开始有读不完的私信。

坐在保姆车上，林沫又开始看私信。

卉春说：“要不把微博交给助理打理算了。”

林沫没答应，只说：“最近都没接什么通告，闲着也是闲着。”

“怎么能说闲着呢？”卉春的目光飘向她平坦的小腹，“你现在可是身负重担！”

林沫下意识地抚上肚子，低下头，目光温柔：“他才不是重担。”

“不过，话又说回来，你和元先生真不打算先办婚礼？”卉春细心地替她将保姆车的遮光帘拉下来，“虽说领了证，但只要没办酒，在大众眼里可就是未婚啊。”

林沫抿嘴笑：“那很重要吗？”

自从肚子里有了小小元，林沫脂粉不施，也仍旧白里透红，因为终于不再东奔西走，也不必担惊受怕，她整个人气色好得要发光。看着她恬静的笑容，卉春终于释然，是啊，相爱的人在相爱着，其他有什么重要的？

车停在 B 城卫视演播楼外。

卉春先跳下车，正要伸手去接林沫，林沫瞥了眼迎过来的工作人员，朝卉春眨了眨眼，避开了她的手。

这是林沫在《非常婚途》之后第一次上综艺节目，人气早已今非昔比，后场处处都是她的等身高的人形立牌，工作人员也都殷勤周到。

《飞扬有约》节目是个人专访类的，多半都是请的各行各业小有成就的年轻人，元先生早几年就曾上过。

主持人陈飞扬一上场就开玩笑地说：“咱们小沫沫好像比镜头里胖了，也更漂亮了。”

林沫仍是笑：“从山区回来之后，吃得好，睡得香，当然就长胖了。”

飞扬一眨眼：“只有吃喝的功劳，没有爱情的滋润吗？”

“有啊！”林沫并不避讳，“顺便替我们家元先生和各位观众朋友问声好，感谢大家一直关心他的康复情况，他现在恢复得挺好的。”

飞扬说：“哎哟，这一来就发狗粮。我采访的是你，你说的却是元先生。”

场下一片哄笑，有人举起了 KT 板，上面是元焯和林沫在《非常婚途》节目里的亲密合影，牵手的、接吻的，在古村细雨里漫步的，在深山静夜里观星的……

林沫看见了，不禁莞尔。

飞扬也笑："看来今天的话题是离不开那一位了，亏得我本以为能单独和小沫沫聊一会儿，结果中间还是夹着个元先生。"

大屏幕上适时地投影出元先生的侧脸，顿时场下一片尖叫。

飞扬笑着问："当初接受《非常婚途》的邀约，女明星们应该都不知道男嘉宾是谁吧？"

"不知道。"林沫老实地回答。

"那如果当初随机跟你组 CP 的不是元焯……"飞扬故意问，"你这节目还能录制得这么甜蜜吗？"

林沫想了想，诚恳地说："演员的本职是演绎指定的角色，在婚恋真人秀里我的工作就是表演恋爱中的女人，不管和谁演对手戏，都一定会投入的。"

身后屏幕上林沫在几部作品中和不同男演员搭戏的画面陆续播出，全部放在一起，大家才发现这个灵动又安静的女孩有种特殊的 CP 体质，不管和谁演情侣都分外合拍。

"当初，许多人都期待你和俞小哥能假戏成真，你知道吗？"飞扬指着屏幕上青袍长衫的俞沛和白色旗袍的林沫说，"你们这对的呼声都超过俞小哥和元萌萌这对正牌 CP 了。"

"那是从前，现在有虎爷，我早就退出历史舞台了。"她轻松地四两拨千斤。

从一开始的放松，直到此刻，林沫突然心里敲起了警钟，直觉告诉她，面前看起来不过是在卖力地打开话匣子的男主持人，对她有着隐约的恶意。

飞扬笑笑，不再拿绯闻做话题，而是渐渐聊起了作品。

从林沫出道的处女作，到最新上映的《故园山河》，一路聊下来。

"……说起来，《故园山河》之前你也拍过不少作品，但一直动静不大，这次一鸣惊人之后又接连有不错的作品问世，你有没有想过是为什么？"

林沫想了想："积累吧，多演，多体会，总归会有成长的。"

“这当然是其中一部分。”飞扬话锋一转，“此前坊间传闻你特别衰，这恐怕也影响了你的星运吧。”

林沫静静地听他说完，轻声细语地说：“对不起，这个传闻，我倒是不知道。”

飞扬追问：“就连这次在云南的意外，不是也有些不好的声音质疑，是你连累了元先生吗？”

直到这时，林沫终于确信了自己的直觉，陈飞扬是真的在有意让她难堪。

“那么，请问，这些话你又是从哪里听说的呢？”林沫仍是不疾不徐，说话的时候看着他的眼睛，“我倒是很希望能和说这话的人好好聊一聊唯物主义价值观。”

场下原本略显尴尬，此刻被她轻快的回答引出一片笑声。

飞扬还想再追问，耳麦里却传来了现场导演的声音：“换话题，林沫的经纪人抗议了。”

飞扬目光一沉，再抬眼的时候已经换上了人畜无害的笑容：“开玩笑而已，小沫沫，你可千万别放在心上。说起来，你很快就要进冯老的《七娘》剧组了吧……”

采访的后半段平淡无奇，直到结束握手的时候，林沫仍旧从陈飞扬毫无笑意的眼里看见了厌恶，但他什么也没有说。

直到林沫被经纪人领走，陈飞扬才一边解开领带，一边回到舞台边喝水，在无人处摸出了衣袋里的匿名信，上面历数了林沫一路成长的大小黑料。

咽下一口矿泉水，陈飞扬冷笑着将纸团一揉，暗叹林沫还真是一朵害人不浅的小白花。不过，话又说回来，是谁不光知道这些黑料，还早就知道林沫要上他的访谈呢？

Chapter
16

为你而来

离开电视台之后，卉春在保姆车里气呼呼地抱怨："这个陈飞扬不知道中什么邪了，他以前的访谈不是这个风格，不然，这个通告我才不会帮你接，我在旁边听得可真是窝火。"

林沫抿了一口水："大概是有人跟他说过我什么吧。"

"说你什么？"卉春蹙眉，"说你招霉运的那些有的没的？不都已经解释过了吗，九成九都是元尧在背后教唆栽赃的，还有什么可黑的？"

林沫没说话，虽然当初许露站出来替她澄清了一部分谣言，但毕竟还有许多零星小事不了了之，更何况……对她来说，最解不开的心结，一直都在。

"哦，对了，刚刚录制节目的时候，你的手机一直在响。"卉春从包里取出林沫的手机递过去，"是陌生座机打过来的，我怕是你的私事，就没接。"

重复来电了五次。

林沫随手回拨了，响了几声对面便接了起来，人还没说话，先是一阵咳嗽。

"喂！"苍老沙哑的男声。

"是谁刚刚打了我的电话？"

"……林沫，你是林沫？"对面略显惊喜，说话急了，立刻又咳嗽起来。

"是我。您是哪位？"林沫确定这个人的声音是陌生的。

“葛半贤。”对面的男人试探地问，“你还记得吗？”

耳边车内低低的噪音忽然不见了，听筒里男人说话的声音也仿佛远在天边，林沫全部的意识都被“葛半贤”三个字带到了天边。

这个人她不认识，可这三个字无数次回旋在她的脑海里——当初，养父母车祸之前见的那个批字的人就叫葛半贤！

卉春见林沫的神色不对劲，伸手在她面前挥了好几下，喊了她几次，见她还是无动于衷，只好伸手从她的耳边拿过手机，凑近一听，对方正在里面嚷：“听见了没有，三点我要是看不到钱，我可不保证会把什么给说出去！”

尽管不知道发生了什么，但从林沫失魂落魄的表情里，卉春也能猜出一两分。

卉春抬手看了眼手表，不由得一急：“这都快两点了，再怎么急，也得稍微宽限一下，给人一点筹钱的时间吧！”

“宽限个大头鬼！”葛半贤一边咳嗽，一边骂，“老子给你宽限，谁给老子宽限？我不管，三点东城邮局门口，二十万，少一毛钱，我就给所有媒体群发爆料信，我就看你这种连爸妈都能克死的扫把星，怎么在娱乐圈里混下去！”

“你别急……”卉春看了眼双目无神的林沫，转头对电话里叫嚣的男人说，“没说不给你！二十万是吧，我知道了，我们现在去银行，三点东城邮局见。”

葛半贤呛咳了几声，皮笑肉不笑地说：“就是啊，识时务者为俊杰，林沫现在这么红，这点小钱算什么——”说话间，他把通话掐断了。

卉春无声地把身旁的林沫揽进怀里，让她靠着自己的肩膀。

关于养父母的死，林沫素来闭口不提，但卉春还是从各种途径略知一二，这是她的心结，但卉春没料到这心结居然如此沉重。

过了许久，靠在卉春肩头的林沫才慢慢回过神来，一张小脸苍白着。

放在中间桌上的手机响起，来电显示是元先生。

卉春立刻见了救星似的，拿起手机接听起来，放在林沫的耳边。

元焯的声音立刻传了过来："节目录完了？顺利吗？"

"嗯……录完了。"林沫说，"还好。"

"发生什么事了？"元先生立刻察觉到她的异常。

林沫眨了眨眼："……你还记得葛半贤这个名字吗？"

电话那头的元焯沉默了两秒："记得，他出现了？"

东城邮局是 B 市仅存的大邮局，它的纪念意义早已大过于实用价值，所以周遭一片冷清。

进出口几乎没有什么人，古旧的大门和罗马石柱显得格外冷清。

一个裹着脏兮兮的风衣、戴着渔夫帽的男人弯腰驼背地站在石柱后的阴影里，他脚上的破球鞋鞋底早已经泛黄，鞋面边缘也斑驳破旧，像从垃圾堆里拾来的旧货。

谁能想到，这个落魄的中年男人在十多年前还是叱咤 S 市的算命大师，号称葛半仙，前来托他看八字、风水的人络绎不绝。当初林海夫妇也同样是他的座上宾，他伸只手就是万儿八千，当年的他日子过得比一般小老板还舒坦。

一阵风吹来，葛半贤缩了缩脖子，又侧身看向远处——那个姓林的小丫头怎么还不来？

说起来，这么多年过去了，葛半贤四处流浪也早不止一两年，一直也没想起过要勒索林沫。

若不是前几日忽然收到匿名信，告诉他当年的小孤女如今已经是当红女星，他到死也认不出这光彩照人的女星跟当年畏畏缩缩的小丫头是同一个人，更没想过，那个无父无母的小丫头身上居然还有油水可捞。

可人怎么还不来？葛半贤吸了一下鼻涕，突然看见有个穿着黑色长风衣的男人出现在街头拐角处。

真是碍事。

葛半贤恨不得把沿街都隔离了，只想从小丫头手里拿了钱，安安稳稳地存到高利贷的户头上，这样好歹今晚他还能回家睡个觉。

黑色风衣的男人走路的姿势格外挺拔，葛半贤看在眼里，在心里骂了一声：老子当年也这么风光，那又怎样？如今还不是落得乞丐似的……

他正腹诽，黑色风衣的男人却停在了他的面前，抬头，露出一双狭长冷淡的眼睛，是元焯。

葛半贤被这双眼睛一看，顿时有想逃的冲动。他裹紧衣裳转身想走，却被叫住了："葛半贤。"

他僵在原地，又听身后人说："钱不要了？"

"要，要！"葛半贤连忙回身，视线刚刚和对方撞上，就又心虚地逃开了。

元焯从风衣内口袋里取出牛皮纸信封，掂在手上："钱给你可以，但有件事，你必须说清楚。"

"什么事？"葛半贤的目光已经完全定在信封上，只差没流出口水来，伸手就要去拿信封。

元焯将信封一收，目光锐利："当年是林海主动找你，还是你去找的他们？"

"当然是他们主动找我。"葛半贤随口说。

"据我所知，林海当日下午本来有公司会议，如果是他约你，怎么会约在没空的时间里？"

葛半贤狐疑地打量他："你是什么人？当年的事，你怎么会知道？"

"你别管我是什么人……"元焯嘴角一勾，"想要这笔钱，你就如实说，否则，我可不保证不会带钱走人——至于你爱爆料就爆料好了，反正受害人是林沫，又不是我，你说对吗？"

葛半贤看着他亦正亦邪的脸，有点吃不准面前这个男人说的到底是真还是假。转念一想，他自己会落到如今的田地，跟当初林海夫妻的事也脱不了干系——若不是元氏大公子怕事情败露，硬是塞了笔钱赶他离开 S 市，以他在S市千辛万苦培养的口碑混口饭吃，总不至于落到现在这般田地。

这样一想，葛半贤越发怨恨元尧，何况事情过去这么多年了，元尧怕是早忘了他是谁了，索性心一横，脖子一梗："是我让人在林海面前透的风声，让他主动来找我的。当初元家大公子就让我给林沫批个八字，我看了，确实就是坑爹坑妈的命格，我也没骗人。"

元焯目光幽暗，语声低沉："你知道林沫是被收养的吗？"

葛半贤眉毛一挑："收养？没听说过——我说呢！她那八字看着就是没父没母的命……但怎么搞的，如果林海不是她亲生父亲，怎么还被克死了呢？"

听见面前乞丐似的男人神神道道地胡言乱语，元焯的脸色已经沉到不能再沉："所以，是元尧让你告诉林海说他女儿命中克父克母，让他们趁早断绝父女关系保命？"

"是啊，就是这么一回事。"葛半贤伸手又想去够信封，却再次扑空，于是恼火地说，"我都交代完了，你倒是把钱给我啊！"

元焯手一松，信封顿时掉落在地。

葛半贤立刻蹲下身去拾，却看见半截折叠的报纸从信封口露了出来，刚要抬头谩骂，只觉得肩背一疼，已经被人反手束缚住了。

穿着制服的民警将葛半贤牢牢控制住，面无表情地说："你涉嫌欺诈、贩毒、参与高利贷等多项违法犯罪行为，葛半贤，总算让我们找着你了。"

临被带上警车时，葛半贤挣扎着转过脑袋，冲着站在邮局高高的台阶上、穿着黑色风衣的男人嚷嚷："你害我！你到底是谁？"

"元焯。"他嘴角带着冷笑，"你也批过我的八字，还记得吗？"

警车呼啸而去，葛半贤混沌的脑海里终于飘过一丝印象，元焯，那不是当年那个有贵人命格的私生子吗？但是，因为收了元尧的好处，葛半贤罔顾"职业操守"，硬是将他写成了庸碌之辈，递给当时的元氏总裁……

当真是天道好轮回，居然是他！

目送警车消失在长街的尽头，元焯目光幽暗，站在台阶之上，风衣的衣角随风乱舞。

果然……都是元尧设的局。

对于林海夫妇车祸之前给林沫打的那一通电话，元焯一直心怀芥蒂。以他对林氏夫妇的了解，他们两个都并不是会主动找“半仙”批字的人。退一万步来说，就算一切真的是意外，林海车上的批字文件，又怎么会由元尧转交给林沫？

如今，终于从当初消失得杳无踪迹的葛半贤嘴里套得真相，元焯反而没那么诧异。

他现在唯一需要做的，就是等消息——当年林海夫妇出事，交通监控还不那么密集，事故记录上显示是因为林海急打方向盘导致撞入隔离带，车辆侧翻引发爆炸而亡。可是，这一切都是事后从现场还原而来，真相如何，不得而知。

事情跟元尧脱不了干系，元焯早就知道这一点，只是苦于事情过去多年，没有证据。

元焯一边想，一边顺着街道慢慢地向街角的公园走去，林沫正在那儿等候他的消息。

风卷着梧桐叶，在脚边打着旋，元焯没来由地打了个寒战。

街道上行人寥寥，连往来车辆都很少，葛半贤为了避人耳目，特意选了这么个人迹罕至的地方。

元焯心跳加速，不由自主地加快了脚步。

片刻之前与林沫分开的小公园已经近在眼前，他大步流星地行走在空无一人的小路上。

公园不大，一览无余，空旷的广场上，有几只麻雀正停在长椅上啄食。

一张浅棕色的包装纸，被风吹得飞起，惊走了麻雀。

纸贴着地面被吹到元焯的脚边，他的脸色一凛——这是刚刚他赶来之前替林沫买的面包的包装纸。他担心她一个人胡思乱想，就告诉她：“你把这个面包吃完的时候，葛半贤就已经被警察带走了，我大概也回来了，然后带你去吃皮肚面，给你加很多西红柿，好不好？”

他的小顺，不是会随手乱扔垃圾的人，更不会……将吃了一半的面包随手丢在长椅上任由麻雀啄食。

元焯盯着那几只又重新落在长椅上的麻雀，摸出手机。林沫的手机号码被他设了快捷键，他很快就拨了过去，可是她的手机已经关机了。

他又给卉春打电话，卉春刚接起来就急忙说：“怎么样？葛半贤交代了吗？我这会儿正跟几个媒体朋友在一处，随时能把这个消息传得尽人皆知，让大家知道我们沫沫才不是什么扫把星……对了，沫沫呢？让她接下电话吧，我还想问她几个当年的细节。”

元焯眉头越蹙越紧，沉声说：“她不见了。”

卉春茫然：“什么意思？”

“葛半贤被警方带走了，我现在在刚刚和小顺分开的公园。”元焯说，“她人不在，而且……不是她自己想走的。”

卉春整个脑子一片空白，过了好几秒才迟疑地问：“谁把她带走了？”

两个人俱是沉默，然后，一前一后地开口。

“元尧？”

“元尧。”

林沫失踪已经二十四个小时了。

多年前曾害得她背上克父克母的不详标签的神棍葛半贤落网，同一天，她从那个宁静的小公园里消失了。

警方调出的监控里，只拍到一辆没有挂牌照的面包车在事发时间曾在附近出没，除此以外，再无线索。

网络、报纸上铺天盖地的新闻，都是关于天颐娱乐的当红小花林沫离奇失踪的报道，一边是神棍落网洗刷了她的扫把星污名，一边是本该心结得解的小姑娘神秘失踪……

卉春的电话几乎被打到爆，就连许鹤也忙到一口水都喝不上——向元先生求证的电话全打给了他。

元家门槛几乎被各种前来探寻真相的人踏平，就连元正航也特意从国外赶了回来，托各种关系找寻林沫。

然而，无论林沫，还是元尧，都仿佛从这个世界上人间蒸发了，全无音信。

而元焯，自从林沫失踪，已经两天两夜未曾合过眼，他一直在家里对着屏幕不眠不休。

当年，林海夫妇发生车祸的路口没有装交通监控，但旁边不远处的化工厂正在为道路施工搬迁做准备，厂子里的进出车辆都有监控，角度刚好遥遥对着发生车祸的路口。

然而，事隔多年，那些老旧的影像资料没有妥善编序，所以虽然他费尽心思拿到录像，也特意请人一段一段地看，却迟迟没有找到当年事发的影像。

元焯盯着显示器，眼里尽是血丝，青色的胡楂已经冒了出来，衬衣的领口歪斜，烟灰缸里的烟头已经堆成小山。

无论是谁，看见这样的他，怕是都不敢相信这是元先生。

就在他再一次点燃香烟，要送到唇边的时候，手机突然响了起来。

温和柔美的旋律，是林沫和他为彼此设的专属铃声。

元焯手一抖，烟头险些烫到自己的手。他摸过手机，屏幕上的来电显示照片正是那一天林沫端着白色餐盘从厨房里走出来岁月静好、眼底含笑的模样。

“喂？”

很久没有开过口，元焯的声音异常沙哑。

然而，没想到的是，对面传过来的声音同样沙哑：“是我。”

阴冷的嗓音，令人不由自主地想起蛇或者蜥蜴，总之，是冷血的东西。

“你在哪儿？你把小顺带到哪里去了？”

对面的人阴森森地笑了一声："以前那么久不见，不也过来了？现在，这才两天，你就受不了了？那以后怎么办啊？你还有很长……很长的时间，见不到她。"

"元尧，小顺她是无辜的。我们兄弟俩之间的事，不应该连累她。"

"是啊，我们兄弟俩之间的事。"元尧粗声笑着，"你说，我俩的事她为什么要掺和进来？当年掺和……现在还掺和……如果这个世界上没有你，也没有她，该多好啊！"

元焯的耳边是同父异母的兄长病态的笑声，眼睛却目不转睛地盯着屏幕上像素极低的监控录像，他拖动鼠标，将画面往回拖了些许。

沉稳如他，抬起的食指微颤。

画面里，一辆黑色的吉普车突然在白色轿车前方不远处紧急变道，白色轿车猛打方向狠狠地撞上了中间的隔离带，瞬间侧翻，而与此同时，吉普车就停在离它不远的地方。

"元焯，你知不知道，我从小到大，每次看见你，都要恶心一次？"元尧还在絮絮不止，"你的存在无时无刻不在提醒我，我爸是个忘恩负义的男人，我妈是个没心没肺的女人，而我就是他们毫无意义的产物。我真想把你和你下贱的妈妈给杀了……哈哈，杀了，统统杀了。"

电脑显示器上，画面里的白色轿车油箱被撞烂，逐渐燃起，而吉普车的司机依旧没有下车，沉默地把车停在一边，冷眼旁观。

直到火光冲天，吉普车才扬长而去。

元焯捏着手机的手青筋暴起，指尖几乎失了血色。

这辆黑色吉普，他曾见过元尧的亲信驾驶，当时那人还异常得意地炫耀："这是元大公子送我的生日礼物，怎么样？阔气吗？"

再开口，元焯的声音里有压抑不住的森然："你在哪里？"

"在天堂和地狱的边缘。"元尧说，"你想不想知道，我和这个死丫头，谁去天堂，谁下地狱？"

"你不要乱来。"元焯一边稳住他，一边用电脑给许鹤发消息，手指动作极轻，键盘没有发出半点声音。

“看在好歹同一个姓氏的分上，我才给你打这个电话……”元尧说，“免得，等我跟她都死了，你都不知道。”电脑屏幕上很快传来了许鹤的回复：正在确认地址。

元焯不动声色地继续与元尧周旋，却听见他的声音突然离手机远了一些。

“……别做梦了，我不会让你跟他通话的，能给他打这个电话，我已经仁至义尽了。”

元焯一边尽量平稳地起身，一边问：“你在跟谁说话？小顺吗？”

“少恶心！小顺？谁是小顺？”与平日里惺惺作态的模样不同，电话里元尧的声音几近癫狂，“我只知道林家收养的女儿叫林沫，鬼知道谁是小顺！天天在我面前你侬我侬，我早看你俩不顺眼了。”

元焯没有说话，因为在元尧的骂骂咧咧声里，他隐约听见了奇怪的声响。

那声音旷达、悠远，离元尧所在的地方还有一点距离。

元焯还想再拖住他一会儿，却听见对面传来阴冷的声音：“就这样吧，再也不用见了，真好。”

然后，手机听筒里传来嘟嘟的忙音。

元尧挂断了电话，手机屏幕上显示，下午三点整。

还有整整两个小时，两个小时之后，这个地方将会变成一片废墟。他一只手插在裤袋里，偏头看向被绑在椅子上的女明星。

准确来说，在他眼里，林沫算不得什么女明星，她不过是个身世不详的孤女，一个被莫名其妙带进他生活里的陌生人。

元尧素来丝毫不乱的头发，此刻乱七八糟地蓬松着。

被绑缚在椅子上的林沫，身上还穿着离开电视台时穿的那身格纹裙，歪在肩头的麻花辫已经在被塞进面包车的时候弄得凌乱不堪，额头还有在元尧急刹车时撞破的伤痕。

她很狼狈。

元尧看着狼狈的林沫，突然有一丝满足。

是了，她本来就该这么卑微，站在最下方仰望他们这些世家子弟，伸出手来祈求他们的同情与怜悯，最好是爱情，然后抛弃低贱的身份一跃成为元家的少奶奶。而他，作为元家唯一的嫡子，应该是最合适的那个对象。

从林海带着这个漂亮又安静的小姑娘出现在元家的那一天起，元尧就认为，她应该是要迎合他的，唯他马首是瞻，像其他追在他身后的同龄人一样。

可她没有，这个怯生生的小姑娘，不但没有来巴结他，甚至一直刻意地躲得老远。也正因为她总是站在人群的最外面，居然慢慢地跟元正航带回来的那个野种混在了一起。

眼看着林沫和元焯一天天交好，到了形影不离的地步，元尧无法辨别内心的情绪到底是愤怒多，还是失落多。明明，他才是那个有可能带她逆天改命的人，为什么她要把希望交给一个一无所有的野种？

身边的人越是多，越是巴结他，越是对他唯命是从，他反而越在意那两个刻意回避自己的人。这种情绪在他青春期到达了巅峰——他发现自己的视线总是不经意地被那个出没在人群里的小小身影所吸引，在他不可告人的梦里居然出现了她，而且一发不可收拾。

元焯发育晚，少年期苍白羸弱，元尧一直比这个来路不明的弟弟优秀，也更吸引人注意，可哪怕再多人关注他，那双属于林沫的水汪汪的眼眸的视线却从没有一刻离开过元焯，转向他。

爱与恨，不过是一线之隔，随时往返。

就像元正航说的，元尧和他的母亲是同一类人：在他眼里，这世界上只有两种东西——他的和不是他的。不是他的，他就毁掉。

在元尧处心积虑的安排下，林沫成了小圈子里出了名的扫把星，所有同龄人对她避之不及。他以为，被孤立了的小姑娘，终有一天会看见他，会寻求他的庇护，毕竟他是这个圈子里的中心。

可她又没有！

被孤立的林沫，反倒更加靠近元焯，两个人几乎到了形影不离的地步。就算他强逼着两人分开，这个怯懦的小姑娘居然宁可被欺负得号啕大哭，也不肯向他服软。

这种扭曲的情感，在元尧二十岁的一天，被放大到了极致——那天，他偶然听见元正航与林海的交谈，竟说起要出钱送林沫和元焯一起出国，等他们学成毕业，就让林沫嫁入元家，以此换得林海许诺绝不会带着专利离开元氏。

从小到大，一直认为元氏是囊中之物的元尧，头一次意识到，父亲并没有把他当作唯一的继承人。

元尧不能容忍这个来路不明的“弟弟”在抢了自己的父亲、自己的家庭之后，破坏他的事业，甚至还拐走了让他心动的女孩，更不能容忍的是，一切都脱离了他的掌控。

在这种愤愤不平之中，他遇见了葛半贤，电光石火之间，他想到了诱使林氏夫妇与林沫断绝关系的点子……他得不到的，宁可亲手毁掉。

一切都在计划当中，林海夫妇去见了算命先生，得到了养女克父克母的批卦。他也驱车一路尾随，本想在没有监控的路段制造一点“小小的碰擦”，以便在林海内心坐实算命先生的话，却没想到……事情的发展完全脱离了控制。

他惊慌失措地逃离了现场，在几个小时之后收到了林海夫妇驾车发生事故意外身故的消息。鬼使神差，他在拿到那份来自葛半贤的批字之后，将它送给了林沫。

当从她苍白的小脸上看到那种濒临崩溃的表情时，他才感觉真好，这个世界上，不止他一个人生活在地狱里，还有另一个人跟他一起，为林氏夫妇的死背上沉重的枷锁。

如果说，在林海夫妇死之前，元尧对林沫还怀有一份不可述说的情愫，那么，在事故之后，这种情愫就已经荡然无存，剩下的只有恨意，和因为折磨她而隐隐产生的快感。

事隔经年，真相本该早已经被尘封，元尧怎么也没想到，他那个心思深沉的弟弟居然会着手开始调查林海夫妇发生车祸的真相。

元尧已经失去了元正航的信任，失去了元氏的继承权，失去了一切外界赋予他的光环，他已经一无所有了！而他那个该死的弟弟，居然还想抽丝剥茧地将他推入更黑暗的深渊！

思及此，元尧毫无血色的唇勾起一抹冷笑，俯视着面前手无缚鸡之力的林沫："你要记得，害死你的不是我，是你的小元哥哥。如果不是他非要去查那些往事，我本可以离开这里，到海外重新开始。不是我不肯放过你，是他不肯放过我——"

林沫一夜未眠，早已经疲惫不堪，本就不算太好的身子骨如今浑身酸痛，被紧紧束缚的手腕像被麻绳勒进肉里，动弹不得。她看着眼前一点一点陷入癫狂的男人，听他颠来倒去地胡言乱语。

"你知不知道，为什么我一直针对你？"他的眼窝深深地凹陷着，整个人看起来无比病态。

林沫舔了一下干燥到开裂的嘴角："你是大少爷，我是来路不明的野丫头，我俩不是一路人，所以你看我不顺眼。"

"不对……"元尧冰冷的瞳孔里映着林沫苍白的脸，"不是因为你来路不明，而是因为你宁可跟一个来路不明的杂种在一起，都不肯多看我一眼。你知不知道，在他为你拿乐高积木搭塔的时候，我给你建了整个王国？你知不知道，在你和他窃窃私语的时候，我在暗无天日的地方一直看着你？"

林沫心头发怵，和被他憎恨比起来，这种被他在阴暗处一直窥视的感觉更加糟糕。

"你讨厌我。"元尧从她眼底看到了掩藏不住的厌恶，受了刺激似的狂笑，"你看，这就是我为什么针对你，我喜欢你，你居然讨厌我！"

他疯了。

林沫几乎要被他气笑了，从多少年前第一次在元家相遇，他就一直在找她的麻烦，鄙视她，排挤她，不遗余力地令她无立足之地，如今更是将她绑架到这里，这算哪门子的喜欢！

“没关系，不管你喜不喜欢我……”元尧弯下腰，食指从林沫光滑的下巴拂过，像一条冰冷的蛇，“我们都要死在一起了。”

林沫一惊，眼底闪过一丝惊恐。

“你终于怕了？”元尧大笑，贴近了她的面孔，目光锁定在她干裂的唇瓣，一字一句地说，“我不管你爱谁、讨厌谁，反正两个小时之后，你只能跟我死在一起，而且，骨血难分。”

“什么意思？”林沫的声音微微颤抖。

“你知道这是哪里吗？”

这是某栋废弃的建筑，高层，距离江边不会太远，每隔一个小时左右，都会听见大型船只一至两声的长汽笛。这是船只进出港的信号，所以这里离港口应该也不远。

因为发现了这个规律，她才苦苦哀求，希望能跟元焯打一通电话——如果她能意识到轮渡汽笛传递的信息，那小元哥哥也一定可以。

幸好，时间被拿捏得恰到好处，在下午三点整的时候，元氏兄弟通了电话，而恰好在通话中汽笛鸣响过两次。

可林沫什么也没有说，只是楚楚可怜地耷拉着眉眼：“不知道……”

元尧松开她的下巴，那双和元焯有三分相似的眼睛微微眯起：“反正，你只要知道两个小时之后，这里将被夷为平地，你和我都不可能幸存。”

说完之后，他就丢下了林沫，离开了这间空无一物的水泥房。

周遭顿时陷入了一片寂静，林沫垮下了肩膀，无力地靠在椅背上。

因为手一直被绑在身后，血液不畅，两条胳膊都是酸胀的，林沫自认不算娇气，但也已经处在身心崩溃的边缘。

对于元尧，她一丝一毫也无法谅解，她不是圣母，不可能去爱一个不断地伤害她的人，尤其是……现在她的身体里还孕育着另一个神奇的小生命。

月份尚小，这个小生命并没有被元尧发现。

林沫也隐瞒着，直觉告诉她，如果这个疯子发现了她腹中的小生命，会做出更多对她不利的事情来。

没有手机、没有钟表，时间成了摆设，林沫只能竖着耳朵，等待大概每个小时一次的码头汽笛声响起。

终于，又响了。

下午四点了。

她闭着眼睛，用心地感受着自己的小腹，可宝宝实在太小了，连一丁点的回应也给不了她。

如果，他们真的这样死了，小元哥哥会很难过吧，他是那么期待这个小家伙……

哦，对了，他离开小公园去找葛半贤的时候，还跟她说等他回去了，就带她去吃皮肚面，还要加许多西红柿。酸甜的，她最近最喜爱的口味……

腹中饥肠辘辘，林沫迷迷糊糊地想，她已经有多久没有进食、喝水了？就算这里不被夷为平地，很快她也要被渴死了吧？

思绪越来越混沌，她歪着身子，渐渐地闭上了眼睛。

……面前有个矮小的男孩在跑，短短的小腿，穿着牛仔的背带裤，手里举着风车，跌跌撞撞地蹦跶。

地上有什么东西凸起，她想去阻拦，却没来得及，小团子扑通一下摔倒在地，一边哇哇大哭，一边还不忘高高地举起手里的风车。

“小汤圆，让你好好吃饭，你却乱跑，这下摔着了吧？”

林沫看见从迷雾中走出了一个穿着白色长裙的年轻女人，走得越来越近，她终于看清楚那正是自己。

小团子一边抽噎，一边从地上爬起来，张开短短的胳膊抱住“她”的大腿：“妈妈，我再也不乱跑了，你帮我吹吹，吹吹好不好？这里好疼哦！”

说着话，小家伙把胳膊举到“她”的面前，仰着红润的小脸一边撒娇，一边冒着鼻涕泡泡。

画面一转。

白色迷雾尽数消失不见，四周一片漆黑。

而后，聚光灯乍然亮起，全都投射在舞台中央穿着金色礼服的女人身上，依旧……是她。

林沫看见“自己”在聚光灯下高高地举起手中的金凤奖奖杯，朝她的方向温柔地微笑，她侧身，这才发现，在自己身侧整片整片的观众席里，坐着她心心念念的小元哥哥。在他怀里刚刚的小胖团子正拼命地朝台上的“她”挥舞着小短手。

一滴泪，从林沫的眼角悄无声息地滚落。

她不想死，她想看见小元哥哥和小汤圆……她想活下去。

突然，有什么微凉的东西触碰上她干涸的唇。

林沫睁开眼，看见一个塑料勺子放在嘴边，抬眼，看向正拿着八宝粥易拉罐的元尧。

眼角的泪犹自挂着，眼前的女孩像极了多年前被欺负了缩在角落里偷偷抹眼泪的小姑娘。那时候，元尧多少次站在远处，想朝前跨一步，犹豫着，却总是被元焯抢了先。

每一次，都如此。

这一次，元焯终于不在了，她的眼泪只能由他来擦。

感觉到他的手指快要碰上自己的脸颊，林沫偏了一下头，避开了。

元尧移开手，重新将勺子递到她的唇边：“吃吧，最后一口。”还有五分钟，这里即将被夷为平地，他们之间的恩恩怨怨就这么过去吧，是爱还是恨都不重要，这个女人终将和他真正地融为一体。

林沫紧紧地盯着他的眼睛，开口的时候声音不免嘶哑：“我不会死。”

他不语，又听她继续说：“我会站在金凤奖的颁奖礼上，会成为最好的演员，会有儿女，会和小元哥哥白头到老……而你，会在万劫不复的深渊里，一个人品尝你所谓的爱情。”

哐当。

手里的易拉罐被摔在地上，八宝粥洒了一地。

元尧抬手勒住林沫的咽喉，眼白通红：“所有人都可以唾弃我，唯独你不行！如果不是你，我怎么会变成这个人不人、鬼不鬼的模样！你就是扫把星！林沫，你就是魔女！扫把星——”

在他愤怒的吼叫里，远处再度传来了轮渡汽笛声。

元尧突然顿住了，加大了手里的力道，盯着林沫的眼里全是杀机：“来了，终于来了！一起死吧——”

一声巨响。

然而，坍塌的并不是这栋楼。

勒在林沫颈间的力道瞬间消散，片刻前还杀气腾腾的元尧，已经歪着身子倒在了水泥地上。

七八个警员持枪迅速将房间包围起来，元尧捂着大腿，尚未来得及从地上爬起身，就被制服在地上，动弹不得。

当那个穿着单薄衣衫的高大身影从特警身后走出来，林沫的视线一下就模糊了——元焯还穿着昨日的衣衫，面容疲惫，那双一向波澜不惊的眼睛里涌动着无法压抑的情绪。

林沫靠在他的肩头，感觉紧紧束缚手腕的麻绳终于被解开了，手臂的酸痛让她不由得呻吟出声，下一秒她便已经被元先生打横抱在了怀里。

像是周围所有的目光都不存在，元焯吻着怀里小姑娘的眼睛、眉毛、鼻梁、发际……恨不得温暖她的每一寸肌肤。

一滴温热的液体滴落在林沫的脸颊上。

她看着眼眶泛红的元先生，终于放下了所有的警戒，声音虚弱得像一只猫儿：“小元哥哥，我刚刚梦见你了。”

元焯无声地亲吻她的眼睫。

废弃的楼宇，电梯早已经报废，元焯硬是抱着他的小姑娘徒步下了十层高楼。

一直走到一楼，林沫才看见了外围被黄色警戒线圈起的区域和鲜红的警示牌——就在刚刚，下午五点整，这栋大楼本该按照计划完成全楼爆破。

元焯感觉怀里的人微微一哆嗦，他收紧了胳膊，将她紧紧地圈在怀里。

“别怕，你的预感总是灵验的。”元先生的声音如此温柔，“你知道我一定……会救你回来。”

夕阳西下，照得整个废墟一片橙黄。

林沫闭上了眼睛，耳边是他擂鼓般的心跳声。

她听见自己说：“我还梦见了我们的宝宝，叫小汤圆……”

Chapter 17

爱一人足矣

大雪纷飞，白了屋顶，白了树冠，白了漫山遍野的红花绿叶。

林沫穿着锦缎旗袍，披着白绒披肩，走在漫天风雪之中。

雪花落在她纤长的睫毛上，凝结为霜。

厚厚的积雪，她每走一步都留下深深的脚印，融化的雪水打湿了她的裙摆，她也浑然不觉。

旗袍包裹之下，腰后曲线玲珑，可高高隆起的腹部让她显得有了几分臃肿。

竹林茂盛，此刻青白交加，分外萧索。

终于，有个黑色的身影出现在竹林深处，缓缓地来到她的面前。

轮椅的轱辘在雪地里留下两排轮印，无限延伸，最终与她的脚印相会。

坐在轮椅上的，是穿着黑色中山装的元先生，金属边的眼镜，朝后梳去的发型，更显得他眉眼冷峻。

林沫悄无声息地跪在雪地之中，双手放在他的膝头，慢慢地垂下头，将脸埋在他的腿上。

雪花纷纷扬扬，很快，元先生的肩头就落了一层雪，而他和她的头发，都沾满了雪花。

他终于抬手，缓慢地抚着她的头发，直到她抬起头来。

那张柔弱又灵动的面孔已经布满了泪水，黑白分明的眼睛通红，嘴角紧紧地绷着，介于柔与刚之间难以界定的那一点。

“我给你报仇了。”林沫说，话音刚落，一滴泪珠夺眶而出，顺着瘦削的脸颊滑落，正好滴在元先生的手背上。

——咔！

场记板，伴随着冯秦的一声指令，同时响起。

坐在轮椅上的元焯已经顺势握住林沫的手，稍一着力就将她从雪地里拉着站了起来，不等她开口，已经用双手捂住她的面颊，不轻不重地搓着她的脸取暖，英气的眉拧成了结。

“我没事……”林沫被他揉得话都说不清楚，眉眼一弯，“你的手比我的脸还要冷。”

元先生眉一挑：“你怀孕，我又没怀孕！”

林沫一吐舌，伸手摸摸自己安分的肚子：“汤圆儿很乖，一点都不闹腾。”

说话间，元焯已经站起身，顺势将她按在轮椅上，接过助理递来的羽绒服从身前将她裹住：“你要是感冒了，后面所有通告一个也不许接。”

林沫撇撇嘴：“这还没公开呢，你就不让我这个，不让我那个的。”

元焯伸手，在她的鼻尖一刮：“铁板钉钉的事，你还跑得掉吗？”

“好了，你们小夫妻有话回头慢慢聊。”冯老穿着冲锋衣，全副武装地迎过来，低头看了眼被安置在轮椅上的林沫，“怎么样？我说你都这月份了，多歇几天，不碍事。”

“那不行，组里这么多人陪着，哪儿能因为我一个人耽搁。”林沫完全没有了镜头里颓然的模样，反而眼神灵动，顾盼生辉，“我身体底子好，没事的。”

“这大概是我有生之年拍的孕妇里最逼真的一个了。”冯秦半开玩笑地说，“七娘这个角色算是被你赶上了，你这肚子眼看就在镜头里一天天大起来了。”

冯秦转而面朝元先生，神采奕奕的眼睛里丝毫不见老态：“路征这个角色也是被你捡着了，说是来客串，我看你就是来帮太太养胎的。”

“冯老，我这也算是跨界……”元焯笑了一下，自然而然地扶起身怀六甲的林沫，“何况，你们需要坐轮椅的‘残疾角色’，我也算是有经验的，不是各取所需吗？”

冯秦先是笑，而后忽然话锋一转：“刚刚林沫的表情很到位，不过——你刚刚的深层次表情还不够，我觉得眼神还可以更有深度一点，比如说……”

眼看冯老又切换了超级“魔导”的状态，元焯扶着林沫哭笑不得。

突然，林沫吃痛，掐住他的手臂，欸了一声。

元先生像忽然被接通了电源，顿时转身双手撑住她，低头询问：“哪里不舒服？”

林沫长睫毛闪动，抬眼，咬着唇：“小汤圆要来了。”

惊慌失措。

兵荒马乱。

元先生的记忆里，过去的三十年生命中，似乎不管什么事都成竹在胸，唯独三次这么手足无措，空有一身蛮劲没处使。

第一次是林海夫妇意外去世，他在灵堂外看见被孤立的林沫哭成泪人。

第二次是她被元尧带走，下落不明。

还有一次，就是现在，眼看着他家素来笑语嫣然的小姑娘瘦瘦小小的，躺在粉红色的病床上，左手攥着卉春的手，右手攥着他的，疼得满头满脸都是汗，眼泪直淌，却一直一声不吭，偶尔发出断断续续的呻吟也很快又憋住了。

巴掌大的小脸上，一阵红，一阵白，头发都一缕一缕地贴在汗湿的脸上。

反观隔壁待产室里的孕妇，哭爹喊娘，似乎恨不得把作为肇事者的老公千刀万剐，元先生觉得他家老婆连分娩都要比旁人更像女神一些。

当然，被看作女神的林沫没那闲情逸致，她只觉得五脏六腑随着一阵阵密集的抽搐都纠结在了一块儿，心不是心、肺不是肺的，宫缩记录仪的节奏一加快，她的心就提到了嗓子眼，然后下一秒就把全身力气都使在了手上。

“沫沫，别怕，别怕啊，等开指了，就送你进产房。咱的医生是这儿最好的，老有经验了，不知道接生了多少娃，一个个都又白又胖……”卉春只想说话分散林沫的注意力，连自己到底说了些什么都搞不清。

终于，一阵阵痛又熬过去了，林沫一口气缓了过来，眼前才从白茫茫一片变得清晰。她微微转头，就看见发型凌乱的元先生站在病床边，双手握着她的右手，脸色苍白，好像在忍痛的是他一样。

“小元哥哥……”她的声音有些虚弱，但还算清楚，“我昨天做了个梦。”

“什么梦？”元焯贴近了她的脸，好让她的声音能轻一点。

林沫喘了口气，微微扯起嘴角：“我梦见小汤圆长得跟你一模一样，还特不爱说话，总是让我屁颠屁颠地跟在后面喂饭吃……”

察觉到林沫的手劲松了些，元先生连忙捏紧她的手：“他要敢让你追着喂饭，我就揍他屁股，让他乖乖地坐在你的面前。”

“我还梦见了金凤奖典礼……”她睫毛闪了闪，“梦见你在台下抱着小汤圆朝我挥手。”

元先生将她白嫩的手背放在唇边，然后重重地一吻：“……好。”

“那个……”林沫忽然睁圆眼睛。

“哪个？”

“好像……破水了。”

闻风而来的记者们赶到的时候，元先生的女神已经进了产房，留下还没来得及换下戏服中山装的元先生在产房外面的通道里走来走去。

有不知死活的记者凑上去想采访，垂头数地板的元先生一记眼刀扫过去，小记者顿时吓得抱紧相机滚回去——不是说好了，跟小沫沫在一起的元先生是温顺的大金毛吗？这明明依旧是头藏獒啊……

有资深娱记语重心长地说：“那是因为小沫沫现在没陪在身边啊，元先生的好脾气，只为那一个人存在而已。”

众人纷纷点头称是，点头完了，终于有人一脸茫然地问："所以，小沫沫是真的去生孩子了吗？"

众人无语，不生孩子，来产房做什么？

"她的肚子，不是因为拍冯老的新戏放了道具才变大的吗……"

"其实……我得到的消息也是这样的。"

"我也是……"

"我以为只有我这么以为……"

一圈儿对下来，众娱记才恍然大悟，原来不止自己一个被蒙在鼓里，所有的媒体、粉丝都以为一直身在冯秦的片场中兢兢业业拍戏的林沫，是顶着道具肚子的！

"那么，问题来了……"回过神来的娱记终于想起了重要问题，"小沫沫和元先生这是先上车后补票吗？"

话音刚落，娱记的后脑勺就挨了一记栗暴。

卉春拎着塑料袋，瞪着说话的小娱记："怎么说话呢？你才先上车后补票呢！喏，看见没？"

"什么？什么？"众娱记一股脑儿围过去，争着看向卉春的手机。

手掌那么大的屏幕上，林沫穿着天青色的对襟学生裙，元先生穿着藏青色中山装，一对璧人肩靠着肩，在红色布景前面笑得眉眼弯弯。元先生没有戴眼镜，一双桃花眼笑起来比当红小生还要勾人。

花痴的小娱记呆了一下："这是……元先生？"

卉春手一挥，将手机收回掌心："如假包换的元先生、元太太，看见了吗？"

"啥时候领证的啊……"

"为什么不公开啊……"

"干吗都误导大家以为小沫沫的肚子是道具……"

卉春挑眉，又想起了自家艺人八个月前神秘兮兮的一番话："我怀孕跟结婚的事都先别公开吧，省得媒体又盯着，让我全力拍完冯老的戏再说。

嗯？你说万一被媒体知道了怎么办？不会的……我都梦见了——宝宝出生那天可是劲爆新闻，要上头条的。他们才不可能提前发现呢……”

“去年，进冯老剧组之前领的证。”卉春将塑料袋敞开，招呼周遭的娱记，“来吃点喝点，沫沫得到十点左右才能出来，她特意嘱咐说，别把你们饿坏了——”

众人欢呼一声，扑过去“分赃”，过了半天，终于有个声音怯怯地问：“你怎么知道十点才能出来？”

卉春左眉一挑，吐吐舌，抱着温热的瓶装咖啡从记者堆里逃了出去。她才不会告诉别人，她家沫沫“未卜先知”呢。

在元先生已经在众娱记眼中，从生人勿近的藏獒变成只会绕圈圈的仓鼠的时候，产房的自动隔离门终于徐徐开了。

“元先生……”戴着口罩的护士笑着说，“是个公子，七斤二两，母子平安。”

元焯觉得自己的唇都在颤抖，只听见耳边卉春叽叽喳喳地说：“眉毛、眼睛像元先生，鼻子、嘴巴像我们的沫沫……”

他沉默了半晌，抬起手，用拇指和食指捏住男婴红通通的小脸蛋，贴近了，轻声说了句什么。

只有站得最近的卉春听见了，她不禁笑出了声。

元先生说的是：“日后你要敢不听我女人的话，我就不认你这个儿子。”

医院的钟声敲了整整十下。

产房里终于传来移动病床的车轱辘滚动的声响。

元先生顾不上护士手里的小汤圆，大步流星地走向病床。

粉色被单下，林沫的长发如瀑散开，一张白净得近乎透明的小脸汗水淋漓。

“小元哥哥。”声音柔弱。

“我在。”元焯轻轻地握住她床单下的手，俯身在她眼睑上落下一吻，“辛苦了，睡一会儿吧。”

一直强打着精神圆睁着双眼，生怕自己体力不支昏厥的林沫，仿佛紧绷的弦终于得到释放，在元先生低哑温柔的声音里，她缓缓地陷入了软绵绵的梦境。

梦境中，有个男人在她耳旁一声声地低语：“我爱你。”

她太困了，想说话却发不出声，渐渐地睡沉了。

再醒来的时候，室内灯光昏黄，柔和的灯光下，林沫看见元先生高大的侧影，他正微微弓着腰低声哄着怀里的小家伙。

哇——

小汤圆的哭声震天动地，元先生一边拍着他的背，一边连哄带骗地说：“你再等十分钟，不许哭，让你妈妈再睡十分钟……听到没？不许哭，乖啊，不哭，不哭……”

她嘴角微微扬起——这些年的流离失所终于宣告结束，这个男人终究给了她崭新的、完整的家。

【全文完】